Hye Won World Best   1

Pervaya Lyubovi

첫사랑

투르게네프 지음
전희직 옮김

惠園出版社

순간적으로 떠오르는 첫사랑의 환영을
오직 한 가닥 한숨과 권태로운 감각만으로
간신히 더듬는 주제에
내가 과연 무엇을 바라고
무엇을 기대할 수 있었으랴?

Hye Won World Best

Hye Won World Best
Hye Won World Best

차 례

첫사랑

'내 아들아'
편지에는 이렇게 씌여 있었다.
'여자의 사랑을 두려워하라.'
그 행복,
그 독을 두려워하라……'

첫사랑

　손님들은 이미 오래 전에 돌아갔다. 시계가 0시 반을 쳤다. 방에 남은 사람은 주인과 세르게이 니콜라예비치, 그리고 블라디미르 페트로비치뿐이었다. 주인은 초인종을 눌러 하녀에게 남아 있던 밤참을 치우게 했다.

　"그럼, 결정된 거로군요."

　안락의자에 깊숙하게 몸을 파묻고 여송연에 불을 붙이면서 주인은 말했다.

　"우리는 저마다 자기의 첫사랑 얘기를 해야 하는 것입니다. 그럼, 세르게이 니콜라예비치, 먼저 당신부터 시작해 주십시오."

　투박스럽고 허여멀건 얼굴에 오동통한 몸집을 가진 세르게이 니콜라예비치는 먼저 주인 쪽을 바라보고 다음엔 천장으로 눈길을 돌렸다.

　"내게는 첫사랑이라고 할 만한 것이 없습니다."

　드디어 그는 입을 열었다.

　"나는 대뜸 두 번째 사랑부터 시작했으니까요."

　"그건 또 어떻게 돼서지요?"

　"아주 간단하죠. 나는 열여덟 살 때 처음으로 무척 귀엽게 생긴 아가씨의 꽁무니를 쫓아다녔습니다. 물론 그다지 새로운 맛이라는 걸 모르고 쫓아다녔었지요. 그 다음에도 많은 여자들을 사랑해 보았지만 역시 마찬가지였어요. 솔직히 말한다면 나는 여섯 살 때 내 보모에게 처음이자 마지막인 사랑을 느꼈답니다. 그러나 너무도 오래 전의 일이 되어서, 우리 두 사람 사이에 있었던 상세한 일은 이미 내 기억 속에서 사라지고 말았습니다. 또, 비록 기억에 남아 있다 해도 누가 그런 얘기에 흥미를 느낄 수 있겠습니까?”

“그럼, 어떻게 할까요?”

하고 주인이 입을 열었다.

“내 첫사랑도 그다지 재미있는 건 못 됩니다. 나는 지금의 아내인 안나 이바노프나와 알게 될 때까지는 아무도 사랑해 본 적이 없었으니까요. 게다가 아내와는 모든 일이 기름칠을 한 듯 순조롭게 진행되었습니다. 양쪽의 아버님들 사이에서 혼담이 나오자 우리는 금방 서로에게 반해 지체없이 결혼하고 말았습니다. 이런 형편이었으니까, 내 이야기는 두서너 마디로 끝나고 맙니다. 사실 솔직히 말씀드려서 내가 첫사랑 얘기를 끄집어 낸 것은, 당신들에게 기대를 걸었기 때문이었습니다. 당신들은 아직 노인이라고는 할 수 없으나, 그래도 꽤 나이가 많은 홀아비들이니까요. 블라디미르 페트로비치, 당신이라면 우리에게 좀 재미있는 이야기를 들려 줄 수 있을 듯한데요.”

“내 첫사랑은 그야말로 보통 이상이었지요.”

백발이 뒤섞인 검은 머리에, 사십쯤 되어 보이는 블라디미르 페트로비치는 말을 좀 더듬으며 대답했다.

“아!”

주인과 세르게이 니콜라예비치는 동시에 입을 열었다.

“그렇다면 더욱 멋지군요. 어디 들어 봅시다.”

“그러지요. 아니, 그만둡시다. 이야기하지 않는 편이 좋겠습니다. 나는 말재주가 없어서 싱겁고 짤막한 얘기가 되거나, 또 길게 늘어놓아서 갈피를 잡을 수 없는 얘기가 되고 말 테니까요. 그래도 원하신다면 나는 생각나는 모든 것을 수첩에 적어서——그걸 보여 드리겠습니다.”

두 친구는 처음에는 동의하려 하지 않았으나, 블라디미르 페트로비치는 끝내 자기 주장을 고집했다. 2주일 뒤에 그들은 다시 모였고, 블라디미르 페트로비치는 자기의 약속을 성실히 지켰다.

그의 수첩에는 다음과 같은 이야기가 기록돼 있었다.

1

나는 그때 열여섯 살이었다. 그것은 1883년 여름의 일이었다.

나는 모스크바에서 부모님과 함께 살고 있었다. 부모님은 네스쿠치느이 공원 맞은편 칼루가 성문 근처에 있는 어느 별장을 빌려 쓰고 있었다. 나는 대학에 들어갈 준비를 하고 있었지만, 그리 서두르지 않았고 제대로 공부도 하지 않았다.

아무도 나의 자유를 구속하는 사람은 없었다. 특히 나의 마지막 가정교사와 헤어진 뒤부터는 제멋대로 하고 싶은 짓을 하고 있었다. 그 프랑스 인 가정교사는 자기가 폭탄처럼 러시아 땅에 굴러떨어졌다는 생각에 사로잡혀서 언제나 마음이 들떠 있었다. 그리고 얼굴에 무서운 표정을 띠고, 날마다 아침부터 저녁까지 침대에서 뒹굴고 있었다. 아버지는 나에게 친절하게 대해 주었지만 그래도 무관심한 편이었고, 어머니는 내가 외아들이었는데도 나에 대해서는 관심이 거의 없다고 해도 지나친 말이 아니었다. 어머니의 마음은 다른 걱정거리에 쏠려 있었기 때문이다. 아버지는 아직 젊은데다가 매우 보기 드문 미남이었으며, 자기보다 열 살이나 위인 어머니와 타산적인 결혼을 했던 것이었다. 나의 어머니는 슬픔 속에서 나날을 보내고 있었다. 다시 말해서 언제나 흥분하든가, 질투를 일으키든가, 화를 내고 있었다. —— 물론 아버지 앞에서는 그런 티를 내지 못했다. 어머니는 몹시 아버지를 두려워하였고, 한편 아버지는 엄격하고 냉정하여 언제나 거리감 있는 태도를 취하고 있었다. 나는 그토록 침착하고 자신있고 자기 힘을 믿는 사람을·본 적이 없다.

이 별장에서 보낸 처음 몇 주일을 나는 언제까지나 잊지 못할 것이다. 화창한 날씨가 계속되었다. 우리는 5월 9일, 바로 성(聖) 니콜라이 축일에 시내에서 이곳으로 이사해 온 것이었다.

나는 산책을 하였다. —— 별장 정원인 네스쿠치느이 공원을 거닐기도 하고, 어떤 때는 성문 밖으로 나가기도 했다. 그럴 때면 언제나 무슨 책—— 이를 테면 카이다노프의 교과서 등을 가지고 갔지만, 그것을 펴는 일이란 거의 없었고, 그보다는 꽤나 많이 외워 두었던 시들을 소리 높여 읊는 것이 일과였다. 피가 몸 속에서 용솟음치고 가슴은 뛰었다. —— 그것은 정말 달콤하면서도 우스꽝스러운 것이었다. 나는 줄곧 겁에 질려 무엇인가를 기다렸다. 그리고 모든 것에 놀라움을 느끼면서 끊임없이 무엇인가에 대해 마음의 준비를 하고 있었다. 마치 아침 노을이 물들었을 때, 종루 주위를 나는 제비 떼처럼, 공상은 언제나 같은 환상의 주위를 빠른 속도로 맴돌면서 장난치는 것이었다. 나는 깊은 생각에 잠기기도 하고, 슬픔에 젖기도 하며, 어떤 때는 눈물을 흘리기까지 했다. 그렇지만 때로는 노래하는 듯한 시의 구절이며, 황혼의 아름다움에 휩쓸려 나오는 그러한 눈물과 우수를 통하여 용솟음치는 삶과 젊음의 기쁜 감정이 마치 봄의 풀처럼 파릇파릇 싹트기도 하였다.

나는 승마용 말을 한 필 가지고 있었다. 말에 손수 안장을 얹고는 혼자서 어디로든 먼 곳까지 나가곤 했다. 그리고 쏜살같이 말을 달리면서, 자신을 무술 경기에 나온 기사(騎士)로 생각하기도 하고── 그때 바람결은 얼마나 즐겁게 내 귓전을 스치고 지나갔던가 ! ── 혹은 하늘을 우러러보면서 그 눈부신 햇빛과 푸른 하늘을 활짝 열어젖힌 가슴으로 들이마시기도 했다.

지금 생각해 보니, 여자의 모습이라든가 여자의 사랑이라든가 하는 환영(幻影)은, 그 즈음 나의 머릿속에 뚜렷한 윤곽으로 떠오른 적이 한 번도 없었던 것 같다.

그러나 내가 생각하는 모든 것, 내가 느끼는 모든 것에는 무엇인지 모를 새롭고 말할 수 없이 감미로운 여자에 대한 예감── 알 듯 모를 듯하면서도 수줍은 예감이 숨어 있었다.

이러한 예감, 이러한 기대는 내 온몸에 스며들었다. 나는 그것을 호흡했다. 그 감정은 피 한 방울 한 방울에까지 스며들어, 나의 모든 혈관을 줄달음질쳤다. 그리고 그것은 곧 실현될 수 있는 운명을 지니고 있었던 것이다.

우리의 별장은 둥근 기둥이 여러 개 세워진 목조 건물의 주인집과, 두 개의 야트막한 별채로 되어 있었다. 왼쪽에 있는 별채는 값싼 도배지를 만드는 자그마한 공장이 차지하고 있었다. 나는 여러 번 그곳에 구경을 하러 가 보았는데, 창백하게 야윈 얼굴에 머리칼이 헝클어지고 기름투성이 옷을 걸친, 바싹 마른 열 명 가량의 소녀들이 네모진 인쇄기의 판대기를 누르는 나무 지렛대 위로 쉴새없이 뛰어오르면서, 자기들의 연약한 몸무게로 가지각색의 도배지 무늬를 찍어 내고 있었다. 오른쪽 별채는 비어 있어 셋방으로 내놓고 있었다. 어느 날, 5월 9일부터 3주일 가량 지났을 때—— 이 별채 들창의 덧문이 열리고, 그 안에서 두 여인의 얼굴이 나타났다. —— 어떤 가족이 그리로 이사해 온 것이었다. 지금도 생각나지만, 바로 그 날 점심에 어머니는 하인에게 이웃에 새로 이사 온 사람이 누구냐고 물었다.

그 여인이 자세키나 공작 부인이라는 말을 듣고, 어머니는 처음에는 그래도 어느 정도 경의를 표하는 말투로

"아, 공작 부인이야……"

하더니, 곧 이렇게 덧붙였다.

"아마 어느 가난뱅이 공작 부인이겠지."

"짐차 세 대로 이사 오셨어요."

접시를 공손하게 내밀며 하인이 말했다.

"자가용 마차도 없는 것 같고, 가구도 아주 초라하더군요."

"그래." 하고 어머니는 말을 받았다. "하지만 어쨌든 잘됐어."

아버지가 차가운 눈초리로 흘끗 바라보자, 어머니는 곧 입을 다물고 말았다.

사실 자세키나 공작 부인이 부유한 여자일 리 없었다. 그녀가 세든 별채는 낡아빠진 데다가 좁고 야트막한 집이라, 웬만큼 돈푼이나 가지고 있는 사람이라면 그런 집에 살 생각이 나지 않을 것이기 때문이었다. 하기는 그때 나는 그런 이야기를 귓전으로 흘려 버렸다. 공작이라는 칭호도 나에게는 아무런 감명을 주지 못했다. 나는 얼마 전에 쉴러의 《군도(群盜)》를 읽었던 것이다.

2

나는 저녁마다 엽총을 가지고 뜰 안을 돌아다니며 까마귀를 쫓는 습관이 있었다. 조심스럽고 욕심 많고 교활한 그 새를 나는 미워했다. 바로 이 이야기가 시작되었던 날, 나는 여느 때처럼 정원으로 나갔다. 나무가 양쪽으로 늘어선 정원의 가로수 길을 아무 소득 없이 모조리 돌아다니고 나서 —— 까마귀는 나를 알아보고는 멀찍이서 이따금씩 까옥까옥 울고 있을 뿐이었다. —— 우연히 나지막한 담장으로 다가갔다. 담장은 오른쪽 별채 저쪽으로 뻗어 있었는데, 별채에 딸린 좁다란 마당과 우리 집 정원을 구분하고 있었다. 나는 머리를 숙이고 걸어갔다. 갑자기 사람들의 말소리가 들려 왔다. 나는 담장 너머를 바라보고, 그만 돌처럼 굳어져 버리고 말았다. 이상한 광경이 눈앞에 나타난 것이다.

나에게서 불과 대여섯 발자국 떨어진 딸기나무 덩굴에 둘러싸인 푸른 풀밭 위에, 줄무늬 있는 장밋빛 옷을 입고 하얀 수건을 머리에 쓴 날씬한 몸매의 키 큰 처녀가 서 있고, 그 주위에는 네 명의 청년이 웅기중기 모여 있었다. 처녀는 작은 회색 꽃으로 그들의 이마를 돌아가며 때려 주고 있었다. 나는 그 꽃 이름이 무엇인지는 몰랐지만, 어린애들이 곧잘 가지고 노는 꽃이었다. 마치 조그마한 주머니처럼 생긴 그 꽃은 무엇이든지 딱딱한 물체에다 두드리면 탁 하고 요란스럽게 터지는 것이었다. 청년들은 좋아라고 이마를 내밀고 있었다. 처녀의 몸짓에는 —— 나는 옆에서 그녀를 바라보았다. —— 어떤 말할 수 없는 매력이 풍겼고, 명령하는 듯하면서도 상냥스럽게 어루만져 주는 것 같은, 조소하는 듯하면서도 한편으로는 귀여운 무엇인가가 엿보여서 나는 놀랍고도 만족한 나머지 하마터면 소리를 지를 뻔했다. 나도 저 아름다운 손가락으로 이마를 얻어맞아 봤으면, 그리고 그것을 위해서라면 이 세상의 모든 것을 그 자리에서 당장 내던져 버려도 좋을 것 같은 마음이 들었다. 엽총은 손에서 미끄러져 풀 위에 떨어졌다. 나는 모든 것을 잊고서 그 날씬한 몸매며 가느다란 목과 예쁜 손, 흰 머릿수건 밑으로 보이는 약간 헝클어진 블론드 머리며, 반쯤 감겨진 영리한 눈과 속눈썹, 그리고 그 밑의 갸름한 볼…… 이런 것을 뚫어지게 바라보고 있었다.

"이봐, 젊은 친구." 갑자기 누군가의 목소리가 곁에서 들렸다.

"남의 아가씨를 그렇게 바라보는 법이 어디 있어?"

나는 온몸이 움찔하고 정신이 아찔해지는 것 같았다. 바로 곁의 담장 너머에서 검은 머리를 짧게 깎아 올린 어떤 사내가 비웃는 눈초리로 나를 노려보고 서 있었다. 그 순간, 처녀는 이쪽을 돌아보았다. 표정이 풍부하고 활기 있는 얼굴에서 빛나는 커다란 회색 눈동자가 내 눈에 들어왔다. 그러자 그 얼굴 전체를 가늘게 떨면서 웃음을 지었다. 흰 이가 반짝이고 눈썹은 아주 야릇하게 위로 치켜올라갔다. 나는 얼굴이 빨개져서 풀 위에 떨어진 엽총을 주워 들었다. 그런 다음 커다랗기는 해도 심술궂은 데는 없는 호탕한 웃음소리를 등 뒤로 들으며 내 방으로 도망쳐 들어와 침대에 몸을 던지고는 두 손으로 얼굴을 가렸다. 가슴 속이 마구 뛰었다. 나는 몹시 부끄럽기도 하고, 한편 유쾌하기도 했다. 나는 여태껏 경험해 본 일이 없는 흥분을 느꼈다.

잠시 숨을 돌린 뒤 나는 머리를 다시 빗고 옷을 매만지고 나서 아래층으로 차를 마시러 내려갔다. 젊은 처녀의 모습이 눈앞에서 어른거렸다. 심장은 숨가쁜 고동을 멈췄지만 어쩐지 기분 좋게 죄어드는 것 같았다.

"너 어쩐 일이냐?" 아버지가 불쑥 물었다.

"까마귀는 잡았니?"

나는 아버지에게 모든 것을 이야기하려다가 꾹 참고 그저 빙긋이 웃
어 보이기만 했다. 잠자리에 들어갈 때 나는 무엇 때문에 그러는지 나
자신도 모르게 한쪽 발을 쳐들고 세 번이나 뱅그르르 맴을 돌았다. 그
리고 포마드를 바르고 자리에 눕자, 밤새도록 죽은 사람처럼 늘어지게
잠을 잤다. 새벽녘에 잠이 깨었으나 머리를 조금 쳐들고 환희에 찬 눈
으로 주위를 잠깐 둘러보고는 다시 잠들어 버렸다.

3

어떻게 하면 저 집 사람들과 사귈 수 있을까? 이튿날 아침 눈을 뜨
기가 무섭게 내 머리에 떠오른 것은 이런 생각이었다. 나는 차를 마시
기 전에 정원으로 나갔지만 담장에 너무 가까이 가지는 않았으며, 또
아무와도 만나지 않았다. 차를 마신 다음 나는 별장 앞 큰길을 몇 차례
나 오락가락하며 멀리서 들창 안을 엿보았다. 커튼 뒤로 그녀의 얼굴이
보인 것 같아서 나는 깜짝 놀라 이내 멀찍이 물러나와 버렸다. 어쨌든
사귀고 봐야 할 텐데…… 그러나 어떻게 해야 가깝게 사귈 수 있는지
그게 문제란 말이야. 네스쿠치느이 공원 앞에 널찍이 깔린 모래터를 이
리저리 거닐며 나는 생각했다. 나는 어제 그녀와 만났던 장면을 세세한
점까지 그대로 다시 눈앞에 그려 보았다. 어쩐 일인지 그녀가 내게 웃
음을 던지던 일이 유난히 뚜렷하게 머릿속에 떠오르는 것이었다. 그러

나 내가 두근거리는 가슴을 안고 여러 가지 방법을 궁리하고 있는 동안 운명은 이미 나를 위해 적절한 배려를 하고 있었다.

내가 집에 없는 동안에 어머니는 새로 이사 온 이웃으로부터 편지를 받았다. 그것은 우체국의 통지서나 싸구려 포도주의 병마개 따위에나 쓰는 갈색 봉랍을 붙인 회색 종이에 씌어 있었다. 공작 부인은 무식하기 짝이 없는 말투와 지저분한 필적으로 쓴 이 편지를 보내 어머니에게 자기를 보살펴 달라는 청을 한 것이다. 공작 부인에 의하면 우리 어머니는 그녀와 그 자녀의 운명을 손아귀에 넣고 있는 몇 사람의 명사들과 절친한 사이이기 때문이라는 것이었다. 그녀는 중대한 소송 사건을 일으키고 있었다.

'저는 품위 있는 숙녀의 한 사람으로서' 그녀는 이렇게 편지에 쓰고 있었다. '역시 품위 있는 숙녀인 당신께 청을 드리고자 하는 것이오며, 이 기회를 이용할 수 있게 된 것을 기쁘게 생각하는 바입니다.' 그리고 편지 말미에다 그녀가 어머니를 방문하는 것을 허락해 주었으면 좋겠다고 했다. 내가 돌아왔을 때 어머니는 기분이 좋지 않은 것 같아 보였다. 마침 아버지도 집에 계시지 않아서 아무도 의논해 볼 사람이 없었던 것이다. '품위 있는 숙녀로서' 더욱이 공작 부인에게 답장을 내지 않을 수는 없는 일이었다. 그러나 어떻게 회답을 써야 할지 어머니는 망설이고 있었다.

프랑스 어로 쓰는 것은 어색할 것 같았고, 그렇다고 러시아 어 맞춤법에는 어머니도 그리 자신이 없었다.── 어머니는 자기 실력을 잘 알고 있었기 때문에 창피를 당하고 싶지 않았던 것이다.

내가 집에 돌아오자 어머니는 매우 반가워하면서 곧 공작 부인을 찾아가서, 어머니는 언제나 힘 자라는 데까지 부인을 도와 드릴 용의가 있다는 것과, 오후 1시쯤에 오셨으면 좋겠다는 말을 전하라고 했다. 나는 은근히 품고 있던 소원이 뜻밖에도 이처럼 빨리 성취된 것이 몹시 기뻤고 한편으로는 놀랍기도 했다. 나는 내가 당황하고 있는 빛을 조금도 나타내지 않았다. 그리고 새 넥타이와 플록 코트를 입으려고 우선 내 방으로 갔다. 나는 정말 싫어서 못 견딜 지경이었지만, 아직도 집에서는 더블 칼라가 붙은 재킷을 입고 있었던 것이다.

4

내가 무의식중에 온몸을 떨면서 비좁고 지저분한 별채의 문간방에 들어서자, 거무죽죽한 구릿빛 얼굴에 돼지처럼 심술궂은 눈을 가진 백발의 하인이 나를 맞았다. 이마에서 관자놀이로, 여태껏 내가 한 번도 본 일이 없는 깊은 주름살이 진 노인이었다. 그는 뜯어먹다가 남은 청어 가시를 접시에 담아 가지고 나오다가, 다음 방으로 통하는 문을 발로 닫으면서 메마르고 갈라진 목소리로 물었다.

"무슨 일로 오셨습니까?"

"자세키나 공작 부인께서는 댁에 계십니까?"

하고 나는 물었다.

"보니파치!"

질그릇 깨지는 소리와도 같은 여자의 외침 소리가 다음 방에서 들려왔다.

하인은 아무 말 없이 나에게로 등을 돌렸다. 문장(紋章)이 그려진 녹슨 단추가 오직 한 개 달려 있는 제복의 등이 몹시 닳은 것이 눈에 띄었다. 그는 접시를 마룻바닥에 내려놓고 들어가 버렸다.

"경찰서에 다녀왔나?" 조금 전에 들려 온 그 여자의 목소리였다. 하인이 뭐라고 중얼거렸다.

"뭐? 누가 찾아왔다고?" 다시 여자의 목소리가 들려 왔다.

"옆집 도련님이야? 그럼, 어서 들어오시라고 해."

"어서 응접실로 들어오십시오."

하인은 다시 내 앞에 나타나서 마룻바닥에 놓은 접시를 집어 들며 말했다. 나는 옷깃을 매만지며 응접실로 들어갔다.

내가 발을 들여 놓은 곳은 그리 깨끗하다고는 볼 수 없는 자그마한 방이었는데, 급작스럽게 벌여 놓은 것 같은 가구 등이 초라하기 짝이 없었다. 들창가에 놓인 한쪽 팔걸이가 떨어져 나간 안락의자에는 쉰 살쯤 되어 보이는 못생긴 부인이 낡은 옷에 알락달락한 털실로 된 숄을 목에 감고 맨머리로 앉아 있었다. 그녀의 까무잡잡한 눈은 나를 집어삼킬 듯이 쏘아보았다.

나는 그녀에게 가까이 가서 머리 숙여 인사했다.

"실례합니다. 당신이 자세키나 공작 부인이십니까?"

"네, 내가 자세키나 공작 부인이에요. 당신은 B씨의 아드님이신가요?"

"그렇습니다. 저는 어머니의 심부름으로 찾아왔습니다."

"자, 어서 앉으세요. 보니파치! 내 열쇠 어디 있는지 못 봤나?"

나는 자세키나 부인에게 그녀의 편지에 대한 어머니의 회답의 말을 전했다. 그녀는 굵고 불그스름한 손가락으로 창문 언저리를 똑똑 두드리며 나의 말을 귀담아 듣고 있다가, 말이 끝나자 다시 한번 나를 눈여겨 바라보았다.

"대단히 고맙군요, 꼭 찾아가 뵙지요."
하고 그녀는 한참만에 입을 열었다.
"그런데 당신은 아직 젊으시군요! 실례지만 올해 몇이지요?"
"열여섯입니다." 나는 무의식중에 말을 더듬으며 대답했다.
공작 부인은 주머니에서 무엇인지 하나 가득 써 놓은, 손때가 반지르르한 서류를 꺼내더니 그것을 코 밑에 바싹 가져다가 이리저리 뒤적이기 시작했다.
"참 좋은 나이군요."
의자 위에서 이리저리 몸을 비틀기도 하고 엉덩이를 들썩거리기도 하면서 그녀는 불쑥 말했다.
"뭐, 그렇게 예의를 차릴 필요는 없어요. 마음놓고 편히 앉아요. 우리 집에서는 누구나 허물없이 지내고 있으니까요."
나는 너무 지나치게 허물없이 구는구나 하는 생각이 들어서 불현듯 혐오감을 느끼며 부인의 꼴사나운 겉모습을 샅샅이 살펴보았다.
그 순간 응접실에 붙은 저쪽 방문이 홱 열리더니 어제 뜰 안에서 본 그 처녀가 문턱에 나타났다. 그녀는 한손을 쳐들어 보였다. 그리고 그 얼굴에 엷은 미소가 살짝 스쳐 갔다.
"이 애는 내 딸이랍니다."
팔꿈치로 처녀를 가리키며 공작 부인은 말했다.
"지노치카. 이분은 이웃집 B씨의 아드님이시다. 실례지만 당신 이름은?"
"블라디미르입니다."
나는 자리에서 일어나며 흥분한 나머지 목쉰 소리로 대답했다.
"그럼, 아버님은?"

“페트로비치입니다.”

“아, 그래요! 내가 잘 아는 경찰서장이 한 분 있는데, 그분도 역시 블라디미르 페트로비치라는 이름이지요. 보니파치! 열쇠는 내 주머니 속에 들어 있으니까 찾을 필요 없어.”

처녀는 여전히 엷은 미소가 깃든 눈을 조금 가늘게 뜨고 고개를 옆으로 비스듬히 기울인 채 나를 바라보고 있었다.

“난 벌써 무슈 볼리데마르(블라디미르를 프랑스 어로 부른 것)를 만난 일이 있어요.”

하고 그녀는 입을 열었다. 은방울을 굴리는 듯한 그 목소리는 달콤하면서도 차가운 느낌을 주며 내 등골을 스치고 지나갔다.

“내가 이렇게 프랑스식으로 당신 이름을 부르는 것을 용서하겠지요?”

“좋을 대로 불러 주십시오.”

나는 굳어 버린 혓바닥으로 우물쭈물 대답했다.

“어디서 만났다는 거냐?”

하고 공작 부인이 물었다. 딸은 어머니의 물음에는 대답도 하지 않고, 내게서 눈길을 떼지 않으며 물었다.

“지금 바쁘신가요?”

“아니오, 바쁠 건 없습니다.”

“그럼, 털실 감는 걸 좀 도와 주시지 않겠어요? 이리 오세요, 내 방으로.”

그녀는 나에게 머리를 까딱해 보이고는 응접실에서 나가 버렸다. 나는 그 뒤를 따라갔다. 우리가 들어간 방 안에 놓인 가구는 그래도 좀 괜찮은 편이었고, 또 그것들은 아주 그럴 듯하게 배치되어 있었다. 하기는 그 순간 나는 거의 아무것도 똑똑히 살펴볼 여유가 없었다. 나는 마치 꿈 속에서처럼 몸을 움직이며, 우스꽝스러울 만큼 긴장된 행복감을 온몸에 느끼고 있었다.

공작의 딸은 자리에 앉더니 새빨간 털실 뭉치를 꺼내 들었다. 그리고 자기 앞의 의자에 앉으라고 손짓한 다음 열심히 실뭉치를 풀어 헤쳐 가며 그것을 내 양쪽 손에 걸어 놓았다.

그렇게 하는 동안 그녀는 장난치는 듯한 느릿느릿한 태도로, 벌려진 듯 만 듯한 입술에 여전히 밝으면서도 심술궂은 미소를 띠며 내내 침묵을 지키고 있었다. 그녀는 트럼프를 꺾어 쥐고 거기에 털실을 감기 시작했다. 그러다가 갑자기 무엇이라 표현할 수 없는 밝은 눈길로 재빨리 내 얼굴을 훑어보았으므로 나는 무의식중에 눈을 내리깔고 말았다. 반쯤 감은 것 같은 가느다란 그녀의 눈이 어쩌다 동그랗게 치뜨여질 때, 그 얼굴은 광채가 넘치는 듯 아주 모습이 변하고 마는 것이었다.

잠시 뒤 그녀가 물었다.

"어제 나를 보고 어떻게 생각했지요, 무슈 볼리데마르? 아마도 나를 나쁜 여자라고 생각하셨겠지요?"

나는 어리둥절해서 대답했다.

"나는…… 나는 아무것도 생각하지 않습니다…… 어떻게 내가 감히 그런 생각을……"

"내 말 좀 들어 봐요."

하고 그녀는 말을 받았다.

"당신은 아직 나를 잘 모르겠지만 나는 참 이상한 여자예요. 나는 언제나 딴 사람한테 사실 얘길 듣고 싶어요. 당신이 열여섯 살이라는 말을 들었는데, 나는 스물 한 살이나 먹었으니 내가 훨씬 손위 아니에요? 그러니까 당신은 언제나 있는 그대로 말을 해야 하고…… 또 내 말을 잘 들어야 해요.”

그리고 그녀는 다시 덧붙였다.

“내 얼굴을 좀 봐요.—— 왜 나를 보지 않지요?”

나는 더욱 어쩔 줄 몰랐지만, 그러나 눈을 들어 그녀를 보았다.

그녀는 살짝 웃어 보였는데, 그 미소는 아까와 달리 퍽 호의가 담긴 것이었다.

“날 좀 보라니까요.”

그녀는 목소리를 낮추면서 상냥하게 말했다.

“난 누가 내 얼굴을 쳐다본다고 해서 기분 나쁘지 않아요. 난 당신 얼굴이 마음에 들어요. 우린 금방 친구가 될 것 같은 생각이 들어요. 그런데 당신은 내가 마음에 들었어요?”

하고 아양을 떠는 말투로 물었다.

“아가씨……” 하고 나는 겨우 입을 열었을 뿐이었다.

“첫째, 이제부터 나를 지나이다 알렉산드로브나라고 불러 줘요. 둘째 로는—— 어린애가(그녀는 말을 고쳤다)—— 젊은 남자가—— 자기의 느낀 바를 솔직하게 말하지 않는다는 건 나쁜 버릇이에요. 그건 어른들 이나 하는 짓이지요. 어때요, 내가 당신 마음에 들었지요?”

그녀가 나에게 이처럼 허물없는 태도로 말한다는 것은 무척 기쁜 일 이기는 했지만, 나는 은근히 비위가 상했다. 그래서 나는 내가 어린애 가 아니라는 것을 그녀에게 보여 주기 위해 될 수 있는 한 거리낌없는 점잖은 표정을 지으며 입을 열었다.

“그야 물론 마음에 들다뿐이겠습니까, 지나이다 알렉산드로브나. 나 는 그걸 숨길 생각은 없습니다.”

그녀는 천천히 사이를 두고 머리를 끄덕여 보였다.

"당신한테 가정교사가 붙어 있나요?"

그녀는 갑자기 생각난 듯이 물었다.

"아니오. 가정교사 같은 건 없어진 지 벌써 오랩니다."

나는 거짓말을 했다. 내가 그 프랑스 인과 헤어진 지 아직 한 달도 지나지 않았던 것이다.

"오! 그래요. 그럼, 어른이 다 된 셈이군요."

하고 그녀는 가볍게 내 손가락을 두드렸다.

"손을 똑바로 들어요!"

그녀는 열심히 실을 감기 시작했다.

그녀가 눈을 들지 않은 것을 요행이라 생각하고 나는 그녀를 찬찬히 살펴보기 시작했다. 처음에는 흘끗흘끗 몰래 보았지만, 얼마 뒤엔 차츰차츰 대담해졌다. 그녀의 얼굴은 어제보다 더욱 예뻐 보였다. 어느 모로 보아도 가냘프고 총명하고 귀엽기만 했다. 그녀는 흰 커튼을 드리운 창문을 배경으로 하고 앉아 있었다. 햇빛이 그 커튼을 뚫고 들어와 그녀의 부드러운 금발과 깨끗한 목덜미, 둥그스름한 어깨와 고요하고도 가냘픈 가슴에 부드러운 빛을 던져 주고 있었다. 그렇게 그녀를 바라보고 있는 동안에, 어느덧 그녀는 내게 더없이 귀중하고 더없이 친근한 존재가 되어 버렸다. 나는 아주 오래 전부터 그녀를 알았고, 또한 그녀와 알기 이전의 일은 아무것도 기억에 없을 뿐더러, 이 세상에 살아 있었던 것 같지도 않았다. 그녀는 낡아빠진 거무죽죽한 옷을 입고 앞치마를 두르고 있었다. 나는 그 옷과 앞치마의 주름을 하나하나 기쁜 마음으로 쓰다듬어 주고 싶은 생각이 들었다. 치마 밑으로 구두코가 뾰족이 내보였다. 나는 경건한 마음으로 그 구두에 이마를 조아리고 싶은 생각마저 들었다. 지금 이렇게 이 처녀 앞에 앉아 있다고 나는 생각했다.(나는 드디어 이 처녀와 사귀게 되었다. 아, 얼마나 행복스러운 일이냐!) 나는 환희에 넘쳐 하마터면 의자에서 벌떡 일어날 뻔했으나, 마치 맛있는 음식을 먹고 있는 어린애처럼 두 다리를 버둥거렸을 뿐이었다.

나는 물 속에 있는 물고기처럼 즐거웠다. 이제는 한평생 이 방에서 나가고 싶지 않았고, 또 이 자리를 떠나고 싶지도 않았다.

그녀의 눈까풀이 살며시 위로 올라갔다. 그리고 또다시 그녀의 맑은 눈이 내 앞에서 상냥하게 빛났다.── 그 얼굴에는 여전히 엷은 미소가 떠돌고 있었다.

"당신은 나만 뚫어지게 바라보고 있었군요."

그녀는 천천히 말하더니 손가락으로 나를 위협하는 시늉을 했다.

나는 얼굴을 붉혔다. 이 여자는 무엇이든지 다 아는 모양이다. 무엇이든지 모두 보고 있다. 이런 생각이 내 머릿속을 스쳐갔다.

'그렇지, 모를 리가 있나, 보지 못할 리가 있나!'

갑자기 옆방에서 무엇인지 '덜컹' 하는 소리가 나더니 사벨이 절거덕거렸다.

"지나!" 하고 공작 부인이 응접실에서 부르는 소리가 들려왔다.

"벨로브조로프가 너한테 새끼 고양이를 가져왔구나."

"새끼 고양이!"

지나이다는 소리치며 의자에서 발딱 일어나더니, 내 무릎 위에 털실뭉치를 집어던지고 그냥 달려나가 버렸다.

나도 따라 일어나서 실뭉치와 꾸러미를 들창가에 얹어놓고는 응접실로 나오다가 깜짝 놀라 우뚝 걸음을 멈추고 말았다. 방 한가운데는 알록달록한 새끼 고양이가 다리를 벌리고 앉아 있고, 지나이다는 그 앞에 무릎을 꿇고 조심조심 고양이의 턱을 받쳐들고 있었다. 공작 부인 곁에는 불그레한 얼굴에 눈알이 튀어나온 희끄무레한 곱슬머리의 경기병이 들창 사이의 벽을 거의 다 차지하다시피 하고 서 있었다.

"아이 참, 우스워라!"하고 지나이다는 말했다.

"눈도 회색이 아니고 새파란데다가, 귀는 또 어쩌면 이렇게 클까! 빅토르 예고르이치, 고마워요! 당신은 참 친절한 분이세요!"

나는 경기병이 어제 본 청년들 가운데 하나라는 것을 알 수 있었다. 그는 빙긋이 웃으며 머리를 숙여 보였는데, 그 순간 발꿈치의 박차가 짤깍 소리를 냈고, 사벨 자루도 절거덕 소리를 냈다.

"어제 당신이 귀가 큰 얼룩 고양이를 갖고 싶다고 하셨기에…… 그래서 내가 이놈을 구해 왔지요. 당신의 말은 곧 법령이니까요."

그리고 그는 다시 머리를 꾸벅 숙였다.

고양이는 가느다란 소리로 야옹 하고 방바닥을 핥기 시작했다.

"배가 고픈가 봐요!"

지나이다는 호들갑스럽게 소리쳤다.

"보니파치! 소냐! 우유를 좀 가져와."

낡아빠진 노란 옷에 퇴색한 수건을 목에 감은 하녀가 우유 접시를 손에 들고 들어와서 고양이 앞에 놓았다. 고양이는 꿈틀하고 몸을 떨더니 눈을 가느다랗게 뜨고 핥기 시작했다.

"어쩌면 혓바닥이 저렇게 빨갛지!"

지나이다는 마룻바닥에 닿을 정도로 머리를 숙이고 고양이의 코끝을 옆에서 들여다보며 말했다.

고양이는 다 먹고 나자 배가 부른지, 건방진 꼴을 하고 앞발을 들었다 놓았다 하며 가르랑거리기 시작했다. 지나이다는 일어서더니 하녀를 돌아보고 쌀쌀한 어조로 말했다.

"고양이는 저리 갖다 둬."

"고양이를 가져온 대가로 —— 당신의 손을!"

하고 경비병은 어색한 웃음을 지으며 새 군복을 팽팽하게 입은 건장한 몸집을 뒤로 젖혔다.

"양쪽 다!"

하고 지나이다는 대답하며 그에게 두 손을 내밀었다. 경기병이 그 손에 키스하고 있는 동안 그녀는 사내의 어깨 너머로 나를 바라보고 있었다.

나는 그 자리에 꼼짝 않고 서서, 웃어야 할 것인지, 무어라고 말을 해야 할 것인지, 그렇지 않으면 그냥 잠자코 있어야 할 것인지 분간할 수가 없었다. 그때 열린 현관문 밖으로 우리 집 하인 표도르가 나타났다. 그는 내게 손짓을 했다. 나는 기계적으로 그에게로 걸어갔다.

"왜 그래?" 하고 나는 물었다.

"마님께서 도련님을 불러 오라고 해서 왔습니다."

하고 그는 소곤소곤 말했다.

"대답을 들었으면 빨리 돌아올 것이지, 뭘 하고 있느냐고 화를 내고 계십니다."

"그렇지만 내가 뭐 그리 오래 있었나?"

"한 시간도 넘었습니다."

"한 시간이 넘었다구!"

나는 엉겁결에 그의 말을 되뇌었다. 그리고 응접실로 돌아와서 인사를 하고 뒷걸음질치며 물러나오려 했다.

"어디 가세요?"

경비병 뒤에서 얼굴을 내밀며 공작의 딸이 물었다.

"이젠 집에 가 봐야겠습니다."

그리고 나는 부인을 바라보며 덧붙였다.

"그럼, 그렇게 말씀드리겠습니다. 부인께서 오후 1시에 저희 집으로 오신다구요."

"그렇게 말해 줘요, 도련님."

공작 부인은 갑작스럽게 담뱃갑을 꺼내더니 어떻게나 요란스럽게 냄새를 맡는지 나는 진저리가 날 지경이었다.

"그럼, 그렇게 말해 줘요."

부인은 눈물이 글썽한 눈을 껌벅이며, 신음하는 듯한 소리로 거듭 말했다.

나는 다시 한 번 인사하고 발길을 돌려 밖으로 나와 버렸다.—— 자신의 뒷모습을 바라보고 있으리라는 것을 느꼈을 때, 나이 어린 사람들이 으레 경험하는 그런 멋적은 기분을 등에 느끼면서.

"이것 봐요, 무슈 볼리데마르, 자주 놀러 와야 해요."

지나이다는 이렇게 소리치고 또 웃어대기 시작했다.

'저 여자는 뭣 때문에 웃기만 하는 것일까?'

아무 말 없이 시무룩해서 내 뒤를 따라오고 있는 표도르를 거느리고 집으로 돌아오며 나는 생각했다.

어머니는 내게 잔소리를 했다. 그리고 공작 부인 집에서 뭘 하며 그렇게 오래 붙어 있었는지 이상하게 여기는 것 같았다. 나는 어머니에게 아무 대답도 않고 내 방으로 들어가 버리고 말았다. 나는 갑자기 서러워져서 견딜 수가 없었다. 나는 울음이 터지려는 것을 간신히 참았다. 나는 그 경기병에게 질투를 느끼고 있었던 것이다.

5

공작 부인은 약속한 대로 어머니를 찾아왔으나, 어머니의 환심을 사지는 못했다. 나는 그 자리에 있지 않았지만, 식사할 때 어머니가 아버지에게 말한 바에 의하면, 그 자세키나 공작 부인은 '지극히 저속한 여자' 같았다는 것이었다. 그녀는 어머니에게 세르게이 공작에게 교섭해 달라고 치근치근 들러붙어서 애원했다고 한다. 그리고 그녀는 줄곧 어떤 소송이며 치사스러운 금전 관계의 사건에 관여하고 있는 것으로 보아, 필경 이만저만한 사기꾼이 아닐 것이라고 했다. 그렇지만 어머니는 공작 부인을 딸과 함께 내일 점심에 초대했다는 것이었다. ('딸과 함께'라는 말을 듣고, 나는 접시에 코를 틀어박을 듯이 얼굴을 숙였다.) 그래도 역시 이웃간이고 이름이 있는 사람인데, 모르는 척할 수 있겠느냐고 어머니는 덧붙여 말했다.

어머니의 말을 듣고 아버지는, 그 부인이 누군지 이제야 생각난다고 하며 다음과 같이 말했다.

아버지는 젊었을 때 죽은 자세키나 공작을 잘 알고 있었다. 그 사람은 훌륭한 교육을 받기는 했지만, 머릿속에 들어 있는 것이 없는 난봉꾼이었고, 파리에서 오랫동안 살고 있었기 때문에 사교계에서는 '파리장'이라고 불리고 있었다. 그는 굉장한 부자였으나 도박으로 전 재산을 탕진한 뒤, 무슨 이유에서인지는 똑똑히 알 수 없으나 필경 돈 때문에 어떤 하급 관리의 딸과 결혼했다.── 하기는 좀더 좋은 상대를 골라잡을 수도 있었으련만 하고 아버지는 냉소를 띠었다. 그리고 결혼 뒤에는 투기사업에 손을 대서 무일푼이 되어 버렸다는 것이었다.

"제발 돈을 빌려 달라는 소리나 하지 말았으면 좋겠는데."

하고 어머니가 말했다.

"그럴 가능성이 아주 많아."

아버지는 침착한 어조로 말을 받았다.

"그 여자는 프랑스 어를 할 줄 아오?"

"아주 엉망이에요."

"흠, 잘하든 못하든 우리한테야 뭐 상관 있나. 당신은 딸도 초대했다고 했는데, 누구한테 들은 말이지만 아주 예쁜데다가 상당히 교양있는 처녀라더군."

"그래요? 그럼, 어머닐 닮지는 않은 모양이군요."

"아버지를 닮지도 않았겠지."하고 아버지는 대답했다.

"그 사람은 교육을 받기는 했지만 좀 모자라는 데가 있었어."

어머니는 한숨을 쉬고 생각에 잠겼다. 아버지는 입을 다물었다. 이런 대화가 오가는 동안 나는 몹시 어색한 기분이 들었다.

식사가 끝난 뒤 나는 정원으로 나왔으나 총을 들고 있지는 않았다. 나는 '자세킨네 집 정원'에는 가까이 가지 않겠다고 속으로 맹세했지만, 걷잡을 수 없는 힘이 나를 그리로 이끌었다. 그리고 그것은 허사가 아니었다. 담장에 기댄 채 가까이 가기도 전에 나는 지나이다를 발견했다. 이번에는 그녀 혼자뿐이었다. 그녀는 두 손으로 책을 들고서 천천히 샛길을 걷고 있었다. 내가 있는 것도 모르는 눈치였다.

나는 그냥 그녀를 지나칠 뻔했으나 문득 정신을 차리고 헛기침 소리를 냈다.

그녀는 돌아다보았지만 발길을 멈추지 않고 둥그런 밀짚모자에 늘어진 하늘빛 리본을 한손으로 걷으며 나를 보고 생긋 웃어 보이더니, 다시 책으로 눈길을 떨어뜨렸다.

나는 모자를 벗어들고 잠시 그 자리에 주춤거리며 섰다가 무거운 가슴을 안고서 발길을 돌렸다. 'Quesuis-je pour elle(나는 저 여자에게 무엇이 되나)?' 하고, 나는 웬일인지 모르겠지만—— 프랑스 어로 생각해 보았다.

귀에 익은 발걸음 소리가 뒤에서 들려왔다. 뒤돌아보니 아버지가 언제나처럼 가볍고 빠른 걸음으로 이쪽을 향해 걸어오고 있었다.

"저 아가씨가 공작의 딸이냐?"하고 아버지는 물었다.

"네."

"넌 저 아가씨를 아니?"

"오늘 아침 공작 부인한테 갔다가 만났어요."

아버지는 걸음을 멈춰 섰다가, 곧 뒤꿈치로 몸을 돌리더니 오던 쪽으로 다시 돌아갔다. 지나이다의 옆에까지 가자 아버지는 그녀에게 점잖게 머리를 숙여 인사했다. 지나이다도 역시 인사를 했으나 적이 놀란 얼굴로 책을 든 손을 아래로 내렸다. 그는 그녀의 눈길이 옆을 지나가는 아버지에게서 떠나지 않는 것을 보았다. 아버지는 언제나 독특하면서도 고상하고 멋진 옷차림을 하고 있었다. 그러나 아버지의 모습이 이때처럼 맵시있게 보인 적은 없었고, 그 회색 모자가 알맞게 숱이 빠진 곱슬 머리 위에 이 때처럼 보기 좋게 얹혀진 적도 없었던 것 같았다.

나는 지나이다 쪽으로 가려 했으나, 그녀는 나를 거들떠보지도 않고 다시 책을 들여다보며 저쪽으로 가 버렸다.

6

그날 저녁과 이튿날 아침 나절을, 나는 왜 그런지 풀이 죽은 일종의 마비 상태에서 지냈다. 나는 공부라도 해 볼 생각으로 카이다노프의 교과서를 손에 들었으나, 이 유명한 책의 길고 지루한 글줄이며 책장이 헛되이 눈앞을 어른거릴 뿐이었던 것을 지금도 기억하고 있다. 나는 계속해서 열 번 가량 '줄리어스 시저는 군인으로서 용기가 뛰어난 사람이었다.'라는 구절을 되풀이해서 읽어 보았으나, 아무것도 머릿속에 들어오지 않아 책을 던져 버리고 말았다. 점심을 먹기 전에 나는 또다시 포마드를 바르고는 플록 코트를 입고 넥타이를 맸다.

"너 왜 그러니?"하고 어머니가 물었다.

"아직 대학생도 아니고 더군다나 시험에 합격될지 어떨지도 모르면서, 재킷을 맞춰 준 지 며칠도 안 됐는데 벌써 그걸 벗어 던질 작정이냐?"

"손님이 오신다고 했잖아요!"

나는 거의 절망에 찬 목소리로 낮게 말했다.

"바보 같은 소리 작작해! 그게 무슨 손님이란 말이냐?"

어머니 말씀에는 순종하는 수밖에 없었다. 나는 하는 수 없이 플록 코트를 재킷으로 바꿔 입었지만 넥타이만은 풀지 않았다. 공작 부인 모녀는 식사하기 30분 전에 나타났다. 부인은 이미 내 눈에 익은 노란 솔을 걸치고 새빨간 리본이 달린 구식 실내 모자를 쓰고 있었다. 그녀는 다짜고짜 수표 얘기를 꺼내더니 한숨을 섞어 가며 자기의 가난한 처지를 호소했다. 그리고는 조금도 체면을 차리지 않고 치근치근 애걸하는 것이었다. 그녀는 자기 집에서처럼 요란스럽게 담배를 코에 갖다 대고 냄새를 들이마시며 의자 위에서 제멋대로 몸을 이리저리 돌리고 엉덩이를 들썩거렸다. 그녀는 자기가 공작 부인이라는 것을 조금도 염두에 두지 않는 것 같았다.

그 대신 지나이다는 그야말로 공작의 딸답게 거의 거만할 정도로 위신을 지키고 있었다. 그 얼굴에는 냉정하고도 엄숙한 표정이 깃들어 움직일 줄 몰랐다. 그녀의 이런 새로운 표정도 아름답게 보이기는 했으나 나는 그녀가 아주 다른 사람처럼 보였고, 어제와 같은 그런 눈길과 그런 미소는 전혀 찾아볼 수 없었다. 그녀는 하늘색 깃이 달린 얇은 비단옷을 입고, 머리는 영국식으로 길게 땋아서 양쪽 볼 위로 늘어뜨리고 있었다. 이 머리 모양은 그녀의 차가운 얼굴 표정과 잘 어울렸다.

아버지는 식사를 하는 동안 그녀의 옆에 앉아서, 남에게서 볼 수 없는 그 우아하고 침착한 태도로 친절히 그녀를 접대하고 있었다. 그러면서 이따금 그녀의 얼굴을 흘끔흘끔 바라보았다. 그녀도 가끔 아버지를 쳐다보곤 했는데, 그 눈길은 거의 적의를 품은 것같이 야릇했다.

아버지와 지나이다는 프랑스 어로 얘기했다. 지금도 기억하고 있지만, 그때 지나이다의 발음이 어찌나 고왔던지 깜짝 놀랄 지경이었다. 공작 부인은 식사중에도 여전히 사양하지 않고 넓죽넓죽 집어먹으며 음식 솜씨를 칭찬하였다. 어머니는 공작 부인이 몹시 귀찮은 듯이 멸시하는 듯한 시무룩한 표정으로 마지못해 대꾸하고 있었다. 아버지는 이따금 눈에 띄지 않을 정도로 미간을 찌푸렸다. 지나이다도 역시 어머니의 마음에는 들지 못했다.

이튿날, 어머니는 말했다.

"그 따위 거만한 계집애가 어디 있어. 참, 내, 제가 뭘 뽐낼 게 있다고—— 그리세트(프랑스 하류 계급의 말괄량이 색시) 같은 얼굴을 해 가지고!"

"당신은 그리세트를 본 일이 없지 않소."

하고 아버지는 핀잔을 주었다.

"네, 보지 못한 게 다행이에요!"

"물론 다행일 거요. 그러나 본 일도 없으면서 어떻게 그리세트 같으니 어쩌니 하고 말할 수 있느냔 말이오."

지나이다는 나에게 전혀 아무런 관심도 나타내지 않았다. 식사가 끝나자 공작 부인은 곧 돌아가겠다고 인사했다.

"앞으로 두 분께서 잘 돌봐 주시기만 바랍니다. 마리아 니콜라예브나, 그리고 표트르 바실리예비치."

그녀는 어머니와 아버지에게 노래 부르는 듯한 어조로 말했다.

"어쩔 수 있어야지요, 한때는 좋은 시절도 있었지만, 다 지나가 버리고 말았어요. 나도 귀족은 귀족이지만."

하고 그녀는 볼썽사납게 웃으며 덧붙였다.

"우선 입에 풀칠도 못할 처지에 명예가 무슨 소용이겠어요!"

아버지는 공손히 인사하고 그녀를 현관문까지 배웅했다. 나는 꽁지빠진 잠자리 같은 재킷을 입고 마치 사형 선고를 받은 죄수처럼 그 자리에 버티고 서서 마룻바닥만 내려다보고 있었다. 지나이다의 쌀쌀한 태도가 나를 낙심케 했던 것이다. 그러나 그녀가 내 옆을 지나치면서 두 눈에 어제와 같이 상냥한 표정을 띠며 재빨리 속삭였을 때 나의 놀라움은 얼마나 컸는지 모른다.

"저녁 8시에 우리 집으로 오세요. 알았지요, 꼭 와야 해요……"

나는 그저 두 팔을 벌려 보였을 뿐이었다.── 그녀는 하얀 숄을 머리위에 뒤집어쓰더니 총총걸음으로 나가 버렸다.

7

8시 정각에 나는 플록 코트를 입고 앞머리를 높이 치켜올려 빗고는 공작 부인이 사는 별채 현관으로 들어섰다. 어제 본 그 하인이 침울한 눈초리로 나를 바라보며 마지못해 의자에서 엉거주춤하니 일어섰다. 응접실에서 떠들썩한 소리가 들려왔다. 나는 문을 열자 깜짝 놀라 멈칫하고 한 발자국 뒤로 물러섰다. 응접실 복판에 놓인 의자 위엔 공작의 딸이 남자 모자를 들고 올라서 있었고, 그 주위를 다섯 명의 사나이가 어깨를 비비대며 에워싸고 있었다.

그들은 모자에 손을 집어넣으려고 발돋움을 하고 있었으나, 그녀는 더욱 높이 추켜들고서 이리저리 빼돌리고 있었다.

나를 발견하자 그녀는 소리질렀다.

"잠깐만 기다려요, 기다리세요! 새 손님이 왔으니까요. 저 사람한테도 표를 주어야 해요."

그녀는 의자에서 껑충 뛰어내리더니 내 플록 코트의 소매를 붙잡으며 말했다.

"자, 어서 들어오세요. 왜 이렇게 버티고 섰어요? 여러분, 소개합니다. 이분은 옆집 도련님인 무슈 볼리데마르예요. 그리고 이분은……"

그녀는 나에게 손님들을 한 사람씩 차례로 소개했다.

"말레프스키 백작, 다음은 의사 선생인 루신, 시인인 마이다노프, 예비역 대위인 니르마츠키, 그리고 경비병 벨로브조로프, 이분은 만나 뵌 일이 있지요. 서로 사이좋게 지내시기 바랍니다."

나는 몹시 어리둥절하여 누구 한 사람에게도 제대로 인사를 하지 못했다. 루신이라는 의사는 엊그제 정원에서 나에게 사정없이 무안을 준 바로 그 까무잡잡한 친구라는 것을 알아차렸지만, 그 밖의 사람들은 초면이었다.

"백작!"

하고 지나이다는 말을 이었다.

"무슈 볼리데마르에게 표를 만들어 줘요."

"그건 불공평합니다."

백작은 폴란드 사투리가 좀 섞인 말로 대꾸했다. 그는 멋지고 사치스러운 옷차림을 하고, 검은 머리에 표정이 풍부한 밤색 눈과 희고 오뚝한 코를 가졌으며, 조그만 입가에 가느다란 콧수염을 기른 사나이였다.

"이 사람은 우리들과 함께 내기를 하지 않았으니까요."

"불공평하고말고."

벨로브조로프와 예비역 대위라는 신사가 덩달아 말했다. 마흔 살 전후로 보이는 대위는 형편없는 곰보 얼굴에 흑인 같은 곱슬머리로 등과 다리마저 구부러졌으며, 견장도 없는 군대 예복을 가슴까지 헤쳐 놓고 있었다.

"표를 만들라고 하잖아요!"

하고 공작의 딸은 재촉했다.

"내 말에 반항하겠다는 건가요? 무슈 볼리데마르는 우리들과 처음 놀게 됐으니까, 오늘은 이분한테 그런 규칙을 내세우지 말기로 해요. 어서 잔소리 말고 내가 하라는 대로 표를 만들라니까요!"

　백작은 어깨를 흠칫했으나 공손히 머리를 숙여 보이더니, 반지를 여러 개 낀 흰 손에 펜을 들고 종이조각을 찢어서 거기에 이름을 써 넣기 시작했다.

“그렇다면 볼리데마르 씨에게 설명을 좀 드려야겠습니다.”

　루신이 빈정대는 듯한 말투로 입을 열었다.

“그러지 않으면 안 될 것이, 이분은 지금 몹시 얼떨떨한 모양이니까요. 이거 보시오, 친구, 우리는 지금 내기를 하고 있단 말이오. 이 집 아가씨가 벌을 받게 되었는데, 제비를 바로 뽑은 사람에게 아가씨 손에 키스할 권리가 부여되지요. 내 말 알아들었소?”

　나는 그의 얼굴을 한 번 흘낏 쳐다보았을 뿐, 여전히 얼빠진 사람처럼 서 있었다. 지나이다는 다시 의자 위로 뛰어올라가더니 아까처럼 모자를 흔들기 시작했다. 모두들 모자로 손을 뻗쳤다.── 나도 그들이 하는 대로 했다.

“마이다노프 씨.”

　그녀는 키가 큰 청년에게 말했다. 그는 야윈 얼굴에 조그만 눈이 근시처럼 보였으며, 검은 머리카락이 굉장히 길게 자란 사나이였다.

“당신은 시인이니까 마음을 너그럽게 가져야 해요. 당신의 표를 무슈 볼리데마르한테 양보하세요. 그렇게 하면 저분은 기회를 두 번 갖게 될 테니까요.”

　그러나 마이다노프는 고개를 가로저었는데, 이때 기다란 머리카락이 너풀거렸다. 나는 맨 나중에 모자 속에 손을 넣어 표를 한 장 집어 펼쳐보았다. 아! 종이조각에 씌어 있는 ‘키스’라는 두 글자를 보았을 때 내 마음이 어떠했으랴!

“키스!”

나는 엉겁결에 부르짖었다.

"브라보! 이분이 뽑았어요."

지나이다가 내 말을 받았다.

"아이, 좋아라!"

하며 그녀는 의자에서 내려오더니 무엇이라 표현할 수 없이 맑고 달콤한 눈길로 내 얼굴을 들여다보았다. 내 가슴은 금방 터져 버릴 것만 같았다.

"당신도 기쁘지요?"

하고 그녀는 다시 내게 물었다.

"나 말입니까……?"

나는 혀가 굳은 소리로 되물었다.

"그 표를 나한테 파십시오."

별안간 벨로브조로프가 내 귓전에다 커다란 소리로 외쳤다.

"1백 루블 드리지요."

내가 대답 대신 분노에 찬 눈초리를 경기병에게 던지는 것을 보고 지나이다는 손뼉을 쳤고, 루신은 "됐어!"하고 소리를 질렀다.

"그렇지만."하고 루신은 말을 이었다.

"의전부장의 자격으로 나는 모든 것이 규칙대로 시행되도록 감독할 책임이 있습니다. 무슈 볼리데마르, 한쪽 무릎을 꿇고 앉으시오. 우리들 사이에서는 모두 그렇게 하기로 되어 있으니까요."

지나이다는 내 앞에 서서 나의 거동을 자세히 보려는 듯이 고개를 옆으로 갸우뚱하고 거드름을 피우며 한손을 내밀었다. 나는 눈이 빙글빙글 돌았다. 한쪽 무릎을 털썩 꿇고는 지나이다의 손가락에 몹시도 서투르게 입술을 갖다 댔다. 그래서 코가 그녀의 손톱에 걸려 가벼운 상처까지 나고 말았다.

"그만!"하고 루신이 소리치며 나를 붙잡아 일으켰다.

내기놀이는 다시 계속되었다. 지나이다는 나를 자기 곁에 앉게 했다. 그녀는 정말 신기할 정도로 사나이들을 골탕 먹이는 방법을 여러 가지로 생각해 내었다. 한 번은 그녀가 '입상(立像)'이 되어 보여야 했는데, 그때 그녀는 못생긴 니르마츠키를 발판으로 선택하여 그에게 무릎을 꿇고 엎드려 얼굴을 가슴에 틀어박고 있으라고 명령했다. 웃음소리가 터져 나와 한참 동안 그칠 줄을 몰랐다.

예의범절을 따지는 귀족 집안에서 자라나 다른 사회와 격리되어 엄격한 교육을 받아 온 소년인 나는 이렇게 떠들썩한 고함 소리며, 체면이고 뭐고 없이 난폭하리만큼 들뜬 분위기, 여태껏 경험한 바 없는 처음 사귄 사람들을 대하게 되자 굉장히 흥분해 버리고 말았다. 나는 마치 술취한 사람 같았다. 나는 딴 사람보다도 더 큰 소리로 웃고 떠들어대기 시작했다. 그래서 무슨 의논할 일 때문에 이베르스키 성문 근처에서 불러 온 어떤 하급 관리와 옆방에서 이야기를 하고 있던 늙은 공작 부인까지도 내가 노는 꼴을 보러 일부러 왔을 정도였다. 그러나 나는 더없이 기분이 들떠서, 누가 나를 비웃든, 누가 나를 흘겨보든 그런 것은 그야말로 쇠뿔의 모기만큼도 생각하지 않았다.

지나이다는 계속해서 나에게 우선권을 주어 나를 자기 곁에서 놓아 주지 않았다. 무슨 벌인가 받게 되었을 때 나는 그녀와 나란히 붙어 앉아서 얇은 비단 솔을 함께 뒤집어쓴 일도 있었다.

나는 그녀에게 '자기의 비밀'을 고백해야 한다는 것이었다. 지금도 기억하고 있지만, 우리 두 사람의 머리는 갑자기 무더운, 반쯤 투명하고 향긋한 안개에 싸여 버렸다. 이 안개 속에서 그녀의 눈은 아주 가까운 곳에서 부드럽게 빛났고, 방긋이 벌려진 입술은 뜨거운 입김을 내뿜었으며, 흰 이가 드러나 보였다. 그리고 그녀의 머리카락은 내 얼굴을 간지럽히며 화끈거리게 했다. 나는 잠자코 있었다. 그녀는 신비스럽기도 하고 깜찍하게 보이기도 하는 야릇한 미소를 띠고 있다가 드디어 속삭였다.

"어때요, 네?"

그 말에 나는 얼굴을 붉히며 외면을 하고 말았다. 그리고 숨쉬는 것조차 조심스러웠다.

놀이도 싫증이 났다.── 우리들은 줄돌리기(둥그런 줄 안에 '고양이' 노릇을 하는 사람이 들어가 앉아서, 그 줄을 돌리다가 둘레에 있는 사람의 손을 치면 손을 두들겨 맞은 사람이 대신 고양이가 되는 놀이)를 시작했다. 아! 내가 어쩌다 잘못해서 지나이다한테 따끔하게 손가락을 얻어맞았을 때, 나는 얼마나 깊은 환희를 느꼈던가! 그 다음부터 나는 일부러 멍청한 꼴을 하고 있었지만, 그녀는 나를 약올려 줄 생각에선지 앞으로 내놓은 나의 손을 건드리려 하지도 않았다.

그러나 그날 저녁의 우리들의 장난은 그 정도로 끝난 것이 아니었다. 우리는 피아노를 치고, 노래하고, 춤을 추고, 또 집시들의 흉내도 냈다. 니르마츠키를 곰으로 가장시키고, 소금물까지 먹였다. 말레프스키 백작은 트럼프를 가지고 여러 가지 재주를 부려 보이고 나서, 그 트럼프를 모두 뒤섞더니 휘스트(트럼프 놀이의 일종)의 끝수가 높은 트럼프장을 모조리 자기한테 오게 했다. 거기에 대해 루신은 '그에게 찬사를 드리는 영광'을 가졌다. 마이다노프는 자기가 지은 서사시 〈살육자〉의 한 구절을 낭독했다.(시대는 로맨티시즘의 전성기를 택한 것이었다.) 그는 검은 표지에 적색으로 표제를 인쇄하여 출판한다고 했다.

그 다음 우리는 이베르스키 성문에서 온 관리의 무릎 위에서 모자를 훔쳐다가, 모자를 돌려 준다는 조건으로 그로 하여금 카자크 춤을 추게 했고, 보니파치 영감에게 부인용 모자를 씌우기도 하고, 또 지나이다가 남자 모자를 뒤집어쓰기도 했다. ……우리들의 장난은 일일이 헤아릴 수도 없을 정도였다. 다만 벨로브조로프 한 사람만은 성난 것처럼 얼굴을 찌푸리고 줄곧 구석에 처박혀 있었는데, 이따금 빨갛게 충혈된 눈으로 금방이라도 우리들에게 덤벼들어 나뭇조각처럼 모두를 이리저리 집어던질 기세를 보이고 있었다. 그러다가도 지나이다가 한 번 노려보며 손가락으로 위협하는 시늉을 하기만 하면 다시 쑥 기어들고 마는 것이었다.

마침내 우리들은 지쳐 버렸다. 공작 부인은 그녀 자신이 말하듯 아주 너그러운 성미여서 아무리 떠들어대도 싫은 내색을 하지 않는 여자였지만, 그래도 역시 피로를 느꼈던지 좀 누워야겠다고 말했다. 밤참이라고 나왔는데, 그것은 오래되어 꼬들꼬들한 치즈와 햄을 다져 넣은, 다 식어빠진 괴상한 피로그(고기만두와 같은 것)뿐이었다. 그러나 나는 그 피로그가 어떤 고급 만두보다 더 맛있는 것 같았다. 포도주는 겨우 한 병밖에 나오지 않았는데, 그나마 거무죽죽하고, 마개 있는 데가 부풀어오른 것 같은 이상한 병이었고, 그 속에 든 붉은 포도주도 물감 냄새가 풍겼다. 나는 녹초가 되어, 정신이 몽롱할 만큼 행복감을 느끼며 별채에서 나왔다. 헤어질 때 지나이다는 내 손을 꼭 잡고 또다시 뜻을 알 수 없는 미소를 지었다.

무겁고 축축한 밤공기가 나의 상기된 얼굴을 스쳤다. 소나기라도 한바탕 퍼부으려는 것 같은 날씨였다. 검은 비구름이 뭉게뭉게 피어나서 윤곽이 연기처럼 변하여 순식간에 하늘을 덮고 있었다. 한 줄기 바람이 우중충한 나무 사이에서 불안스럽게 몸부림치고, 어딘지 먼 지평선 저쪽에서는 천둥 소리가 성난 듯이 혼자 으르렁거렸다.

나는 뒷문으로 해서 내 방에 들어갔다. 나한테 딸려 있는 하인이 마룻바닥에 누워서 자고 있었으므로, 나는 그의 몸을 타고 넘어가지 않을 수 없었다. 하인은 잠에서 깨어 나를 보더니, 어머님이 또 화를 내시며 나를 부르러 보내려는 것을 아버님이 말리셨다고 보고했다. (지금까지 나는 어머니에게 밤인사를 드리지 않고, 축복의 말을 듣지 않은 채 자리에 들어간 적이 한 번도 없었다.) 그렇지만 하는 수 없었다!

나는 하인에게 옷은 내 손으로 갈아입겠다고 말하고 촛불을 껐다. 그러나 나는 옷도 갈아입지 않았고 자리에 눕지도 않았다.

나는 마치 마술에 걸린 사람처럼 오랫동안 넋을 잃고 의자에 앉아 있었다. 내가 느끼고 맛본 것은 실로 새롭고 감미로운 것이었다. 나는 주위에 눈망울을 굴리는 듯 마는 듯 꼼짝도 않고 앉아서 조용히 숨을 쉬고 있었다. 그리고 이따금 오늘 저녁의 일을 생각하고 소리없이 웃기도 하고, 또 때로는 나는 사랑에 빠졌나 보다, 이것이 다름 아닌 연애라는 것이구나 하고 생각하면 마음 속이 섬뜩해지는 것이었다. 지나이다의 얼굴이 눈앞의 어둠 속에 조용히 떠올랐다. 그리고 언제까지나 사라지지 않고 어둠 속을 떠돌고 있었다. 그 입술은 여전히 뜻을 알 수 없는 미소를 띠었고, 그 눈은 약간 엇비슷하게 무엇을 묻고 싶은 듯이, 혹은 깊은 생각에 잠긴 듯이 상냥하게 나를 바라보고 있었다. 바로 아까 그녀와 헤어지던 순간과 똑같은 그런 눈길이었다.

드디어 나는 의자에서 일어나 조용히 침대에 다가가서, 옷도 갈아입지 않고 조심조심 베개에 머리를 얹었다. 마치 거친 동작으로 마음 속에 가득 찬 감정을 쫓아 버리게 될까 봐 걱정하는 것처럼……

자리에 누워서도 나는 눈을 감을 생각조차 하지 않았다. 얼마 안 있어 무엇인가 엷은 빛 같은 것이 자꾸만 방 안으로 비쳐 들어오는 것을 깨달았다. 나는 반쯤 몸을 일으켜 들창을 바라보았다. 들창의 창살이 신비롭게 희멀건 유리 위에 뚜렷이 떠올랐다. 뇌우(雷雨)로구나 하고 나는 생각했다. 확실히 뇌우는 뇌우였다. 그러나 어딘지 아주 먼 곳에서 오고 있는지 천둥 소리조차 들리지 않았다. 다만 무수히 가지가 뻗은 것 같은 기다란 번개가 쉴새없이 먼 하늘에서 희미하게 번쩍이고 있을 뿐이었다. 그것은 번쩍거린다기보다 차라리 숨이 끊어져 가는 새의 날개가 푸드득푸드득 움직이면서 떨고 있는 것과도 같았다.

나는 자리에서 일어나 들창가로 다가가 그대로 아침까지 서 있었다. ……번개는 잠시도 멎지 않았다. 그날 밤은 사람들이 흔히 말하는 이른 바 '참새의 밤(7월 10일쯤, 밤이 가장 짧은 때)'이었다. 나는 벙어리처럼 침묵을 지키고 있는 모래터와 네스쿠치느이 공원의 시커먼 숲과 먼 건물의 누르스름한 정면을 바라보고 있었다. 희미한 번갯불이 번쩍일 때마다 그 건물도 부르르 떠는 듯이 보였다. 나는 눈길을 다른 데로 돌릴 수가 없었다. 소리도 없는 이 번갯불은—— 억제된 것같이 흐릿한 이 섬광은 마치 내 마음 속에 남몰래 불타오르고 있는 말없는 충동에 호응하는 듯했다.

날이 밝아오기 시작했다. 아침 노을이 진분홍 반점을 이루며 나타났다. 해가 떠오를 시간이 가까워지자 번개도 차츰 빛을 잃고 기다랗던 섬광도 짧아져 갔다. 그 가냘픈 전율도 차차 줄어들고, 드디어 떠오르는 태양의 분명하고 찬란한 햇빛 속으로 빠져들어가 사라지고 말았다.

내 마음 속의 번갯불도 사라졌다. 나는 말할 수 없는 피로와 정적을 느꼈다. 그러나 지나이다의 자태는 승리의 개가를 부르며 여전히 내 마음 속에서 떠날 줄 몰랐다. 다만 그 자태도 이제는 침착해진 것같이 보였다. 그것은 연못가의 풀숲으로부터 물 가운데로 나온 백조처럼, 자기를 에워싸고 있던 보기 흉한 주위에서 떨어져 나온 것 같은 느낌이었다. 그래서 나는 잠을 청하기 전에 신뢰와 존경에 찬 마음으로 다시 한 번 그녀의 모습에 작별의 키스를 했다.

오, 첫눈에 불타오르던 애정이여, 감동한 영혼의 부드러운 음향이여, 그 아름다움과 그윽함이여, 첫사랑의 감격에 감미로운 기쁨이여—— 그것들은 어디 있는가. 아, 지금은 어디 있는가.

8

이튿날 아침, 차를 마시러 아래층에 내려갔을 때, 어머니는 내게 잔소리를 했다.—— 그러나 각오하고 있던 정도는 아니었다. 그리고 어젯밤에 무엇을 하며 놀았는지 말해 보라고 했다. 나는 여러 가지 자세한 말은 생략하고, 전체적으로 보아 매우 순진한 느낌을 주도록 애쓰며 간단히 대답했다.

"어쨌든 그 사람들은 점잖은 인간들이 아니야."

하고 어머니는 말했다.

"그러니까 그런 집에 드나들지 말고 시험 준비나 열심히 해."

내 시험 공부에 대해 어머니가 걱정을 한대야 그것은 겨우 이런 말 몇 마디로 끝나고 마는 것을 알고 있었기 때문에, 거기에 대해 대꾸할 필요는 없다고 생각했다. 그러나 차를 마시고 난 뒤 아버지는 내 팔을 붙잡고 함께 정원으로 나와, 내가 자세킨네 집에서 본 것을 모두 털어

놓게 하였다.

아버지는 나에게 기묘한 감화력을 주고 있었다. 그리고 아버지와 나의 관계도 기묘한 것이었다. 아버지는 나의 교육을 거의 돌보지 않다시피했으나, 그렇다고 나에게 모욕을 주는 일은 없었다. 어디까지나 나의 자유를 존중하여—— 이런 표현을 할 수 있을는지 모르지만, 아버지는 내게 공손한 태도까지 취했다. 단지 나를 자신 곁으로 그리 가까이 오지 못하게 할 뿐이었다.

나는 아버지를 좋아했고, 또 아버지에게 매혹되어 있었다. 내 눈에는 아버지가 남성으로서의 전형적인 인물로 보였던 것이다. 만일 아버지의 손길이 나를 멀리하고 있다는 것을 끊임없이 마음 속에 느끼고 있지 않았던들, 나는 얼마나 열정적으로 아버지를 따르며 사랑했을까！ 그 대신, 마음이 내킬 때면 아버지는 불과 한 마디의 말이나 손짓 하나로 순식간에 한없는 신뢰감을 내 가슴 속에 불러일으킬 수 있었다. 그러면 내 영혼의 문은 열린다. 나는 총명한 친구나 관대한 스승을 대하는 것처럼 아버지를 상대로 열심히 지껄여댄다. 그러나 결국은 또다시 나를 버리고 만다. 아버지의 손길이 다시 나를 떠밀어 버리고 마는 것이다. 그 손길은 부드럽고 상냥하지만, 그래도 어쨌든 나를 떠밀어 내는 손길임에는 틀림이 없다.

아버지는 이따금 기분이 몹시 쾌활해질 때가 있었는데, 그럴 때면 그는 마치 어린애처럼 나와 함께 장난을 치고 뛰놀기를 사양하지 않았다. —— 대체로 아버지는 과격한 운동을 즐겼다. 언젠가 한 번—— 여태껏 단 한 번밖에 없었다.—— 아버지는 무엇이라 말할 수 없을 만큼 상냥하고 부드럽게 나를 애무해 준 일이 있었다. 나는 그때 하마터면 울음을 터뜨릴 뻔했었다. 그러나 그 쾌활함과 상냥함은 순식간에 흔적조차 없이 사라지고, 조금 전에 두 사람 사이에 일어났던 일은 미래에 대한 아무런 희망도 기약할 수 없는 것이 되어 버리고 만다. 나는 마치 꿈을 꾸고 있었던 것처럼 허전함을 느끼는 것이었다. 나는 곧잘 아버지의 현명하고 시원스럽게 잘생긴 얼굴을 물끄러미 쳐다보는 일이 있었다. 그러면 가슴이 울렁거리고 나의 몸과 마음이 송두리째 그에게 휩쓸려들어가는 것을 느끼게 된다. 아버지는 내 마음 속을 빤히 들여다보고 있는 듯 옆을 지나는 길에 내 뺨을 가볍게 두드려 주지만, 그러다간 그냥 훌쩍 가 버리든가, 그렇지 않으면 그에게서만 볼 수 있는 일종의 독특한 태도로 금방 얼음덩어리처럼 굳어져 버리는 것이었다. 그러면 나도 그만 위축된 채 얼어붙고 만다. 어쩌다 한 번씩 나타나는 나에 대한 아버지의 애정의 발작은 입 밖에 내지는 않더라도 첫눈에 알아차릴 수 있는 나의 애원의 힘으로 불러일으켜지는 것은 절대로 아니었다. 그것은 언제나 예기치 않았던 때 갑자기 나타나는 것이었다. 아버지의 성격에 대해 뒷날 여러 가지로 생각해 본 나는 이러한 결론을 얻을 수 있었다.── 아버지는 나나 가정 생활 같은 데 붙잡혀 있을 정신적 여유가 없었다. 그는 좀더 다른 것을 사랑했고, 또 다른 것을 마음껏 향락하고 있었던 것이다.

　"자기 힘이 미치는 것은 자기가 차지해야지, 다른 사람 손에 넘겨 줘선 안 돼. 그리고 자기는 자기 자신의 것이 돼야 해. 여기에 인생의 온갖 묘미가 있는 거야."하고 아버지는 언젠가 내게 말한 적이 있었다. 또 언젠가 나는, 젊은 민주주의자의 견지에서 아버지와 자유에 대해 토론한 일이 있다.── 그는 그날 말하자면 '착한 아버지'였는데, 그런때는 그에게 무슨 말이든지 할 수 있었다.

　"자유라……" 그는 입을 열었다.

"너는 무엇이 인간에게 자유를 주는지 알고 있느냐?"

"무엇이지요?"

"의지야, 자기 자신의 의지란 말야. 이것은 자유보다도 귀중한 권력을 인간에게 주지. 자기가 하고 싶은 일을 할 수 있다면 자유로운 몸이 될 수 있을 것이고, 또 명령을 내릴 수도 있게 되거든."

아버지는 무엇보다도 먼저 삶을 향락하려 했다. 그리고 삶을 향락했다. 어쩌면 그때 아버지는 자기가 오래오래 인생의 '묘미'를 맛볼 수 없다는 것을 미리 느끼고 있었는지도 모른다. 사실 아버지는 마흔 두 살이라는 나이에 세상을 떠나고 말았다.

나는 자세킨네 집을 방문한 데 대해 아버지에게 상세히 얘기했다. 아버지는 벤치에 앉아서 채찍 끝으로 모래에다 무엇인지 끄적거리며 귀를 기울이는 듯, 혹은 귓전으로 흘려 버리는 듯한 태도로 내 말을 듣고 있었다. 그리고 간혹 웃음소리를 섞어 가며 무엇 때문인지 명랑해져서 농담을 하려는 듯한 눈으로 나를 들여다보면서 짤막한 질문을 던지기도 하고, 내 말에 대꾸도 하며 나를 놀렸다. 처음에 나는 지나이다의 이름조차 입 밖에 낼 용기가 없었지만, 끝내 입을 다물고 있을 수가 없어서 그녀에 대한 칭찬을 늘어놓기 시작했다. 아버지는 여전히 입가에 웃음을 띠고 있었다. 그는 잠시 생각에 잠겨 있는 것 같더니, 기지개를 켜며 일어섰다.

나는 아버지가 집에서 나올 때, 말에 안장을 올려놓으라고 한 것이 생각났다. 그는 훌륭한 기마 선수여서 레니 씨보다 훨씬 일찍부터 사나운 말을 다루는 기술을 체득하고 있었다.

"나도 함께 따라갈 수 없어요, 아버지?"

하고 나는 물었다.

"안 돼."

아버지는 대답했다. 그 얼굴에는 여느때와 같이 상냥하기는 하나 무관심한 표정이 떠올랐다.

"가고 싶으면 너 혼자 가거라. 그리고 나는 말이 필요 없다고 마부한테 일러."

아버지는 나에게 등을 보이고 돌아서서 빠른 걸음으로 걸어가 버렸다. 나는 그 뒷모습을 바라보았다. 이윽고 아버지는 대문 밖으로 사라져 버렸으나, 담을 따라가는 아버지의 모자가 자세킨네 집으로 들어가는 것이 보였다.

아버지는 옆집에서 한 시간 이상 있지 않았다. 그리고 곧 시내로 들어갔다가 저녁녘에야 집으로 돌아왔다.

점심을 먹은 뒤 나는 자세킨네 집으로 갔다. 응접실에 들어갔더니 늙은 공작 부인이 혼자 앉아 있었다. 내가 들어오는 것을 보자, 뜨개 바늘 끝을 실내 모자 밑에 찔러 넣어 머리를 긁적거리면서 느닷없이 진정서를 한 장 정서해 줄 수 없겠느냐고 부탁했다.

"네, 써 드리지요."

나는 의자 귀퉁이에 걸터앉으며 대답했다.

"될 수 있는 대로 글씨를 큼직큼직하게 써 줘요."

손때 묻은 종이를 한 장 내주며 공작 부인은 말했다.

"그리고 오늘 안으로 써 줄 수 없을까요, 도련님?"

"네, 오늘 안으로 꼭 써 드리지요."

옆방으로 통하는 문이 조금 벌어지더니 그 틈으로 지나이다의 얼굴이 엿보였다. 머리를 아무렇게나 뒤로 쓸어 넘겼고, 헬쑥한 얼굴은 수심에 잠겨 있었다. 그녀는 크고 차가운 눈으로 나를 바라보더니 그대로 살며시 문을 닫았다.

"지나, 애 지나！"하고 공작 부인이 불렀다.

지나이다는 대답이 없었다. 나는 부인의 진정서를 가지고 돌아와서 그것을 쓰느라고 하룻저녁 내내 붙어 앉아 있었다.

9

나의 '미친 사랑'은 그 날부터 시작되었다. 지금도 기억에 남아 있지만, 나는 새로 직장에 들어간 사람이 느끼는 것과도 같은 기분을 경험했다. 나는 이미 단순한 소년이 아니라, 사랑에 빠진 사나이가 되었던 것이다. 나는 그 날부터 나의 미친 사랑이 시작되었다고 했지만, 나의 괴로움도 바로 그 날부터 시작되었다고 말할 수 있을 것이다.

지나이다가 곁에 없으면 나는 아주 풀이 죽어 아무것도 머릿속에 들어오지 않았고, 모든 일이 손에 잡히지 않았다. 날마다 아침부터 저녁까지 줄곧 그녀 생각만 했다.……나는 우울 속에 빠져 있었다. 그러나 그녀 앞에서도 나는 활기를 회복하지 못했다. 나는 질투를 하거나, 나의 하잘것없음을 스스로 의식하거나, 공연히 뽀로통해지거나, 어리석게 노예처럼 굽실거리기도 했다. 그렇건만 억제할 수 없는 힘이 나를 자꾸만 그녀에게로 끌고 갔다. 그리고 나는 언제나 무의식중에 행복의 전율을 느끼며 그녀의 방 문턱을 넘어서는 것이었다. 지나이다는 내가 자기를 연모하고 있다는 것을 곧 알아차렸고, 나도 그것을 숨기려 하지 않았다. 그녀는 나의 연정을 재미있게 생각하여, 나를 희롱하기도 하고, 달래기도 하고, 또 괴롭히기도 했다. 자신이 다른 사람에게 최대의 환희와 깊은 비애의 유일한 원천이 되고, 아무 책임도 없는 절대적인 힘을 가진 원인이 된다는 것은 상쾌한 일일 것이다. 나는 지나이다의 손 안에서 마치 말랑말랑한 밀랍과 같은 존재가 되었다.

하긴 나 혼자만이 그녀를 연모하고 있었던 것은 아니다. 그녀의 집을 찾아다니는 모든 사나이들이 그녀에게 홀딱 반해 있었다. 그리고 그녀는 그들을 모두 밧줄에 묶어 자기 발 밑에 꿇어 엎드리게 하였다. 그들의 마음 속에 때로는 희망을, 때로는 불안을 불러일으키며 마음대로 그들을 조종하는 것을 —— 그것을 그녀는 저희들끼리 서로 맞붙어 싸우게 하는 거라고 했다. —— 그녀는 즐거움으로 삼았다. 그런데도 그들은 거기에 거역할 생각은 꿈에도 하지 않고 기꺼이 그녀에게 복종하고 있었다. 싱싱하고 아름다운 그녀의 몸 전체에는 교활함과 어수룩함, 기교와 단순, 조용함과 활발함, 이런 것들이 뒤섞인 일종의 특이한 매력이 넘치고 있었다. 그녀의 말 한 마디, 그녀의 일거일동에는 미묘하고 경쾌한 아름다움이 넘치고, 그녀의 모든 것이 독특한 연기력을 보여 주었다. 그녀의 얼굴도 쉴새없이 변화하여, 언제나 표정이 풍부했다. 그것은 냉소와 수심과 정열을 거의 동시에 나타내고 있었다. 바람 불고 맑게 갠 날의 구름처럼, 여러 가지 감정이 가볍고 재빠르게 그녀의 눈과 입술을 끊임없이 스쳐 가는 것이었다.

지나이다의 숭배자들은 한 사람 한 사람 모두가 그녀에게 필요한 존재였다. 그녀가 '나의 맹수'라고 부르기도 하고, 어떤 때는 그저 '내 사람'이라고 부르는 벨로브조로프는 그녀를 위해서라면 불 속에라도 기꺼이 뛰어들 만한 위인이었다. 자기의 지력(智力)이나 그 밖의 재능에 자신이 없는 그는 끊임없이 그녀에게 결혼을 신청하며, 다른 사나이들은 다만 말로만 애정을 표시하는 데 지나지 않는다고 은근히 비꼬는 것이었다. 마이다노프는 그녀 영혼에 시적(詩的)인 줄을 울리려고 했다. 문학을 하는 사람이면 거의 모두 그렇듯 그도 본디 냉정한 성격이었지만, 그래도 그녀를 아주 열렬히 사모하고 있노라고 맹세했을 뿐만 아니라, 아마도 자기 스스로 그것을 마음 속에 다짐하고 있는 것 같았다. 그리고 헤아릴 수 없이 수많은 시로 그녀를 찬미하고, 그 시를 몹시 어설프고 감격어린 투로 그녀에게 낭독해 주곤 하는 것이었다. 그녀는 그를 동정하기는 했지만, 한편으로는 비웃는 태도를 보였다.

그녀는 그를 그리 미덥게 생각하지 않았으므로, 그의 진정을 토로한 작품을 실컷 듣고 나서는 다시 푸슈킨의 시를 낭독하게 했는데, 그녀의 말을 빌리면 그것은 탁한 공기를 깨끗이 하기 위해서라는 것이었다. 루신은 빈정거리기를 잘하고 노골적인 말을 예사로 지껄이는 의사였는데, 그녀의 사람됨을 누구보다도 가장 잘 알고 있었다. 그리고 그녀가 없는 데서나 있는 데서나 함부로 그녀를 욕했지만, 누구보다도 더 그녀를 사랑하고 있었다. 그녀는 그를 존경하고 있었으나, 그렇다고 유달리 취급하는 적은 없었다. 그리고 때때로 특히 심술궂은 만족의 빛을 보이며 너도 역시 내 손 안에 들어 있다는 느낌을 그가 갖도록 하는 것이었다.

언젠가 그녀는 내가 있는 자리에서 그에게 말했다.

"난 애정이라는 걸 모르는 몹쓸 여자예요. 본디 배우의 소질을 타고난 여자니까요. 좋아요! 그럼, 손을 내놓으세요. 내가 바늘로 찔러 드릴 테니. 당신은 이 젊은 사람에게 부끄럽다고 생각하겠지요. 그리고 아프겠지요. 그래도 당신은 성실한 양반이니까 아마 웃으실 거예요."

루신은 빨갛게 붉어진 얼굴을 옆으로 돌리면서 입술을 깨물었지만 그래도 결국은 손을 내밀었다. 그녀가 바늘로 콕 찌르자, 과연 그는 웃기 시작했다. 그녀는 꽤 깊이 바늘을 찔러 넣고는, 공연히 이리저리 굴리고 있는 사나이의 눈을 들여다보며 깔깔거리고 웃어대는 것이었다.

지나이다와 말레프스키 백작의 관계가 나로서는 가장 알기 어려웠다. 그는 잘생기고 재간 있고 영리한 사람이기는 했지만, 그러나 열 여섯 살의 소년인 나의 눈에도 그에겐 어쩐지 수상하고 사기꾼 같은 데가 있는 것처럼 보였다.

나는 지나이다가 그것을 깨닫지 못하는 데 놀랐다. 그러나 어쩌면 그녀는 그 엉터리를 눈치채고 있으면서도 별로 그 점을 싫어하지 않았는지도 모른다. 불규칙한 교육, 기묘한 교제와 습관, 줄곧 옆에 붙어 있는 어머니, 가정의 불행과 무질서, 젊은 처녀에게 부여된 자유, 주위 사람보다 뛰어나다는 의식—— 이러한 모든 것이 그녀에게 거의 경멸하는 듯한 무관심한 태도와 자포자기적인 성격을 조장케 한 것이다. 어떤 일이 생기더라도—— 보니파치가 와서 설탕이 하나도 없다는 말을 해도, 무슨 하잘것없는 소문이 들려와도, 손님들이 서로 다투는 일이 있어도 그녀는 곱슬곱슬한 머리채를 흔들며 '쓸데없이 !'라고 말할 뿐 그리 염두에 두는 기색이 없었다.

그 반대로 나는 온몸의 피가 한꺼번에 머리로 치솟아오르는 것같이 느껴지는 일이 종종 있었다. 가령 말레프스키가 여우처럼 교활하게 건들건들 몸을 흔들며 그녀에게 다가가서 우아한 태도로 그녀 의자 뒤에 기대어, 흐뭇한 듯이 아첨하는 듯한 미소를 띠며 그녀 귀에다 소곤거리고, 그녀는 그녀대로 가슴 위에 두 팔을 끼고 사내를 찬찬히 쳐다보면서 자기도 따라 웃으며 고개를 까닥거리는 때는 정말 참을 수가 없었다.

언젠가 나는 그녀에게 말했다.

"말레프스키 같은 사람을 집에 찾아다니게 하다니, 당신도 어지간하군요.”

“그래도 그분은 아주 멋진 수염을 기르고 있지 않아요?”

하고 그녀는 대꾸했다.

“하지만 그런 건 당신이 참견할 문제가 아니에요.”

또 인젠가 그녀는 이런 말을 했다.

“혹시 당신은 내가 그분을 사랑하고 있는 것이나 아닌가 생각할는지 몰라도…… 그렇지 않아요. 나는 내가 놓은 위치에 서서 내려다보아야 하는 그런 남자는 사랑할 수 없으니까요. 나를 꼼짝하지 못하게 정복할 수 있는 그런 사람이라야 하거든요. 그렇지만 그런 사람과는 맞닥뜨릴 것 같지는 않으니 다행이라고나 할까요! 난 누구의 손아귀에도 잡히지 않을 거예요, 절대로!”

“그럼, 당신은 결코 아무도 사랑할 수 없겠군요?”

“그렇다고 당신도? 나는 정말 당신까지도 사랑하고 있지 않을까요?”

그리고 그녀는 장갑 끝으로 내 콧잔등을 두드렸다.

사실 지나이다는 나를 마음껏 희롱했다. 3주일 동안 나는 매일같이 그녀와 만났는데, 그녀는 갖은 방법으로 나를 골려 주었던 것이다. 그녀는 우리 집에 놀러오는 일이 거의 없었지만 나는 그것을 섭섭하게 생각하지 않았다. 우리 집에 오면 그녀는 의젓한 사교계 아가씨—— 공작의 따님으로 표변하는 것이었고, 나도 그녀를 피하려 했다. 어머니한테 꼬리를 밟히지 않을까 겁났기 때문이다. 어머니는 지나이다에게 매우 나쁜 감정을 품고 증오의 눈으로 우리를 감시하고 있었다. 아버지는 그리 두렵지는 않았다. 그는 나에 대해 아무것도 눈치채지 못한 듯 대해 주었다. 그리고 지나이다와 얘기를 주고받는 일이 그리 많지는 않았으나, 아버지의 말은 유식하고 의미심장한 것 같았다.

나는 공부도 독서도 그만두고 말았다. 가까운 교외를 산책하거나 멀리 말을 달리는 것도 중지해 버렸다. 마치 다리를 잡아매 놓은 딱정벌레처럼 나는 그리운 별채 주위를 쉴새없이 빙글빙글 돌고만 있었다. 나는 언제까지나 그 곳을 떠나고 싶지 않았다. 그러나 그럴 수도 없는 일이었다. 어머니의 잔소리가 심했고, 또 어떤 때는 당사자인 지나이다가 쫓아버렸기 때문이다.

그럴 때면 나는 방 안에 틀어박혀 있거나, 그렇지 않으면 정원 끝까지 가서 높은 석조 온실이 허물어진 곳으로 기어올라가서는 큰길로 향한 벽에다 발을 늘어뜨린 채, 몇 시간이고 꼼짝 않고 앉아서 아무것도 보려하지 않고, 언제까지나 멍청히 앞만 바라보고 있었다.

곁에서는 먼지투성이가 된 쐐기풀 위를 하얀 나비 몇 마리가 날개를 팔랑거리며 이리저리 날아다니고 있었다. 날쌔 보이는 참새 한 마리가 가까운 데 있는 동강난 붉은 벽돌 위에 앉아서, 연신 앞뒤로 까딱이며 꼬리를 부채살처럼 펴고는 신경을 자극하는 소리로 짹짹거리고 있었다. 아직도 나를 미심쩍게 생각하는 까마귀란 놈들은 벌거숭이가 된 높고 높은 자작나무 꼭대기에 앉아서 이따금 생각난 듯 까옥거리고 있었다. 태양과 바람은 그 엉성한 나뭇가지를 조용히 희롱하고, 돈스키 수도원의 종소리는 때때로 바람을 타고 은은히 서글프게 들려왔다. 나는 가만히 앉아서 보고 또 들었다. 그러고 있노라면 그 어떤 형용할 수 없는 느낌이 마음 속에 넘쳐 왔다. 그 속에는 우수, 환희, 미래에 대한 예감, 희망, 삶의 공포, 그 밖의 온갖 것이 다 포함되어 있었다. 그러나 나는 그때 그러한 것을 전혀 깨닫지 못했기 때문에, 내 마음 속에서 발표하고 있는 것 중의 어느 한 가지에도 이름을 붙일 수는 없었을 것이다.

차라리 이들 모든 것을 통틀어 하나의 이름으로—— 지나이다라는 이름으로 불러야 했는지도 모른다.

그렇지만 지나이다는 흡사 고양이가 쥐를 가지고 놀듯 줄곧 나를 희롱하고 있었다. 그녀가 아양을 떨면 나는 금방 흥분해서 녹아나는 듯한 기분이 되었고—— 그러다가 갑자기 몰인정하게 밀쳐 버리면 나는 그녀에게 가까이 갈 수도 없고, 그녀를 똑바로 바라볼 수도 없었다.

지금도 생각나지만 그녀는 며칠을 두고 내게 아주 냉정한 태도를 보인 일이 있었다. 나는 완전히 겁쟁이가 되어 벌벌 떨면서 별채에 뛰어들어가서는 되도록 늙은 공작 부인 곁에 붙어 있으려 했다. 하기는 바로 그 무렵에 공교롭게도 부인은 화가 잔뜩 나서 고래고래 고함만 치고 있었다. 수표 사건이 불리하게 되어 벌써 두 번이나 경찰관과 이러쿵저러쿵 말이 있었던 것이다.

어느 날 나는 담 옆을 따라 걷고 있다가 지나이다를 발견했다. 그녀는 두 손을 땅에 짚고 앉아서 꼼짝 않고 있었다. 나는 살그머니 물러나려 했으나, 그녀가 갑자기 얼굴을 들더니 명령하는 듯 손짓해 보였다. 나는 그 자리에 멈춰 버렸다. 처음에 나는 그녀의 손짓이 무슨 뜻인지 몰랐기 때문이다. 그녀는 다시 같은 손짓을 되풀이했다. 나는 곧 담을 뛰어넘어 좋아라고 그녀의 곁으로 달려갔다. 그러나 그녀는 눈짓으로 나를 제지하고, 두어 발자국 떨어진 좁다란 길을 손가락으로 가리켰다. 어떻게 해야 할지 몰라 어리둥절해서 나는 길가에 무릎을 꿇었다. 그녀의 얼굴이 너무나 핼쑥하고 깊은 비애와 피로의 빛이 그 하나하나의 윤곽에 너무나도 뚜렷이 나타나 있는 것을 보고 나는 가슴이 터질 것 같았다. 나는 엉겁결에 "무슨 일이 있었나요?"하고 중얼거렸다.

지나이다는 손을 뻗쳐 무슨 풀인지를 뜯어서 이빨로 씹어 보고는 곧 저쪽으로 홱 던져 버렸다.

한참만에 그녀는 물었다.

"당신은 정말 나를 사랑하고 있지요? 그렇지요?"

나는 아무 대답도 못했다.—— 하긴 대답할 필요가 어디 있겠는가!

"그렇지요?"

그녀는 여전히 나를 바라보며 같은 말을 되풀이했다.

"그야 그렇겠지요. 그 눈과 똑같이 생긴 눈이겠죠……"

그녀는 이렇게 덧붙이고 생각에 잠기더니 별안간 두 손으로 얼굴을 가렸다.

"난 모든 게 다 싫어졌어."하고 그녀는 소곤거렸다.

"아주 이 세상 끝에라도 가 버렸으면. 난 정말 견딜 수 없어. 난 이런 일을 수습할 수 없어요…… 그리고 내 앞길에 기다리고 있는 건 뭘까요! 아, 난 괴로워…… 정말 괴로워 죽겠어!"

"무엇 때문에 그러는 겁니까?"

나는 겁을 먹고 물었다.

지나이다는 대답 대신 다만 어깨를 흠칫해 보였을 뿐이었다. 나는 여전히 무릎을 꿇고 비통한 마음으로 그녀를 바라보았다. 그녀의 말 한 마디 한 마디는 내 가슴 속에 깊이깊이 파고들었다. 그 순간 나는 그녀를 슬프게 하지 않기 위해서라면 기쁘게 생명을 바칠 수 있을 것 같았다. 나는 눈길을 모아 그녀를 바라보고 있었다.—— 그리고 무엇 때문에 그녀가 괴로워하는지는 몰랐지만, 그녀가 참을 수 없는 슬픔의 발작에 못이겨 뜰에 나와 갑자기 발목이 부러진 듯 땅 위로 쓰러지는 광경을 똑똑히 머릿속에 그려 볼 수 있었다. 주위는 온통 밝은 빛이 가득 차서 푸르렀다. 바람은 나뭇잎을 산들산들 흔들고 이따금 지나이다의 머리 위에 뻗친 기다란 딸기나무 가지도 흔들고 있었다. 어디선지 비둘기가 구구 울었다.── 꿀벌은 듬성듬성한 풀 위를 낮게 날아다니며 붕붕거렸다. 눈을 들면 푸른 하늘이 부드럽게 펼쳐져 있었다.── 나는 말할 수 없이 슬프기만 했다.

"나에게 무슨 시든지 읊어 주세요."

지나이다는 낮은 목소리로 말하며 팔꿈치로 얼굴을 받쳤다.

"난 당신이 시를 읊어 주는 것이 좋아요. 당신의 읊조림은 노래를 부르는 것 같지만 그건 상관 없어요. 젊다는 증거니까요. 〈그루지아의 언덕에서(푸슈킨의 시)〉를 들려 주세요. 하지만 우선 편히 앉아요."

나는 앉아서 〈그루지아의 언덕에서〉를 읊었다.

"사랑하지 않을 수 없기 때문에……"

지나이다는 이러한 구절을 되풀이했다.

"그래서 시가 좋다는 거지요. 이 세상에 없는 걸 말해 주니까요. 그리고 실제로 있는 것보다도 더 훌륭할 뿐더러 진실에 훨씬 가까운 것을 들려주니까요.……사랑하지 않을 수 없기 때문에, 사랑하고 싶지 않다고 생각해도 하지 않을 수가 없는 걸요!"

그녀는 다시 입을 다물더니 갑자기 벌떡 일어났다.

"자, 우리도 가요. 마이다노프가 어머니한테 와 있어요. 그가 쓴 장편시를 갖고 온 걸 그냥 두고 나와 버렸어요. 그 사람도 지금 역시 풀이 죽어 있을 거예요. 그러나 하는 수 없어요! 당신도 언젠가는 알게 되겠지만…… 제발 나한테 화를 내지는 말아 주세요!"

지나이다는 바쁜 듯이 나의 손을 잡고 앞장 서서 뛰어갔다. 우리는 별채에 들어갔다. 마이다노프는 엊그제 출판되어 나온 자작시 〈살육자〉를 낭독하기 시작했지만 나는 귀담아 들으려 하지 않았다. 그는 목청을

뽑아 사운각(四韻脚) 장단조의 시를 고함치듯 읽었다. 각운(脚韻)은 뒤
죽박죽이 되어 마치 여러 개의 작은 방울이 한꺼번에 울리듯 공연히 커
다란 소리만 내고 있었다. 나는 쉴새없이 지나이다의 얼굴을 지켜보며
그녀가 내게 말한 마지막 말의 뜻을 풀어 보려고 애썼다.

  혹시 남 모르는 연적(戀敵)이 있어,
  뜻밖에 그대 마음을 사로잡은 것은 아닌가?

  별안간 마이다노프가 코막힌 소리로 외쳤다.── 순간 내 눈이 지나
이다의 눈과 부딪쳤다. 그녀는 눈길을 떨어뜨리고 얼굴을 조금 붉혔다.
그녀가 얼굴을 붉힌 것을 보자 나는 놀란 나머지 온몸이 싸늘해졌다.
나는 이미 이전부터 그녀를 질투하고 있었지만, 그 순간 그녀는 사랑에
빠졌구나 하는 생각이 번개처럼 내 머릿속을 스쳐갔던 것이다.
  '아, 어쩌면 좋은가? 그녀는 누군가를 사랑하고 있다!'

10

  나의 본격적인 번민은 그 순간부터 시작되었다. 나는 무척 애를 태우
며 여러 가지로 생각해 보고 또다시 고쳐 생각해 보았다. 그리고 가능
한 그런 빛을 보이지 않으면서 끊임없이 지나이다를 살펴보고 있었다.
그녀에게는 어떤 변화가 생겼다.── 그것은 명백했다. 그녀는 혼자서
산책을 하러 나가서는 오랜 시간 헤매고 돌아다녔다. 어떤 때는 손님이
와도 나오지 않고 몇 시간이나 자기 방에 틀어박혀 있는 일도 있었다.

이전에는 그런 일이 결코 없었다. 나는 갑자기 뛰어난 통찰력을 가지게 되었다. 적어도 가지게 된 듯싶었다.

'저 사나이가 아닐까! 혹은 이 사나이가 아닐까!' 그녀를 사모하고 있는 사나이들을 하나하나 모조리 꼽아 보며 나는 마음 속으로 이렇게 스스로 물어 보는 것이었다. 말레프스키 백작이—— 이렇게 인정한다는 것은 지나이다를 위해 수치스러운 일이기는 했지만—— 다른 누구보다도 가장 위험한 인물이라고 마음 속으로 점을 찍었다.

그러나 나의 관찰력은 내 코끝까지밖에 미치지 못했고, 또 나의 비밀 정책은 누구의 눈도 속이지 못한 것 같았다. 적어도 의사인 루신은 곧 내 뱃속을 빤히 들여다보고야 말았다. 하기는 루신 자신도 요즘 태도가 달라졌다. 눈에 띄게 얼굴이 수척해졌고, 이전처럼 곧잘 웃어대기는 했지만, 어쩐지 그 웃음소리는 더욱 허전하고 독기를 품은 것같이, 막돼먹은 데가 있었다. 이전의 가벼운 풍자와 일부러 꾸민 듯한 노골적인 야유는 어느 새 신경질적인 초조함으로 바뀌었다.

"여보게, 자네는 뭣하러 밤낮 이런 곳에 찾아다니는 건가?"

어느 날 자세킨네 집 응접실에 나와 단둘이 남아 있게 되었을 때 그는 내게 말했다. 공작의 딸은 산책하러 나가서 아직 돌아오지 않았고, 공작 부인이 버럭버럭 고함치는 소리가 2층 가운데에서 들려왔다. 부인은 하녀에게 잔소리를 하고 있었던 것이다.

"자네처럼 젊은 시절엔 공부도 하고 일도 해야 할 게 아닌가. 그런데 자넨 대체 뭘 하고 있는 건가?"

"내가 집에서 공부를 하는지 안하는지 당신이 그걸 어떻게 압니까?"

이렇게 반박한 내 말투에는 허세가 깃들어 있지 않은 건 아니었지만, 한편 당황한 빛을 감출 수는 없었다.

"공부는 무슨 공부야! 정신은 딴 데 팔려 있는 주제에…… 하지만 자네하고 이러쿵저러쿵하고 싶진 않네. 자네만한 나이엔 그게 당연하니까. 그렇지만 자넨 상대를 선택하는 데 완전히 실패했어. 이 집이 대체 어떤 집인지 자넨 모르겠나?"

"난 당신이 하는 말을 이해할 수가 없습니다."

하고 대꾸했다.

"이해하지 못하겠다고? 그렇다면 더욱 나쁘지. 난 자네한테 충고할 의무가 있다고 생각하네. 우리처럼 나이 먹은 독신자들이야 이런 데 찾아다녀도 무방하지. 우리들은 까딱없거든. 쓴맛 단맛 다 본 인간들이 돼서 겁날 게 없으니까. 하지만 자네는 아직 살가죽이 얇으니까, 이 집 공기는 자네한테 해롭단 말이야. 내 말을 믿어 두는 게 좋을 걸세. 전염될지도 모르니까."

"그건 또 무슨 말씀입니까?"

"무슨 말이냐가 아니야. 그래 자넨 지금 건강하다고 생각하나? 과연 자네는 정상적인 상태에 있다고 할 수 있느냔 말이야. 자네가 느끼고 있는 그 기분이 과연 자네한테 이로울 게 있을 것 같나?"

"내가 무얼 느끼고 있다는 겁니까?"

나는 입으로는 이렇게 말했지만, 속으로는 의사의 말이 옳다고 인정하지 않을 수 없었다.

"이봐, 젊은이."

의사는 마치 이 말 속에 무엇인지 내게 몹시 모욕적인 뜻이 포함되어 있다는 듯이 의미심장한 표정으로 말을 이었다.

"자네가 누굴 넘겨짚을 수 있다고 생각하나? 안 될 말이지. 미안하지만 자네 마음 속에 있는 게 얼굴에 모조리 나타나 있단 말일세. 하기야 나도 이러니저러니 자네한테 말할 수 없긴 하지. 나 자신으로 말하더라도 만일……(의사는 여기서 이를 악물었다) ……만일 자네처럼 미친 인간이 아니라면 이런 데 찾아다닐 리 없으니까. 다만 내가 이상스레 생각하는 것은, 어째서 자네처럼 똑똑한 사람이 자기의 바로 옆에서 일어나고 있는 일을 모르느냐 하는 것이야.”

“대체 무슨 일이 일어나고 있다는 겁니까?”

나는 그의 말끝을 가로채며 신경을 날카롭게 곤두세웠다.

의사는 비웃음과 동정이 뒤섞인 야릇한 표정으로 물끄러미 나를 바라보았다.

“그러나 나도 좋은 사람은 못돼.” 그는 마치 혼잣말을 하듯 말했다.

“이 사람한테 그런 얘기를 할 필요가 어디 있는가. 한 마디로 말하면.”하고 그는 소리를 높여 말을 이었다.

“거듭 말하지만, 이 집 분위기는 자네한테 이롭지 못해. 그야 재미있긴 하지. 그러나 실은 그런 게 아니라네! 온실 속에서도 기분 좋은 향기는 나지만—— 그렇다고 그 속에서 아주 살 수는 없단 말이야. 여보게! 내 말을 알아들었으면 가서 가이다노프의 교과서나 다시 들여다보게!”

공작 부인이 들어와서, 의사에게 이가 아파 죽겠다고 우는 소리를 했다. 조금 뒤 지나이다가 나타났다.

“이봐요, 의사 선생!”
하고 공작 부인이 입을 열었다.

“저 애를 좀 나무라 주세요. 온종일 얼음물만 마시고 있으니 그렇잖아도 가슴이 약한 애가 대체 어떻게 되겠어요?”

루신이 물었다.

“왜 그러지요?”

“그래서 뭐 안 될 게 있나요?”

“안 될 게 있냐구요? 감기에 걸려서 앓다가 죽을 수도 있지요.”

“정말요? 네? 그러나 죽어도 좋아요! 오히려 그게 나을 거예요.”

“원, 저런!”하고 의사가 중얼거렸다.

공작 부인은 방에서 나가 버렸다.

“원, 저런?”

지나이다는 의사의 말을 흉내냈다.

“산다는 게 정말 그렇게 재미있을까요? 단 한 번 주위를 둘러보세요. 뭐 신통한 게 있어요? 당신은 내가 아무것도 모르고, 또 아무것도 느끼지 못하는 인간이라고 생각하세요? 나는 얼음물을 마시는 게 참으로 기분 좋아요. 순간적인 만족 때문에 일생을 희생해서는 안 된다고 당신은 정색을 하고 내게 설교를 할 수도 있겠지만—— 난 이제 행복이니 뭐니 하는 건 입 밖에 내기도 싫어요.”

“말하자면……”하고 루신이 말했다.

“변덕과 고집…… 당신에겐 이 두 마디로 충분합니다. 당신의 성격은 이 두 마디에 모두 포함되어 있어요.”

지나이다는 미친 듯이 웃어댔다.

“미안하지만 좀 늦었어요, 의사 선생님. 당신의 진찰은 들어맞지 않았어요. 좀 시대에 뒤떨어졌군요. 안경이라도 쓰시지요. 난 지금 변덕을 부릴 겨를이 없답니다. 당신들을 놀려 주거나 내 자신이 바보짓을 한다고 해서…… 그런 게 뭐 재미있겠어요? 그리고 내가 고집은 또 무슨 고집이에요? 무슈 볼리데마르……”

하고 그녀는 갑자기 나를 돌아보며 발을 굴렀다.

"제발 그렇게 슬픈 얼굴을 하지 말아요. 나는 다른 사람한테서 동정을 받는 것이 제일 싫으니까요……"

그녀는 총총걸음으로 나가 버렸다.

"해로워. 이런 분위기는 자네한테 해롭단 말이야."

루신은 또 한 번 내게 이런 말을 했다.

11

그 날 저녁 자세킨네 집에는 언제나 놀러오는 패들이 모였는데, 나도 그 속에 끼어 있었다.

화제는 마이다노프의 장편시로 옮겨 갔다. 지나이다는 진심으로 그 시를 칭찬했다.

"그러나 어떨까요?"

하고 그녀는 마이다노프에게 말했다.

"만일 내가 시인이라면 좀더 다른 주제를 선택할 수 있을 것 같아요. 이건 어리석은 얘긴지는 몰라도—— 이따금 기이한 생각이 머리에 떠오를 때가 있어요. 이른 새벽, 하늘이 장밋빛이나 잿빛으로 물들어 가고 있을 무렵, 뜬눈으로 잠을 못 이루고 있을 때면 한결 더해요. 예를 들면 내가 만일…… 이런 말을 하면 당신들은 아마 웃을지도 모르지만……"

"천만에! 절대로!"

우리들은 일제히 외쳤다.

"나는 말예요."

그녀는 가슴 위에 두 손을 얹고 한 옆으로 조용히 눈길을 쏟으면서 말을 이었다.

"밤중에 고요한 강 위에서 커다란 배를 타고 있는 수많은 젊은 처녀들을 그릴 거예요. 달빛이 환하게 내리비치는 데 처녀들은 흰 옷에 흰 화환을 쓰고 모두들 노래를 부르거든요. 무슨 찬송가 같은 노래를 말에요."

"알겠습니다. 알고말고요. 어서 다음을 말씀해 주십시오."

마이다노프는 함축성 있는 꿈꾸는 듯한 어조로 맞장구를 쳤다.

"그러자 별안간 강 언덕 쪽에서 왁자지껄하는 소리와 커다란 웃음소리, 횃불이 타는 소리, 장구치는 소리가 들려오지요.……그건 바커스의 여종들이 소리높이 노래를 부르며 떼를 지어 달려오고 있는 장면이에요. 이런 정경을 묘사하는 건 시인 양반인 당신이 맡아서 해야 할 거예요. 다만 내가 바라고 싶은 건 횃불은 아주 붉디붉게 무겁도록 연기를 내며 타오르고, 바커스의 여종들의 눈이, 머리에 둘러쓴 화환 밑에서 반짝이고 있어야 해요. 그리고 화환도 거무죽죽한 빛이라야 하고요. 또, 호랑이 가죽이나 술잔을 잊어선 안 돼요.── 그 밖에 금(金)도 많이, 되도록 많이 써야 하겠지요."

"금은 어디다 사용할 겁니까?"

반들거리는 머리털을 뒤로 젖히고, 콧구멍을 벌름거리며 마이다노프가 물었다.

"어디다 쓰느냐고요? 어깨에도 손에도 발에도 어디든지 모두. 옛날엔 여자들이 발목에 팔찌같이 생긴 걸 끼고 다녔다지 않아요? 바커스의 여종들은 배에 탄 처녀들을 자기 쪽으로 부릅니다. 처녀들은 찬송가를 뚝 그쳐 버리지요.── 노래를 계속할 수가 없기 때문이에요. 처녀들은 꼼짝도 하지 못하고 가만히 있어요. 물결은 배를 강 언덕 쪽으로 밀고 갑니다. 그러자 갑자기 그들 가운데 한 처녀가 조용히 일어서지 않겠어요? 여기 이 장면은 잘 묘사해야 돼요.—— 처녀가 달빛 속에서 살며시 일어나는 모습이라든지, 다른 동무들이 깜짝 놀라는 모습을 말예요. 그 처녀가 뱃전을 넘어서자 바커스의 여종들은 처녀를 에워싸고 어둠 속으로 쏜살같이 사라져 버립니다.…… 여기서 연기가 동그랗게 피어오르고, 모든 것이 수라장으로 변해 버리는 광경을 그려야 하지요. 다만, 처녀들의 비명 소리가 들려올 뿐, 그리고 강가에는 끌려간 처녀의 화환이 떨어져 있고……"

지나이다는 입을 다물었다. 아, 그녀는 사랑에 빠졌구나! 나는 다시 이렇게 생각했다.

"그것뿐입니까?"하고 마이다노프가 물었다.

"그것뿐이에요."하고 그녀는 대답했다.

그는 점잔을 빼며 말했다.

"그것만으로는 커다란 서사시의 주제가 될 수 없지만, 서정시의 소재로서 당신의 아이디어를 한번 살려 봅시다."

"그건 로맨틱한 것이 되겠지요?"

말레프스키가 물었다.

"물론 로맨틱하지요. 바이런적인 데가 있습니다."

"하지만 내 생각으로는 위고가 바이런보다 좋은 것 같아요."

젊은 백작은 무뚝뚝하게 말했다.

"그리고 더 재미있고요."

"위고로 말하면 제일급에 속하는 작가입니다."

마이다노프가 말을 받았다.

"내 친구인 튼코세예프도 자기가 쓴 《엘트로바도르》라는 스페인을 무대로 한 소설에서……"

"아, 그 의문부호가 거꾸로 된 책 말이지요?"

지나이다가 말을 가로챘다.

"그렇습니다. 스페인 사람들은 그렇게 습관이 된 모양이더군요. 내가 말하고자 하는 것은 튼코세예프가……"

지나이다는 다시 그의 말을 가로막았다.

"이것 보세요! 당신들은 또 클래시시즘이니 로맨티시즘이니 하는 걸 가지고 토론하려는 거군요. 그거보다 뭐 놀이라도 해요."

"내기를 할까요?"

루신이 말을 받았다.

"아니, 내기는 재미없어요. 누가 비유를 그럴 듯하게 하는가 하는 놀이를 해요."

이것은 지나이다 자신이 생각해 낸 놀이로, 무엇이든 제목을 하나 내놓고 모두들 그것을 다른 사물과 비교해서, 그 중 제일 훌륭한 비유를 생각해 낸 사람이 상을 받게 되는 것이었다.

그녀는 들창가로 가까이 갔다. 태양이 지금 막 떨어진 뒤여서 하늘에는 붉고 기다란 구름이 드높이 떠 있었다.

"저 구름은 무엇과 비슷할까요?"

하고 지나이다는 물었다. 그리고 우리들의 대답을 기다리지도 않고 자기가 먼저 말했다.

"나는 저 구름이 클레오파트라가 안토니오를 맞이하러 갈 때 타고 간 황금배의 진홍빛 돛과 같다고 생각해요. 그렇지요, 마이다노프? 요전에 당신이 나한테 그 애길 들려 주었지요?"

우리들은 모두 《햄릿》의 폴로니어스처럼, 저 구름은 정말 그 때의 돛과 흡사하다, 그 이상 근사한 비유는 아무도 생각해 내지 못할 것이라고 규정지었다.

"그 때 안토니오는 몇 살이었을까요?"

그녀가 물었다.

"분명히 젊었을 겁니다."

말레프스키가 한 마디 했다.

"그렇습니다, 젊었었지요."

마이다노프가 자신있는 말투로 확인했다.

"실례지만." 루신이 버럭 소리를 질렀다.

"안토니오는 이미 사십이 넘었었답니다."

"사십이 넘었었다고요?"

지나이다가 흘낏 그를 쳐다보며 되물었다.

얼마 뒤 나는 집으로 돌아왔다.──"그녀는 분명 사랑에 빠졌어." 나의 입술에서는 자신도 모르게 이런 말이 새어 나왔다. "그렇다면 상대는 누굴까?"

12

며칠이 흘러갔다. 지나이다는 차차 더 이상스럽게, 차츰 더 알 수 없게 변해 갔다.

어느 날 내가 그녀 방에 들어가 보았더니, 그녀는 등의자에 걸터앉아 뾰족한 귀퉁이에 머리를 틀어박고 있었다. 그녀는 갑자기 몸을 일으켰다. 그 얼굴은 온통 눈물투성이가 되어 있었다.

"아! 당신이었군요!"

그녀는 잔인한 미소를 띠며 말했다.

"이리 좀 와요."

나는 그녀의 옆으로 갔다. 그녀는 내 머리 위에 손을 얹더니 느닷없이 머리털을 움켜쥐고 비틀기 시작했다.

마침내 나는 비명을 울렸다.

"아야!"

"그래요! 아프세요? 그럼, 나는 아프지 않은 줄 아세요, 네?" 하고 그녀는 같은 말을 되풀이했다.

"어머나!"

내 머리에서 한 줌의 머리칼을 뽑아 낸 것을 보고 지나이다는 소스라치며 외쳤다.

"내가 이게 무슨 짓일까? 아, 가엾은 무슈 볼리데마르!"

그녀는 뽑은 머리카락을 조심스럽게 가지런히 모아서 반지 모양으로 손가락에 감았다.

"당신의 이 머리카락을 메달에 넣어 늘 몸에 지니고 다닐게요."

그녀의 두 눈에는 여전히 눈물이 반짝이고 있었다.

"그렇게 하면 당신 마음을 어느 정도 풀어 드릴 수 있을 거예요.…… 그럼, 오늘은 이만 돌아가 줘요."

나는 집으로 돌아왔다. 집에서는 불유쾌한 사건이 나를 기다리고 있었다. 어머니가 아버지와 말다툼을 하고 있었다. 어머니는 무엇인지에 관해 아버지한테 따지고 들었으나, 아버지는 여느때처럼 냉정하고 점잖은 태도로 침묵을 지키고 있었다. 그러다가 곧 밖으로 나가 버렸다. 나는 어머니가 무슨 말을 했는지 잘 알아듣지 못했다. 더욱이 그런 것에 귀를 기울일 만한 정신적인 여유도 없었던 것이다. 다만 지금도 기억하고 있는 것은 아버지와 말다툼이 끝난 다음 어머니는 나를 방으로 불러 내가 자세킨네 집을 너무 자주 방문한다고 매우 못마땅하여 꾸중했는데, 어머니 말에 의하면 공작 부인은 무엇이든 못할 짓이 없는 여자라는 것이었다. 나는 어머니 손에 키스하고── 그것은 이야기를 중단시키려 할 때에 언제나 내가 쓰는 술책이었다.── 내 방으로 물러나왔다. 지나이다의 눈물은 내 마음을 아주 혼란에 빠뜨렸다. 나는 무엇을 어떻게 생각해야 할지 갈피를 잡을 수 없어 그냥 울고 싶을 뿐이었다. 비록 나이는 열여섯 살이었지만 나는 역시 어린애에 지나지 않았다. 나는 이미 말레프스키 같은 자는 염두에도 없었다. 하긴 벨로브조로프는 날이 갈수록 더욱 험악한 표정으로 마치 늑대가 양을 노리듯 그 엉큼스러운 백작을 노려보고 있었지만, 나는 아무것도 또 누구에 대해서도 생각하지 않았다. 나는 갖가지 공상에 사로잡혀 줄곧 한적한 장소를 찾아다녔다. 특히 마음에 드는 곳은 반쯤 허물어진 그 온실이었다. 곧잘 높은 담 위에 올라가 우울하고 고독하고 불행한 청년으로 자처하고 가만히 앉아 있노라면 자기 자신이 정말 한없이 불행하게 여겨지는 것이었다.── 이 쓰디쓴 느낌이 내게는 위안이 되었다. 나는 그 느낌 속에 마음껏 잠겨 있었다.

　어느 날 내가 이 담장 위에 앉아 물끄러미 먼 산을 바라보며 종소리에 귀를 기울이고 있는데 문득 무엇인지가 내 몸을 스치고 지나가는 것 같았다. 미풍도 아니고 몸부림도 아닌 그 무슨 숨결 같은 것이라고 할까, 그 무엇이 접근해 오는 데 대한 직감이라고 할까, 그 같은 것이었다. 나는 눈길을 떨어뜨렸다. 그러자 발 아래 큰길에 연회색 옷을 입고 장밋빛 양산을 어깨에 얹은 지나이다가 바쁜 듯 걸어가고 있는 게 보였다. 그녀는 나를 보자 발을 멈추고 밀짚모자 챙을 치켜올리며 부드러운 눈길로 나를 쳐다보았다.

"거기서 뭘 하고 있어요, 그런 높은 담장 꼭대기에서?"

몹시 야릇한 미소를 띠며 그녀는 물었다. "아, 그렇지."하고 그녀는 말을 이었다.

"당신은 밤낮 나를 사랑한다고 맹세했었는데, 정말 나를 사랑한다면 어디 내 옆으로—— 이 큰길 아래로 뛰어내려 봐요."

지나이다의 말이 채 끝나기도 전에 나는 마치 누군가가 뒤에서 밀어낸 것처럼 벌써 아래로 뛰어내리고 있었다. 담장 높이는 2사젠(1사젠은 약 2미터) 이상이나 되었다. 나는 발부터 땅에 닿았지만 너무 가속도가 강했던 탓으로 몸의 중심을 잡을 수 없었다. 나는 거기 쓰러진 채 한순간 정신을 잃고 말았다. 잠시 뒤 정신을 차렸을 때, 나는 눈을 뜨지 않았지만 지나이다가 곁에 있음을 느꼈다.

"나의 귀여운 어린애."

내게로 몸을 굽히며 그녀는 말했다. 그 목소리에는 근심스러운 듯한 상냥함이 깃들어 있었다.

"어떻게 당신은 이런 짓을 할 수 있을까요…… 어쩌자고 내 말을 곧 이들느냔 말이에요. 나도 역시 당신을 사랑하고 있는데. 자, 일어나요."

그녀의 가슴은 바로 내 가슴 가까이에서 호흡하고 그 손은 내 머리를 쓰다듬고 있었다. 그러자 갑자기—— 아, 그 때의 내 심정이 어떠했으랴.—— 그녀의 부드럽고도 생생한 입술이 내 얼굴 전체에 키스를 퍼붓기 시작했다. 내 입술에도 닿았다. 그렇지만 그 때 지나이다는 내가 눈을 뜨지 않았는데도 내 얼굴 표정으로 보아 의식을 회복했다는 것을 알아차렸는지 재빨리 몸을 일으키며 말했다.

"자, 일어나세요, 장난꾸러기. 당신은 철부지야. 어쩌자고 이런 먼지 속에 그냥 누워 있지요?"

나는 몸을 일으켰다.

"내 양산이나 집어 줘요."하고 지나이다는 말했다.

"어쩌면 내가 저런 곳에 내동댕이쳐 버렸을까. 그렇게 날 보지 말아요…… 그런 어리석은 짓이 어디 있어요! 어디 다친 데 없어요? 쐐기풀에 찔렸나요? 아니, 날 보지 말라고 그러는데도 참…… 아무것도 못 알아듣나? 말대답도 않고……"

하며 그녀는 혼잣말처럼 말을 이었다.

"무슈 볼리데마르, 어서 집으로 돌아가서 몸이나 깨끗이 씻어요. 내 뒤를 따라오면 안 돼요. 따라오면 난 화를 낼 거예요. 그리고 다시는, 절대로……"

그녀는 말을 끝맺기도 전에 재빠르게 저쪽으로 가 버렸다. 나는 길 가운데 쭈그리고 앉았다. 다리가 말을 듣지 않았기 때문이다. 쐐기풀에 찔린 손이 뜨끔거리고, 등은 욱신욱신 쑤시고 머리가 빙글빙글 돌았다. 그러나 그 때 내가 경험한 행복감은 내 일생에 두번 다시 찾아오지 않았다. 그것은 달콤한 아픔이 되어 내 전신에 넘쳐 흘렀고, 급기야는 환희에 찬 도약과 부르짖음이 되어 용솟음쳐 나왔다. 참으로 나는 아직도 어린애였던 것이다.

13

그날 하루종일 나는 매우 유쾌하고 자랑스러운 기분이었다. 내 얼굴에 지나이다가 해 준 키스의 감촉을 생생하게 느끼며, 나는 환희의 전율 속에서 그녀가 한 한 마디 한 마디의 말들을 되풀이하여 생각해 보았다. 나는 이 뜻하지 않은 행복을 아주 소중히 간직하고 싶었기 때문에, 이 새로운 행복의 요인이 된 그녀를 보는 것조차 두려웠다. 아니, 차라리 보고 싶지도 않을 지경이었다. 이제 더 이상 운명한테 바랄 것은 아무것도 없다. 이제는 오직 '마지막 숨결을 깨끗이 거두고 죽어 버리면 그만이다'라는 심경이었다.

그러나 이튿날 별채로 가면서 나는 몹시 당황했다. 비밀을 지킬 수 있다는 것을 다른 이에게 알리고 싶어하는 사람들처럼, 나는 점잖고도 거리낌없는 듯한 가면을 쓰고 나의 심경을 감춰 보려 했으나 그 노력은 허사였다. 지나이다는 아무런 동요의 빛도 보이지 않고 아주 태연한 태도로 나를 맞이했다. 그리고 손가락으로 위협하는 듯한 시늉을 해 보이며 어디 다친 데는 없느냐고 물었을 뿐이었다. 나의 점잖고도 거리낌없는 듯한 태도도, 신비스러운 어떤 기분도 순식간에 사라져 버렸고, 동시에 당황한 마음도 없어졌다. 물론 나는 지나이다에게 어떤 특별한 것을 기대하고 있었던 것은 아니지만, 그녀의 침착한 태도는 마치 내 몸에 찬물을 끼얹은 것 같은 느낌을 주었다. 그녀가 나를 볼 때, 역시 나는 어린애에 불과하다는 것을 깨달았다. 나는 괴로워서 견딜 수가 없었다! 지나이다는 방 안을 이리저리 거닐며 내 얼굴을 볼 때마다 생긋 웃어 보였다. 그러나 그녀의 정신은 어딘가 먼 곳을 헤매고 있었다. 그 것은 나도 분명히 알아차릴 수 있었다.

내가 먼저 어제 애기를 꺼내 볼까. 어제 어딜 그렇게 바쁘게 갔는지 한 번 꼬치꼬치 캐물어 볼까 하고 생각했다. 그러나 나는 그저 한손을 저었을 뿐, 한쪽 구석에 가서 앉고 말았다.

벨로브조로프가 들어왔다. 그가 나타나서 다행이라고 생각했다.

"성질이 온순한 말은 구할 수가 없었습니다."

그는 엄숙한 목소리로 입을 열었다.

"풀라이 다크를 한 필 틀림없이 얻어 준다고 합니다만 믿을 수가 없습니다. 걱정이 되는군요."

"무엇 때문에 그리 걱정이 된다는 거지요?"

하고 지나이다가 물었다.

"어디 애기나 좀 해 보세요."

"무엇 때문에요? 당신은 말을 탈 줄 모르지 않습니까? 혹시 무슨 일이라도 생기면 어떻게 합니까? 그건 그렇고, 갑자기 또 왜 말을 타겠다는 겁니까?"

"그런 것까지 참견할 필요는 없어요, 나의 맹수님. 그렇다면 피요트 바실리예비치한테 부탁하겠어요."

피요트 바실리예비치란 나의 아버지였다. 나는 아버지가 그런 청을 들어 주리라 믿고 있는 듯한 말투로 그녀가 서슴치 않고 아버지 이름을 부르는 것을 의아하게 생각했다.

"그렇습니까?"하고 벨로브조로프가 말을 받았다.

"그러면 당신은 그분과 함께 말타고 소풍가려는 겁니까?"

"그분과 함께 가든지 딴 분과 함께 가든지 —— 당신한테는 마찬가지겠지요. 당신하고 함께 가지 않는 것만은 확실하니까요."

"나와는 함께 안 간다고요?" 벨로브조로프는 말했다.

"그럼, 마음대로 하십시오. 할 수 없지요. 어쨌든 나는 말을 구해 드리겠습니다."

"그러나 알아들으시겠지요? 순한 말이라고 해서 소 같은 놈을 끌고 오면 안 돼요. 미리 다짐을 해 두겠어요. 나는 마음껏 한번 달려 보고 싶으니까요."

"아마 곧잘 달릴 수는 있을 겁니다. 그러나 대체 누구와 가는 겁니까, 말레프스키입니까?"

"왜 그분과 함께 가면 안 되나요, 맹수님? 그렇지만 걱정 마세요. 그렇게 눈을 번뜩일 필요는 없어요. 당신도 데리고 갈 테니까요. 당신도 아시잖아요, 지금 말레프스키 같은 사람은 내 안중에 없다는 걸."

이렇게 말하며 그녀는 머리를 저었다.

"당신은 나를 안심시키려고 그러는 거지요?"
하고 벨로브조로프는 투덜거렸다.

지나이다는 눈을 가늘게 떴다.

"그런 말로 안심이 되나요? 오……오……오…… 맹수님도 참 딱하시군요!"

지나이다는 달리 할 말이 없었는지 말 끝을 돌렸다.

"무슈 볼리데마르, 당신도 우리와 함께 가지 않겠어요?"

"나는 사람이 많은 데는 좋아하지 않습니다.……"

나는 눈을 밑으로 내리깐 채 중얼거리듯 대답했다.

"당신은 둘이 마주앉아 있는 편이 좋겠지요? 좋아요, 자유로운 자에 겐 자유를 주고, 구함을 받은 자에겐 천국을 주라는 말이 있으니까요."

그녀는 한숨을 내쉬며 말했다.

"그럼 벨로브조로프 씨, 곧 가서 수고 좀 해 줘야겠어요. 말은 내일까지 필요해요."

"그렇지만 돈은 어디서 생긴단 말이냐?"

하고 공작 부인이 말참견을 했다. 지나이다는 미간을 찌푸렸다.

"어머니더러 내놓으라고 하지 않아요. 벨로브조로프가 나를 믿고 돌려 줄 테니까요."

"돌려 줘? 돌려 주다니……"

부인은 입속말로 중얼거리더니, 별안간 목청이 터지도록 큰 소리로,

"두냐슈카!"하고 하녀를 불렀다.

"어머니, 제가 초인종을 드렸잖아요?"

딸이 어머니를 나무랐다.

"두냐슈카!"

하고 공작 부인은 다시 소리쳤다.

벨로브조로프는 인사를 했다. 나도 그와 함께 물러나왔으나, 지나이다는 나를 만류하려는 기색도 그리 없었다.

14

이튿날 아침 나는 일찍이 일어나서 지팡이 하나를 만들어 가지고 성문밖으로 나갔다. 멀찍이 나가서 슬픈 마음을 좀 풀어 볼 작정이었다. 청명한 날씨인데다가 그리 덥지도 않았다. 즐겁고 상쾌한 바람이 땅 위를 감돌며 모든 것을 가볍게 흔들 뿐, 아무런 불안감도 없이 산들산들

불어오고 있었다. 나는 오랫동안 산과 숲 속을 헤맸다. 나는 자신을 몹시 불행한 사람이라고 생각했으므로 마음껏 우수에 잠기고자 집을 나온 것이었다. 그러나 젊음, 상쾌한 날씨, 맑은 공기, 빠른 걸음걸이가 자아내는 흐뭇함, 푹신함, 풀 위에 조용히 몸을 뉠 때의 아늑함…… 이런 것들이 자기 목적을 달성하여, 잊을 수 없는 그녀의 말과 키스의 추억이 다시금 내 마음 속에 되살아났다. 어쨌든 지나이다는 나의 단호한 정신과 영웅적 행위를 정당히 평가하지 않을 수 없을 것이라 생각하자, 나는 적이 유쾌해졌다.

그녀의 눈에는 다른 사나이가 나보다 훌륭하게 보일는지 모르지만 하고 나는 생각했다. (그러나 염려할 것 없어! 다른 사나이들은 단지 입으로만 할 수 있다고 장담하는 것을 나는 실제로 해 보이지 않았던가! 더욱이 그녀를 위해서라면 더 어려운 일이라도 얼마든지 해 보일 수 있다)

나의 상상력은 활동을 개시했다. 나는 자신과 적의 수중으로부터 그녀를 빼앗는 광경이라든가, 피투성이가 되어서 그녀를 감옥에서 구출하는 장면이라든가, 마침내는 그녀의 발 밑에서 죽어 가는 정경을 마음 속에 그려 보았다. 나는 우리 집 응접실에 걸려 있는 말레크아델이 마칠리다를 안고 달리는 그림을 생각해 냈다. 그러나 금방 가느다란 자작나무 줄기를 타고 기어올라가는 커다랗고 얼룩얼룩한 딱따구리에 정신이 팔리고 말았다. 딱따구리란 놈은 마치 콘트라베이스의 잘록한 손잡이 뒤에서 얼굴을 내미는 악사처럼, 쉴새없이 나무줄기 뒤에서 불안스럽게 좌우로 번갈아 가며 주둥이를 내미는 것이었다.

그러다가 나는 〈눈은 희지 않도다〉를 부르기 시작했는데, 어느 새 그것은 그 당시 널리 유행하던 〈산들바람 불어올 때 그대를 기다리네〉라는 노래가 되어 버렸다. 그 다음 나는 호마코프의 비극에 나오는 예르

마크의 별에 부치는 구절을 우렁찬 목소리로 읊기 시작했다. 그리고는 감상적인 시를 한 수 지으려 했는데, 맨 끝구절까지도 머리에 떠올랐다. 그것은 '오, 지나이다! 지나이다!'라는 것이었지만, 결국 아무것도 만들어 낼 수는 없었다.

그러는 동안 점심때가 되었다. 나는 골짜기로 내려왔다. 좁다란 모래밭 길이 꾸불꾸불 골짜기를 따라 시내 쪽으로 이어져 있었다. 나는 그 길을 걷기 시작했다. 문득 분명치는 않으나 말발굽 소리 같은 것이 등 뒤에서 들려왔다. 뒤돌아본 나는 자신도 모르게 문득 걸음을 멈추고 모자를 벗었다. 아버지와 지나이다를 발견했기 때문이다. 두 사람은 말머리를 나란히 하여 달려오고 있었다. 아버지는 몸을 여자 쪽으로 굽히고, 한손으로 말의 목을 누르면서 무슨 애긴지 열심히 하고 있었다. 그 얼굴엔 미소가 감돌고 있었다. 지나이다는 잠자코 약간 엄숙한 표정으로 눈을 내리깔고 입을 다문 채 귀를 기울이고 있었다. 처음 내가 본 것은 두 사람뿐이었지만, 잠시 뒤 골짜기 저쪽 모퉁이에서 경기병 제복을 입고 외투를 걸친 벨로브조로프가 거품을 입에 문 검은 말을 타고 나타났다. 겉보기에도 늠름한 그 말은 머리를 좌우로 내젓고 코를 벌름거리면서 날뛸 것 같은 자세로 가까이 왔다. 벨로브조로프는 고삐를 당기기도 하고 박차를 가하기도 했다. 나는 한옆으로 피해 버렸다. 아버지는 말고삐를 고쳐 쥐며 지나이다에게 기울였던 몸을 바로잡았다. 그녀는 살며시 눈을 들어 아버지를 쳐다보았다. 이윽고 두 사람은 말을 달려 지나가 버렸다. 벨로브조로프는 사벨을 절걱거리며 쏜살같이 그 뒤를 쫓아갔다.

벨로브조로프의 얼굴은 저렇게 새빨간데…… 그녀는…… 어째서 그토록 얼굴빛이 핼쑥할까? 아침부터 대낮이 되도록 말을 달렸는데도 얼굴이 핼쑥하다니. 웬일일까 하고 나는 생각했다.

나는 걸음을 재촉하여 점심 시간 조금 전에 집에 돌아왔다. 아버지는 이미 말쑥하게 옷을 갈아입고 세수를 하고는 어머니의 안락의자 옆에 앉아서 부드럽고 낭랑한 목소리로 어머니에게 평론 잡지의 사회면을 읽어주고 있었다. 그러나 어머니는 그리 귀담아 듣고 있는 눈치가 아니었다. 그러다가 나를 보자 온종일 어디 가 있었느냐고 물은 다음 도대체 알 수 없는 사람과 아무 데나 함께 싸돌아다니는 것은 질색이라고 말했다.

나는 혼자서 바람을 쐬고 왔다고 대답하려다가 아버지를 보자 웬지 입을 열 수가 없었다.

15

그 뒤 대엿새 동안 나는 지나이다를 자주 만나지 못했다. 그녀는 몸이 편치 않다는 것이었지만, 그래도 별채를 드나드는 사나이들이—— 그들의 말을 빌린다면—— 당직하러 오는 것을 막지는 않았다. 다만, 마이다노프만은 예외였다. 그는 감격할 기회가 없어져 버리자, 아주 풀이 죽어서 싫증을 내는 것 같았다. 벨로브조로프는 양복 단추를 모조리 채우고, 얼굴이 벌개 가지고 시무룩해서 한쪽 구석에 앉아 있었다. 말레프스키 백작의 핼쑥한 얼굴에는 언제나 음흉한 인상을 주는 미소가 깃들어 있었다. 그는 확실히 지나이다가 자기를 곱게 보지 않게 되자, 이번에는 특히 공작 부인의 비위를 맞추기에 여념이 없었다. 그래서 마차를 세내어 부인과 함께 모스크바 총독에게까지 다녀오기도 했다.

그 여행은 실패로 돌아갔고, 말레프스키는 불쾌한 일까지 당했다. 총독이 백작과 교통부 장관 사이에 말썽을 일으켰던 어떤 사건 이야기를 꺼냈기 때문이었다. 그래서 그는 그 즈음 자기는 아직 경험이 없어서 그랬노라고 변명을 늘어놓지 않을 수 없었다.

루신은 하루에 두 번씩 찾아오긴 했지만, 오래 앉아 있는 일은 없었다. 나는 얼마 전에 그의 충고를 받은 뒤부터 그를 좀 꺼리긴 했지만, 한편으로는 진심으로 그를 따르게 되었다. 어느 날 나는 그와 함께 네스쿠치느이 공원으로 소풍을 갔다. 그는 몹시 상냥하고 친절하게 굴었고, 갖가지 화초의 이름이라든가 성질 등을 설명해 주었다. 그러다가 불쑥 아닌 밤중에 홍두깨격으로, 자기 이마를 두드리며 소리쳤다.

"아, 나는 바보였어. 그 여자를 놀아먹는 여자라고만 생각하고 있었으니 말이야! 아마도 사람에 따라서는 자기를 희생한다는 것에 쾌감을 느낄 수도 있는 모양이지."

"그건 대체 무슨 말입니까?"

하고 나는 물었다.

"자네한테는 아무 말도 하고 싶지 않네."

루신은 무뚝뚝하게 대답했다.

지나이다는 나를 피하고 있었다. 내가 나타나기만 하면—— 그것은 나도 눈치채지 않을 수 없었다.—— 그녀는 불쾌한 인상을 받게 되는 것 같았다. 그녀는 무의식중에, 정말 무의식중에 나한테서 얼굴을 돌려 버리곤 하는 것이었다. 나는 그것이 괴로웠고, 그것이 안타까워 죽을 지경이었다. 그렇다고 어쩔 수도 없는 일이었다. 그래서 나는 될 수 있으면 그녀 눈에 띄지 않도록 하면서 은근히 먼 곳에 지켜보려 했지만 그것도 꼭 뜻대로 되는 것은 아니었다. 그녀에게는 여전히 그 어떤 원인 모를 변화가 일어나고 있었다. 얼굴이 아주 딴판이 되어 가고, 모든 면에서 다른 사람이 된 것 같았다.

그녀의 이와 같은 변화가 특별히 나를 놀라게 한 것은 어느 조용하고 따뜻한 저녁의 일이었다. 나는 가지가 무성한 말오줌나무 그늘 밑에 있는 나지막한 벤치에 앉아 있었다. 나는 언제나 이 곳을 좋아했다. 거기서는 지나이다의 방 창문이 바라보였기 때문이다. 나는 꼼짝하지 않고 앉아 있었다. 머리 위의 검푸른 나무 덤불 속에서는 새가 한 마리 분주하게 바스락 소리를 내고 있었다. 그때 회색 고양이가 허리를 길게 펴고 살금살금 마당으로 기어들어왔다. 올 들어 처음 나타난 딱정벌레가, 이미 어두워지긴 했지만 그래도 아직 투명한 공기 속에서 윙윙거리고 있었다. 나는 그대로 한자리에 앉아서 창문을 바라보며 이제나저제나 그것이 열리기를 고대하고 있었다. 과연 창문이 열리더니 거기 지나이다가 나타났다. 그녀는 흰 옷을 입고 있었는데, 그 얼굴이며 어깨며 손이며 할 것 없이 백지장처럼 파리했다. 그녀는 한참 동안 꼼짝 않고 서서 얼마쯤 찌푸린 눈썹 밑으로 눈을 모아 똑바로 앞만 바라보고 있었다. 나는 여태껏 그와 같은 그녀의 눈길을 본 적이 없었다. 드디어 그녀는 두 주먹을 힘차게 움켜쥐더니 주먹을 입술과 이마로 가져갔다. 그리고 느닷없이 손가락을 펴서 귀에 덮인 머리카락을 뒤로 넘기며 머리를 홱 젖혔다. 그리고는 무엇을 결심한 듯이 고개를 아래위로 끄덕이고 나서 창문을 탁 닫아 버렸다.

사흘쯤 지나 정원에서 그녀를 만났다. 나는 한 옆으로 피해 버리려 했으나, 그녀 쪽에서 나를 말렸다.

"손 좀 잡아 줘요."

그 전처럼 상냥한 목소리로 그녀는 말했다.

"꽤 오랫동안 얘기를 못했군요."

나는 그녀를 바라보았다. 그녀의 눈은 잔잔히 빛나고, 얼굴에는 흡사 아지랑이 속을 통해서 보는 듯한 아늑한 미소가 감돌고 있었다.

"아직도 몸이 불편하십니까?"

하고 나는 물어 보았다.

"아뇨, 이젠 다 나았어요."

대답하며 그녀는 작은 장미꽃 한 송이를 따서 들었다.

"몸이 좀 나른하긴 하지만 곧 괜찮아지겠죠."

"그럼 또 그 전처럼 되어 주겠습니까?"

하고 나는 물었다.

지나이다는 장미꽃을 얼굴로 가져갔다.── 나에겐 꽃잎이 비쳐진 게 그녀의 뺨에 떨어진 것같이 생각되었다.

"정말 내가 변하긴 변한 모양이지요?"하고 그녀는 물었다.

"변하고말고요."

나는 입속말로 대답했다.

지나이다가 다시 입을 열어 말했다.

"내가 당신한테 너무 쌀쌀맞게 굴었어요. 나도 알고 있어요. 하지만 그런 일에 신경쓰지 마세요. 나도 달리 어쩔 수가 없었으니까요. 그러나 새삼스럽게 이런 말을 해서 뭘 하겠어요!"

나는 자신도 모르게 격한 목소리로 소리쳤다.

"내가 당신을 사랑하는 게 당신은 싫다── 그것뿐이겠지요?"

"아니에요, 사랑해 주세요. 그렇지만 그 전처럼 그렇게는 말고."

"그럼, 어떻게?"

"우리, 친구가 돼요. 그렇지 않으면 안 돼요!"

지나이다는 내 코 밑에 장미꽃을 갖다 대며 말했다.

"내 말 좀 들어 봐요. 나는 당신보다 훨씬 나이가 많지 않아요? 당신의 아주머니뻘이 된다고 할 수 있을 거예요. 정말이에요, 아주머니가 못 된다면 누님은 될 수 있겠지요. 그런데도 당신은……"

"당신 눈에는 어린애로 보일 겁니다."

하고 나는 그녀의 말을 가로챘다.

"그렇고말고요. 어린애지요. 그렇지만 귀엽고 잘생기고 영리한 애여서 나는 정말 좋아요. 그럼, 이렇게 해요! 나는 오늘부터 당신을 시종으로 삼을 테니 그리 아세요. 시종이란 늘 주인 곁을 떠나서는 안 된다는 걸 잊지 마세요, 네? 자, 이게 당신이 새로 받은 직위의 표시예요."

그녀는 내 재킷 단춧구멍에 장미꽃을 꽂아 주며 덧붙였다.

"나의 총애를 받는다는 증거예요."

"그렇지만 이전엔 이와 다른 종류의 총애를 당신한테 받았습니다."

나는 낮은 소리로 중얼거렸다.

"어머나!"

지나이다는 곁눈으로 나를 쳐다보았다.

"참 기억력도 좋지! 그럼, 할 수 없군요. 난 지금도 그럴 수 있으니까……"

그녀는 몸을 굽히더니 내 이마에 순결하고 침착하게 키스했다.

나는 다만 그녀의 모습을 바라보고 있었다.── 지나이다는 재빨리 얼굴을 돌리며

"자, 우리 시종 양반, 나를 따라와요."

하더니 별채 쪽으로 걸어갔다.

나는 지나이다의 뒤를 쫓아갔지만, 마음 속에서는 이상한 생각이 줄 곧 떠나지 않았다.

이 의젓한 처녀가 정말 내가 알고 있는 지나이다와 같은 인물인가 하고 나는 생각했다. 그녀는 걸음걸이조차도 전보다 얌전해진 것 같았다. 그리고 그녀의 모습 전체에 전과는 다른 위엄이 깃들어 있는 것 같았고, 또 더욱 세련된 것같이 보였다.

아! 이때 내 마음 속에는 새로운 사랑의 불길이 얼마나 강하게 불 타올랐던 것인가!

16

점심때가 지나서 별채에는 다시 손님들이 모여들었다. 그리고 공작의 딸도 그 자리에 나타났다. 내가 좀처럼 잊을 수 없는 그 첫날 저녁에 모였던 멤버가 빠짐없이 모두 와 있었다. 니르마츠키까지도 어슬렁어슬 렁 찾아왔다. 마이다노프는 이날 누구보다도 맨 먼저 나타났다. 그러나 그 자리에서는 기묘한 방법도, 어리석은 장난도, 떠들썩한 소음도 찾아 볼 수 없었다. 말하자면 집시풍의 요소가 사라져 버린 것이다.

지나이다는 좌석 전체에 새로운 분위기를 조성시켰다. 나는 시종의 자격으로 그녀 곁에 앉아 있었다. 여러 가지 놀이 가운데서도 특히 그 녀는 제비를 뽑은 사람이 꿈 애기를 하기로 하자고 제의했다. 그러나 그것은 뜻대로 진행되지 않았다. 꿈 애기라는 것들이 도대체 재미도 없 거니와—— 벨로브조로프는 말에게 잉어를 먹였더니 말의 모가지가 나 무통으로 변해 버리는 꿈을 꾸었다고 했다.—— 부자연스러운 것이 아니면 일부러 꾸며 낸 것 같은 인상을 주었다. 마이다노프는 꿈 얘기를 한답시고 우리에게 한 편의 소설을 들려 주었다. 이야기 속에는 무덤이 나오는가 하면 현악기를 가진 천사가 나오고, 또 말을 하는 꽃이 나오는가 하면, 이상스러운 음향이 먼 곳에서 들려오는 대목도 있었다. 지나이다는 끝까지 다 들으려 하지 않았다.

"이젠 꿈 얘기가 창작이 되어 버리고 말았으니……"

하고 그녀는 말했다.

"제각기 꾸며 낸 얘기를 하기로 해요. 그 대신 반드시 자신이 생각해 낸 얘기가 아니면 안 돼요."

역시 벨로브조로프가 맨 먼저 이야기할 차례가 되었다. 젊은 경기병은 당황해서

"난 아무것도 생각해 낼 수가 없습니다!"

하고 버럭 고함을 질렀다.

"바보 같은 소리 그만둬요!"

하고 지나이다가 내쏘았다.

"예를 들면 당신한테 아내가 있다고 상상해 봐요.── 그러면 당신은 부인과 어떤 생활을 할 것인지, 그걸 우리한테 얘기하면 되잖아요? 아마 당신은 아내를 방에 가둬 놓겠지요?"

"가둬 놓겠지요."

"그리고 당신도 그 옆에 붙어 있겠지요?"

"반드시 붙어 있을 겁니다."

"거 참 좋겠군요. 하지만 아내가 만일 싫증이 나서 당신을 배반한다면?"

"아마 죽여 버릴 겁니다."

"그렇지만 달아나 버린다면?"

"쫓아가서 역시 죽여 버려야지요."

"원, 저런! 그럼, 만일 내가 당신 아내라면? 그땐 어떻게 하시겠어요?"

벨로브조로프는 잠시 입을 다물고 있다가 대답했다.

"그때는 내가 자살하고 말겠습니다……"

지나이다는 그 말에 웃음을 터뜨렸다.

"내가 보기에 당신 얘기는 그리 길 것 같지 않군요."

둘째 번 제비는 지나이다가 뽑았다. 그녀는 천장에 눈을 두고 잠시 생각에 잠기더니 "그럼, 얘기하겠어요."하고 드디어 입을 열었다.

"난 이런 생각을 했어요.── 아주 으리으리한 궁전을 상상해 주세요. 여름밤인데 호화 찬란한 무도회가 열렸어요. 이 무도회는 젊은 여왕이 베풀었는데, 여기에도 저기에도 온통 금이니 대리석이니 수정이니 비단이니, 그리고 등불, 다이아몬드, 꽃, 향불 할 것 없이 갖가지 사치스러운 물건으로 장식되어 있어요."

"당신은 사치를 좋아합니까?"

하고 루신이 가로챘다.

"사치란 아름다운 것이니까요."

하고 그녀는 대꾸했다.

"나는 아름다운 것이면 무엇이든지 다 좋아요."

"훌륭한 것보다도 더 좋단 말씀입니까?"

하고 그는 물었다.

"어쩐지 빈정대느라고 묻는 말 같군요. 그런 건 난 모르겠어요. 내 이야기를 방해하지 마세요. 어쨌든 호화 찬란한 무도회예요. 모든 사람들이 모였는데, 모두가 젊고 훌륭하고 늠름하며, 그리고 누구 할 것 없이 모두 여왕을 사모하고 있어요."
"손님 가운데 여자는 아무도 없습니까?"
말레프스키가 물었다.
"없어요. 아니, 있기는 있어요."
"아니, 모두 못생긴 여자들이겠군요?"
"미인들이지요. 그렇지만 남자들은 모두 여왕한테 반했거든요. 여왕은 늘씬하고 키가 큰데, 그 검은 머리에 자그마한 금관을 쓰고 있어요."
나는 지나이다를 바라보았다.── 그 순간 그녀는 우리들보다 훨씬 고상하게 보였고, 움직일 줄 모르는 잔잔한 눈썹과 흰 이마에서 형용할 수 없이 밝은 예지와 위엄이 흐르고 있는 것 같았다. 그래서 나는 마음속으로 그 여왕이란 바로 당신입니다! 하고 생각했을 정도였다.
"모두들 여왕을 에워싸고."
지나이다는 얘기를 계속했다.
"저마다 있는 지혜를 다 짜내어 여왕의 마음에 들려고 말재주를 부립니다."
"그럼, 여왕은 아첨을 좋아하는군요?"
루신이 물었다.
"참 심술궂은 양반도 다 있어! 번번이 남의 말을 가로채고…… 그야 비위를 맞춰 줘서 싫다고 할 사람이 어디 있겠어요?"
"마지막으로 한 가지만 더 묻겠습니다."
하고 말레프스키가 끼어들었다.
"여왕한테는 남편이 있습니까?"

"거기까지는 생각해 보지 않았어요. 없다고 해요, 남편이 무슨 필요가 있겠어요?"
"물론이지요."
말레프스키가 말을 받았다.
"남편은 있어서 뭘 합니까?"
"Silence(조용히)!"
프랑스 말에 서투른 마이다노프가 외쳤다.
"Merci(고마워요)."라고 지나이다가 그에게 말하였다.
"그래서 여왕은 그런 말들을 듣기도 하고 또는 음악에 귀를 기울이기도 합니다. 그러나 손님들의 얼굴은 본 체 만 체합니다. 천장에서 마룻바닥까지 여섯 개의 창문이 열려 있는데, 창 밖으로는 커다란 별들이 반짝이는 밤하늘과 굵다란 나무가 무성한 어두운 정원이 보입니다. 여왕은 물끄러미 정원을 내다보고 있어요. 거기에는 나무 그늘에 분수가 있어서 어둠 속에서도 희끄무레한데, 그것이 무슨 유령처럼 길게 흐느적거리는 것같이 보입니다. 여왕은 사람들의 말소리와 음악 소리 속에서 조용히 흐르는 물소리를 듣습니다. 그리고 물끄러미 바라보며 이런 생각을 합니다.—— 여러분, 당신들은 모두 고상하고 현명하고, 또 부유한 분들입니다. 당신들은 나를 에워싸고 내 말 한 마디 한 마디에 전전긍긍하며 모두 내 발 밑에서 죽어도 좋다고 생각하고 있습니다. 이렇듯 나는 당신들을 지배하고 있습니다.…… 그러나 저기 분수 가에, 저기 찰랑거리는 물 옆엔 내가 사랑하는 사람이, 나를 지배하고 있는 사람이 기다리고 서 있습니다. 그분은 화려한 옷도 입지 않았고, 또 보석도 몸에 지니고 있지 않습니다. 아무도 그분을 아는 사람은 없습니다. 그리고 그분은 내가 나오리라는 것을 굳게 믿으며 나를 기다리고 있습니다.—— 물론 나는 갈 것입니다. 내가 그분한테 가서 그분과 함께 있으려 할 때, 나를 제어할 수 있는 힘이란 이 세상에 없습니다. 나는 그분과 함께 정원의 어둠 속으로, 설레는 나무 그늘로, 물소리가 속삭이는 분수 뒤로 자취를 감추고 말 것입니다.”

지나이다는 입을 다물어 버렸다.

“그것은 만들어 낸 얘깁니까?”

말레프스키가 빈정거리는 말투로 물었다.

지나이다는 거들떠보지도 않았다.

“여러분.”하고 루신이 불쑥 입을 열었다.

“만일, 우리들이 그 손님들 가운데 끼어 있다가, 분수 옆에 서 있는 행운아에 대해서 알았다면 어떻게 하겠습니까?”

“잠깐만 기다리세요.”하고 지나이다는 말을 막았다.

“여러분이 그런 경우에 어떻게 하실지 내가 한 사람씩 얘기할게요. 벨로브조로프 씨, 당신은 그 사람한테 결투를 신청할 것이고, 마이다노프 씨, 당신은 풍자시를 쓸 거예요. 아니, 당신은 풍자시를 못 쓰니까 바르비에 식으로 기다란 장단음(長短音)을 써서 그걸 「전신(電信 : 그 즈음의 잡지 이름)」에 싣겠지요. 니르마츠키 씨, 당신은 그 사람한테 돈을 빌려 달라고 할 거예요. 아니, 당신이 오히려 그 사람에게 높은 이자로 돈을 빌려 줄 거예요. 그리고 의사 선생, 당신은……”

그녀는 잠시 머뭇거리다가 말했다.

“글쎄요, 당신에 대해선 알 수 없어요. 대체 무슨 짓을 할까요?”

“나는 왕실 의사의 직책상.”하고 루신이 대답했다.

“이렇게 여왕에게 충고할 것입니다. 손님들을 상대할 정신적 여유가 없는 그런 때에는 무도회를 열지 않는 편이 좋을 거라고요.”

“아마 그 말이 옳을는지도 모르겠군요. 그럼 백작, 당신은?”
“나 말입니까?”
말레프스키는 역시 음흉한 미소를 띠며 되물었다.
“당신은 그 사람에게 독이 든 과자를 권하겠지요.”
지나이다가 대신 대답했다.
말레프스키의 얼굴이 좀 일그러지며 순간 유대인 같은 표정을 띠었으나, 그는 금방 껄껄 웃어 버렸다.
“볼리데마르, 당신은 아마……” 지나이다는 말을 계속했다.
“하지만 이젠 그런 애긴 그만두고 우리 무슨 다른 놀이라도 해요.”
“볼리데마르는 시종의 자격으로, 여왕이 정원으로 나갈 때 그 기다란 치맛자락을 잡아 드릴 겁니다.”
말레프스키가 독기를 품은 어조로 말했다.
나는 전신의 피가 머리끝으로 확 치솟아오르는 것을 느꼈다. 그러나 지나이다가 내 오른쪽 어깨에 가볍게 손을 얹고 의자에서 몸을 일으키며 좀 떨리는 목소리로 손가락으로 문 쪽을 가리키며 말했다.
“백작, 나는 당신한테 버릇없는 말을 함부로 하라는 권리를 절대로 준 일이 없어요. 그러니까 이 자리에서 당장 나가 주시기 바랍니다.”
“미안합니다, 아가씨.”
말레프스키는 파랗게 질려서 중얼거렸다.
“아가씨의 말이 옳습니다.”
하고 외치며 벨로브조로프도 벌떡 일어났다.
“나는 절대로 그런 뜻에서 말씀드린 게 아닙니다.”
말레프스키는 변명을 계속했다.
“내가 한 말에는, 조금도 그런…… 그런 뜻이 없었다고 생각합니다.

당신을 모욕한다거나, 그런 마음은 꿈에도 없었습니다. 혹시 잘못됐다면 용서해 주십시오.”

지나이다는 차가운 눈길로 그를 쏘아보고 입가에 비웃음을 띠었다.

“그럼, 남아 있어도 좋아요.”

그녀는 아무렇게나 손짓해 보이며 말했다.

“하기는 나나 볼리데마르 씨가 화까지 낼 필요는 없겠지요. 당신은 농담삼아 좀 빈정거렸을 뿐이고…… 또, 그러는 걸 재미있어 하는 분이니까.”

“용서하십시오.”

말레프스키는 거듭 사과했다.

나는 조금 전의 지나이다의 태도를 다시 머릿속에 그려 보고, 비록 진짜 여왕이라 하더라도 그 이상의 품위를 가지고 무례한 사나이에게 문쪽을 가리켜 보일 수는 없을 것이라고 생각했다.

이런 사소한 사건이 있은 뒤 내기놀이도 오래 계속되지 못했다. 모두 좀 계면쩍은 얼굴을 하고 있었는데, 그것은 직접 이 사건 때문이라기보다는 어떤 분명치 않은 무거운 감정 때문이었다. 누구 한 사람 그것을 입 밖에 내지는 않았지만, 모두들 자기 자신에게서도, 동료들에게서도 그것을 느낄 수 있었다. 마이다노프가 자작시를 낭독했다. 그러자 말레프스키가 굉장한 열의를 가지고 그 시를 칭찬했다.

“저 친구, 아주 착한 인간으로 보이려고 애쓰는군.”

하고 루신이 내게 속삭였다.

얼마 뒤 우리들은 흩어졌다. 지나이다는 갑자기 무슨 생각에 잠겨 버렸고, 공작 부인은 하인을 보내어 두통이 난다고 했으며, 또 니르마츠키는 신경통이 심하다고 우는 소리를 했기 때문이다.

나는 늦도록 잠을 이룰 수 없었다. 지나이다의 얘기가 내게 깊은 충격을 주었기 때문이다.

"정말 그 얘기 속에 암시 같은 것이 숨겨져 있는 것일까?"
하고 나는 자신에게 물었다.

"그렇다면 누구를, 그리고 무엇을 암시했을까? 만일 그 무언가를 암시한 게 사실이라면…… 그러나 확실히 그렇다고 인정할 근거가 어디 있단 말인가? 아니야, 그럴 리가 없어."

나는 화끈화끈 달아오르는 뺨을 번갈아 베개에다 대고 몸을 뒤척거리면서 혼자 중얼거렸다. 그러나 아까 그 이야기를 하고 있었을 때의 지나이다의 표정이 눈앞에 떠올랐다. 그리고 문득 네스쿠치느이 공원에서 루신이 무심결에 부르짖던 말과, 나에 대한 그녀의 급변한 태도에 생각이 미치자 나는 상상의 실마리를 잃고 말았다. "상대자는 대체 누구일까?" 이 한 마디가 마치 어둠 속에 씌어 있는 것처럼 내 눈앞을 가로막고 있는 것이었다. 그것은 흡사 낮고 불길한 구름이 머리 위에 드리워져 있는 것과도 같은 기분이었다.── 나는 압박감을 느꼈다. 그리고 그 구름이 폭풍우로 변하는 것을 이제나저제나 기다리고 있었다.

최근에 나는 여러 가지 사물에 익숙해졌다. 자세킨네 집에서 많은 것을 보고 들었기 때문이었다. 무질서한 생활, 싸구려 촛불, 부러진 나이프와 포크, 침울한 보니파치라는 하인, 지저분한 꼴을 한 하녀들, 공작부인 자신의 언동──이런 기묘한 생활은 나를 이미 놀라게 하지 않았다. 그러나 지금 내가 어슴푸레하게 느끼고 있는 지나이다의 변화──── 이것만은 나도 익숙해질 수 없었다. '말괄량이'── 언젠가 어머니는 그녀를 이렇게 불렀다. 말괄량이── 그것이 바로 나의 우상이 아닌가, 나의 신(神)이 아닌가! 이 한 마디가 부젓가락으로 나를 찌르는 것 같아, 나는 그것을 피하기라도 하려는 듯이 베개에 얼굴을 파묻고는 분노에 몸을 떨었다. 그러면서도 한편, 만일 그 분수 가의 행운아가 될 수만 있다면 나는 어떠한 짓이라도 해낼 수 있고, 또 어떠한 희생이라도 아끼지 않을 생각이었다. 온몸의 피가 뜨겁게 끓어올랐다.

정원……분수…… 나는 잠시 생각했다. 정원에 좀 나가 볼까? 나는 분주히 옷을 걸쳐 입고 방에서 빠져나왔다.

캄캄한 밤이었다. 나무들은 들릴 듯 말 듯한 소리를 내며 바람에 나부끼고 있었다. 하늘에선 조용하고 차가운 기운이 내리고, 채소밭 쪽에서는 참깨 냄새가 풍겨왔다. 나는 정원의 오솔길이란 길은 모조리 다 걸어다녔다. 나의 가벼운 발자국 소리가 나를 놀라게 하기도 했고, 또 기운을 북돋아 주기도 했다. 나는 때때로 발을 멈추고 그 무엇인가를 기다리는 심정으로 내 심장의 고동 소리를 듣고 있었다. 마침내 나는 담장에 가까이 와서 가느다란 말뚝에 기대어 섰다. 불현듯 공연히 생각한 데 지나지 않았을까? 너댓 발자국 앞에서 언뜻 여자의 그림자 같은 것이 스쳐갔다. 나는 눈을 모아 어둠 속을 들여다보며 숨을 죽였다. 저건 무엇일까? 내가 발자국 소리를 들은 것일까? 그렇지 않으면 역시 내 심장의 고동 소리였을까?

"누구요, 거기에 있는 건?"

나는 겨우 알아들을 정도의 목소리로 중얼거렸다. 아니, 저건 또 무슨 소리일까? 소리를 죽여 가며 웃는 것일까? 혹은 나뭇잎이 살랑거리는 소리일까? 그렇지 않으면 바로 귀 밑에서 누가 내뿜는 한숨 소리일까? 나는 겁이 났다.

"누구요, 거기에 있는 건?"

나는 더욱 가느다란 소리로 다시 한 번 물었다.

순간, 공기가 흔들렸다. 하늘에서는 불줄기 같은 것이 번쩍했다.——
유성인 모양이었다.

"지나이다?"라고 나는 물어 보려 했으나, 목소리가 입술에 얼어붙고
말았다. 한밤중에 종종 그렇듯 주위가 쥐죽은 듯 갑자기 고요해졌다.
수풀 속의 귀뚜라미까지 울음 소리를 멈춰 버렸다. 다만 어디선가 탁
하고 창문 닫는 소리가 들려왔을 뿐이었다. 나는 한참 동안 꼼짝 않고
서 있다가 얼마 뒤 내 방의 싸늘한 잠자리로 돌아왔다. 나는 이상스러
운 흥분을 느꼈다. 마치 애인을 만나러 갔다가 고독 속에 홀로 남게 된
것 같은, 다른 사람의 행복 옆을 지나온 듯한 그런 느낌이었다.

17

이튿날 나는 지나이다를 먼 빛으로 언뜻 보았을 뿐이었다. 그녀는 어
머니와 함께 마차를 타고 어디론지 나가고 없었기 때문이다. 그러나 나
는 루신과 말레프스키를 만났다. 루신은 나한테 인사를 하는 둥 마는
둥 했으나, 젊은 백작은 일부러 웃음을 지어 보이며 사뭇 다정하게 말
을 걸었다. 별채를 찾아다니는 친구들 가운데 그 사람 혼자만이 약삭빠
르게 우리 집으로 기어들어와서 어머니의 눈에까지 들 수 있었던 것이
다. 아버지는 그에게 호감을 가지고 있지 않았으므로, 실례가 될 정도
로 겸손한 태도를 취하고 있었다.

"아, 시종 양반이시로군!"
하고 말레프스키는 나한테 말을 걸었다.

"마침 잘 만났네. 자네가 모시고 있는 어여쁜 여왕님께선 무얼 하고

계시나?”

말쑥하게 잘생긴 그의 얼굴도 그 순간 내게는 징그럽기 짝이 없어 보였다. 그리고 그의 눈이 조롱하는 듯한 경멸의 빛을 띠고 있었으므로, 나는 그에게 아무 대꾸도 하지 않았다.

“자넨 아직도 내게 화를 내고 있나?”하고 그는 말을 이었다.

“그건 너무한데. 자네한테 시종이란 이름을 붙인 것은 내가 아니니까, 여왕에겐 시종이라는 게 붙어 있게 마련이지. 이건 실례가 되는지 모르지만, 내가 자네한테 한 마디 충고하겠는데, 자넨 자기 직무에 태만한 것 같군.”

“그게 무슨 말입니까?”

“시종이란 항상 여왕님 곁에 붙어 있어야 하는 법이야. 그리고 시종은 여왕님이 하시는 일을 무엇이든지 다 알고 있어야 하지. 여왕님의 거동까지 일일이 살피고 있지 않으면 안 된단 말일세.”

그리고 그는 다시 낮은 목소리로 덧붙였다.

“낮이든 밤이든 가리지 말고……”

“당신은 무슨 말을 하려는 겁니까?”

“무슨 말을 하려는 거냐고? 나는 알아들을 만하게 똑똑히 말한 것 같은데. 밤낮 할 것 없이 말일세. 낮엔 그래도 이럭저럭 큰 탈은 없겠지. 환히 밝고 또 사람 눈도 많으니까. 하지만 밤엔 어쨌든 탈이 나기 쉽거든. 그러니 자넨 밤마다 자지 말고 잘 살피는 게 좋을 거라고 충고하는 것뿐일세. 그야말로 전력을 다해 살펴야 하네. 자네도 기억하고 있을 테지.── 정원에서, 밤의 분수 가에서── 이런 곳에서 지키고 있어야 하네. 아마 자네는 나한테 감사하단 말을 하게 될 걸세.”

말레프스키는 껄껄 웃으며 나에게서 빙그르르 몸을 돌려 버렸다. 아마도 그는 자기가 한 말에 무슨 특별한 뜻을 부여하지는 않았을 것이다. 본디 그는 속임수를 잘 쓰기로 유명한 인물이어서, 가장 무도회 같은 데서도 곧잘 사람들을 놀려대는 재주를 가지고 있었다. 그것은 그의 인간 전체에 배어 있는, 거의 자기 자신도 의식하지 못하는 허위성에 힘입은 바 큰 것이었다. 그는 필경 나를 좀 놀려 주고 싶어서 그랬을 뿐이었겠지만, 그러나 그의 한 마디 한 마디는 무서운 독이 되어 내 혈관 속으로 흘러들어왔다. 온몸의 피가 한꺼번에 머리로 치솟아 올라왔다.

아! 그랬던가! 나는 마음 속으로 부르짖었다. 그렇지! 엊저녁에 내가 정원으로 끌려나간 것도 결코 우연한 일은 아니야!

"그런 일이 과연 있을 수 있느냐 말이야!"

나는 커다란 소리로 버럭 고함을 지르며 주먹으로 가슴을 쳤다. 하기는 무슨 일이 있을 수 없다는 것인지 나 자신도 확실히 알지 못했던 것이지만. 그런 말을 하는 말레프스키 자신이 정원으로 찾아오는지도 몰라 하고 나는 속으로 생각해 보았다. 그가 무심결에 그런 소리를 지껄였다고 생각할 수도 있지. 그는 그런 짓쯤은 넉넉히 할 만한 철면피니까.(그렇지 않다면 대체 누굴까) —— 우리 집 정원의 담장은 아주 낮기 때문에 그것을 뛰어넘는 것쯤은 문제가 아니었다.—— (어쨌든 어느 놈이든 내 손에 걸려들기만 하면, 재미없을 걸! 누구든지 내 눈에 띄지 않도록 조심하는 게 좋을거야! 나는 온 세상에, 그리고 그 배신자에게 —— 나는 서슴치 않고 그녀를 배신자라고 불렀다.—— 나도 복수를 할 수 있다는 걸 보여 주고야 말걸)

나는 내 방으로 돌아와 책상 서랍을 열고 얼마 전에 산 영국제 나이프를 꺼내 칼날을 시험해 보았다. 그리고 미간을 찌푸리며 차디차게 굳어진 결심과 함께 그것을 주머니 속에 간직했다. 마치 그런 짓을 하는 것이 전혀 어색하지 않고, 또 이번이 처음도 아닌 것 같은 그런 태도였다. 나의 심장은 독을 품고 긴장되어 돌처럼 굳어졌다. 나는 밤중까지 찌푸린 미간을 한시도 펴지 않았고, 악문 이를 늦추지도 않았다. 나는 불덩이처럼 뜨거워진 나이프를 주머니 속에서 움켜쥔 채 미리부터 어떤 무서운 사태에 대한 마음의 준비를 하면서 쉴새없이 이리저리 돌아다녔다. 여태껏 경험해 보지 못한 이 새로운 느낌은 내 마음을 사로잡고 어느 정도 유쾌한 기분까지 자아내어, 정작 지나이다에 대해서는 그리 생각하지도 않았을 정도였다. 내 머릿속에는 끊임없이 이런 구절이 떠올랐다.

젊은 집시 알레코(푸슈킨 작 《집시》의 주인공) —— '젊은 미남자야, 어디로 가느냐? 누워서 잠들라…… 그대는 온몸이 피투성이로구나!……오, 그대는 대체 무슨 짓을 했느냐?' —— '아무 짓도 하지 않았다!' 나는 얼굴에 아주 잔인한 미소를 띠며 이 '아무 짓도 하지 않았다!'를 거듭 되풀이했다.

아버지는 집에 없었다.

그러나 요즘 거의 날마다 초조한 마음을 억누르고 있는 듯한 어머니가 나의 심상치 않은 태도를 눈치채고 밤참을 먹을 때 말했다.

"너는 뭣 때문에 보릿자루를 노리는 생쥐새끼처럼 뾰로통해 가지고 그러니?"

나는 대답 대신 그저 너그러운 미소를 지어 보였을 뿐, 모두들 내 속을 알고 있다면 하고 속으로 생각해 보았다. 시계가 11시를 알렸다. 나는 내 방으로 돌아왔으나 옷은 벗지 않았다. 이윽고 12시가 되었다. 이젠 시간이 됐겠지! 나는 악문 이 사이로 중얼대며 양복 저고리 단추를

턱 밑까지 모조리 채우고, 소매까지 걷어붙인 뒤 정원으로 나갔다.

　나는 미리부터 지키고 서 있을 장소를 생각해 두고 있었다. 정원의 한쪽 끝, 우리 집과 자세킨네 집 뜰 안을 가로막고 있는 담장 옆에 전나무가 한 그루 외따로 서 있었다. 그 무성한 나뭇가지 밑에 서 있으면 어둠이 허락하는 한 주위에서 일어나는 모든 일을 죄다 볼 수 있었다. 그 곳에는 언제나 내 눈에 신기롭게 보여지는 한 갈래의 좁다란 길이 꾸불꾸불 뱀처럼 담장 밑을 따라 굽이쳐서—— 이 부근의 담장을 넘나드는 것 같은 흔적이 보였다.—— 순전히 아카시아나무로만 지은 정자가 있는 쪽으로 뻗어 있었다. 나는 그 전나무 밑까지 가서 나무 줄기에 몸을 기대고 망을 보기 시작했다.

　그것은 전날 밤과 같이 고요한 밤이었다. 그러나 하늘엔 구름이 얼마 없어서—— 나무 덤불뿐만 아니라 키가 큰 꽃나무의 윤곽까지도 똑똑히 분간할 수가 있었다. 처음 얼마 동안은 숨가쁜 순간이었다. 아니, 무서울 지경이었다. 나는 이미 어떠한 사태도 각오하고 있었지만, 다만 어떻게 행동할 것인지—— "어디로 가는 거야? 기다려라! 바른대로 말해봐! 그렇지 않으면 죽여 버릴 테다!"라고 호통을 쳐야 할 것인지, 또는 군말 없이 푹 찔러 버리고 말 것인지, 그 점을 이리저리 생각하고 있었다. 바스락하는 소리 하나에도, 나뭇잎이 나부끼는 소리에도 심상치 않은 무슨 연유가 숨어 있는 것만 같았다. 나는 정신을 바짝 차리고서 몸을 앞으로 구부렸다. 그러나 30분이 지나고 1시간이 지나는 동안에 들끓던 피는 점차로 식어서 조용해졌다. 이러고 있어 봐야 무슨 소용이 있겠는가. 이건 내가 생각해도 좀 우스꽝스럽지 않은가. 나는 말레프스키의 놀림감이 되었나 보다.—— 이러한 의식이 내 마음 속에 기어들어 왔다. 나는 내가 숨어 있던 곳을 떠나 정원을 한 바퀴 돌았

다. 마치 일부러 그러는 것처럼 어느 곳에서도 바스락 소리 하나 들려
오지 않았다. 모든 것이 쥐죽은 듯하고, 우리 집 개까지도 사립문 옆에
웅크리고 엎드려 잠자고 있었다. 나는 무너진 온실 벽으로 기어올라가
눈앞에 멀리 펼쳐져 있는 들판을 바라보며, 지나이다와 만났던 그날을
회상하며 깊은 생각에 잠겼다.

나는 몸을 흠칫하며 놀랐다. 문 열리는 소리가 삐걱 나고, 뒤이어 나
뭇가지 부러지는 소리가 들린 것 같았다. 나는 껑충껑충 두 번만에 온
실에서 밑으로 뛰어내려 숨을 죽이고 그 자리에 섰다. 가볍고 빠르면서
도 조심성 있는 발자국 소리가 분명 정원 안에서 들려왔다. 그 소리는
내가 있는 쪽으로 차츰 가까워졌다.

저놈이다. 드디어 나타났구나! 하는 생각이 퍼뜩 머릿속에 떠올랐
다. 나는 경련을 일으킨 듯 떨리는 손으로 주머니에서 나이프를 꺼내
들고 칼을 폈다.── 무슨 불꽃 같은 것이 눈 속에서 빙그르르 돌며 공
포와 증오로 머리털이 쭈뼛 솟는 것 같았다. 발자국 소리는 곧장 내 쪽
으로 다가왔다. 나는 몸을 구부리고 발자국 소리가 나는 쪽으로 목을
길게 뽑았다. 드디어 한 사나이가 나타났다. 아, 그런데 이게 어찌된
일인가! 그것은 나의 아버지가 아닌가!

아버지는 검은 망토로 온몸을 감싸고 모자를 깊숙이 눌러 쓰고 있었
지만, 나는 곧 알아볼 수 있었다. 아버지는 발뒤꿈치를 들고 가만가만
내 옆을 지나갔다. 아무것도 내 몸을 감춰 주지 않았지만, 나는 거의
땅바닥과 맞닿을 정도로 넓죽하게 몸을 구부리고 있었기 때문에, 아버
지는 내가 거기 있는 것을 알지 못했다. 사뭇 살인을 하려는 각오를 가
지고 질투에 불타던 '오델로'는 별안간 조그만 중학생으로 변하고 말았
다. 나는 뜻하지 않은 아버지의 출현에 그만 소스라치게 놀라서, 아버

지가 어느 쪽으로부터 와서 어디로 사라져 버렸는지 처음에는 도무지 짐작도 하지 못할 지경이었다. 주위가 또다시 고요해졌을 때, 그제야 비로소 나는 몸을 펴고—— 아버지는 뭣하러 이토록 깊은 밤중에 정원을 거닐고 있을까 하고 생각했다. 나는 엉겁결에 나이프를 풀 속에 떨어뜨렸지만, 그것을 찾으려고도 하지 않았다. 나는 부끄러워 견딜 수가 없었다. 그리고 대번에 취기가 가신 듯한 기분이었다. 그래도 집으로 돌아오는 길에 나는 전나무 밑에 있는 그 벤치를 찾아가 지나이다의 침실 들창을 쳐다보았다. 밖으로 조금 굽은 유리창은 밤하늘에서 내리비치는 희미한 광선을 받아 푸르스름한 빛을 띠고 있었다. 그러자 갑자기 유리창 빛이 변했다. 그리고 들창 안쪽에서—— 나는 보았다. 분명히 내 눈으로 보았다.—— 하얀 커튼이 조심스럽게 살며시 내려와 창 문턱까지 다 가리고 다시는 꼼짝도 하지 않았다.

"그건 또 무엇일까?" 다시 방 안에 들어서자 나는 거의 무의식중에 소리내어 말했다. "꿈인가, 우연인가. 그렇지 않으면……" 문득 내 머리에 떠오른 상상은 너무나 새롭고 너무나 괴이했으므로, 나는 그런 생각에 깊이 잠길 용기마저 없었다.

18

이튿날 아침 나는 심한 두통을 느끼며 자리에서 일어났다. 어젯밤의 흥분은 사라지고 그 대신 무거운 의혹과 여태껏 경험하지 못한 그 어떤 이상한 우수에 사로잡혔다.—— 그것은 흡사 나의 내부의 그 무엇이 죽음에 직면하고 있는 것 같은 느낌이었다.

"어째서 자네는 그렇게 뇌수를 절반쯤 뽑아 버린 토끼 같은 얼굴을 하고 있나?"

루신이 나를 만나자 이런 소리를 한 것도 당연한 일이었다.

아침 식사 때 나는 아버지와 어머니의 기색을 번갈아 살펴보았다. 아버지는 여느때와 다름없이 태연했고, 어머니는 역시 언제나처럼 마음속에 초조함을 숨기고 있는 표정이었다. 나는 가끔 하는 습관대로 혹시 아버지가 나에게 상냥하게 말을 걸어오지나 않을까 하고 기다리고 있었다. 그러나 아버지는 날마다 보여 주던 차가운 애무마저 보여 주지 않았다.

지나이다한테 모든 것을 애기하기는커녕 —— 예사로운 이야기도 마음대로 할 수 없었다. 공작 부인의 아들인, 올해 12살 된 유년 학교 학생이 휴가를 받아 페테르부르크에서 돌아왔던 것이다. 지나이다는 곧 동생을 나한테 맡겨 버렸다.

"내가 좋아하는 볼로쟈."

하고 그녀는 말했다.—— 그녀가 나의 애칭을 부른 것은 이것이 처음이었다.

"당신한테 친구가 생겼어요. 이애 이름도 역시 볼로쟈랍니다. 아무쪼록 귀여워해 줘요. 이 애는 아직 철이 없지만 마음씨는 착하니까요. 네스쿠치느이 공원도 좀 구경시키고, 함께 소풍도 다니며 이 애를 돌봐 줘요, 네? 그렇게 해 줄 테지요? 당신도 역시 정말 좋은 분이니까!"

그녀는 상냥하게 두 손을 내 어깨에 얹었다. 나는 어리둥절했다. 이 소년의 도착은 나까지도 어린애로 만들어 버렸다. 나는 잠자코 그를 바라보았다. 저쪽도 역시 입을 다문 채 물끄러미 나를 쳐다보고 있었다. 지나이다는 깔깔 웃으면서 우리 두 사람을 끌어다 맞붙였다.

“자, 어린 동무끼리 포옹해요!”

우리들은 포옹했다.

“정원에 나가 보지 않겠니? 내가 안내하지.”

나는 유년 학교 학생에게 물었다.

“네, 고맙습니다.”

그는 과연 유년 학교 학생답게 좀 거친 목소리로 대답했다.

지나이다는 또다시 웃어댔다. 그녀의 얼굴이 이처럼 아름다운 홍조를 띤 적은 한 번도 없었다고 느꼈다. 나는 유년 학교 학생과 함께 밖으로 나왔다. 우리 집 정원에는 낡은 그네가 있었다. 나는 그를 좁다란 판자 위에 앉혀 놓고 밀어 주었다. 그는 옷깃에 넓은 금빛 테두리를 한 두꺼운 천으로 만든 새 제복을 입고 있었는데, 꼼짝 않고 앉아서 그네줄을 단단히 붙잡고 있었다.

“목의 호크라도 풀어.”

하고 나는 그에게 말했다.

“괜찮습니다, 습관이 돼서요.”

라고 그는 대답하고 헛기침을 했다.

그는 자기 누이를 닮았다. 더욱이 눈 같은 데는 쏙 빼낸 듯싶었다. 나는 그를 돌봐 주는 것이 유쾌하기는 했지만, 한편 쑤시는 듯한 서글픔이 심장을 씹고 있는 것만 같았다. 이젠 나도 아주 어린애로구나 하고 생각했다. 그렇지만 어제만 해도…… 나는 어젯밤 나이프를 떨어뜨린 장소가 생각나 그것을 찾아 냈다. 유년 학교 학생은 나한테 졸라 나이프를 받아들고 굵다란 땅두릅 나뭇가지를 잘라서 피리를 불기 시작했다. 오델로도 역시 피리를 불었다.

그러나 그날 저녁 바로 이 오델로는 지나이다의 팔에 안겨 얼마나 슬프게 흐느꼈던가! 그녀는 나를 정원 한구석에서 발견하고, 어째서 그토록 슬픈 얼굴을 하고 있느냐고 물었다. 그러자 별안간 그녀가 깜짝 놀랄 만큼 내 눈에서 눈물이 비오듯 쏟아져 나왔던 것이다.

"아니, 왜 그래요, 볼로쟈? 무슨 일이 있었나요?"

그녀는 거듭 물었지만, 내가 대답도 없이 울음도 그치려 하지 않자, 눈물에 젖은 내 뺨에 키스하려고 했다.

그러나 나는 얼굴을 옆으로 돌린 채 흐느낌 속에서 속삭였다.

"나는 다 알고 있습니다. 어째서 당신은 나를 장난감으로 취급했습니까? 나의 사랑이 당신에게 무슨 필요가 있지요?"

"당신한테 미안하게 됐어요, 볼로쟈……"

지나이다는 입을 열었다.

"아, 정말 내가 잘못했어요."

그녀는 두 손을 움켜쥐었다.

"내 몸 안에는 아주 좋지 못한 어둡고 악한 마음이 숨어 있는가 봐요. 그렇지만 지금은 나도 당신을 장난감으로 취급하지 않아요. 나는 당신을 사랑하고 있어요. 어째서, 어떻게라는 것은 당신이 꿈에도 생각지 못하겠지만…… 그건 그렇고, 당신은 대체 무엇을 알고 있다는 거지요?"

내가 그녀에게 무슨 말을 할 수 있었을까? 그녀는 내 앞에 서서 빤히 나를 들여다보고 있지 않은가. 그녀가 나를 들여다보기만 하면 나는 곧 머리끝에서 발끝까지 완전히 그녀의 것이 되고 마는 것이다. 15분쯤 지나서 나는 벌써 유년 학교 학생과 지나이다와 함께 달리기 내기를 하고 있었다. 나는 이미 우는 것이 아니라 웃고 있었다.──비록 부어오른 눈에서 웃을 때마다 눈물이 한 방울씩 떨어지긴 했지만. 내 목에는 넥타이 대신 지나이다의 리본이 매어졌다. 그리고 그녀의 허리를 붙잡을 수 있었을 때 나는 어찌나 기뻤던지 고함을 지르기까지 했다. 말하자면 그녀는 나를 마음대로 가지고 놀았던 것이다.

19

실패로 돌아간 그날 밤의 탐험 뒤, 1주일 동안 내 마음 속에 일어난 모든 것을 한 번 자세히 말해 보라고 한다면 나는 아마도 커다란 곤혹을 느낄 것이다. 그것은 괴이한 열병을 앓을 때와 같이 지극히 모순된 감정, 사상, 의혹, 희망, 기쁨, 번뇌—— 이런 것들이 회오리바람처럼 미친 듯이 휘몰아치는 혼돈된 세계였다. 나는 내 마음 속을 들여다보기가 두려웠다.—— 만일 16살밖에 안 된 소년도 자기 마음 속을 들여다볼 수 있다면. 나는 무슨 일이든 분명히 의식하는 것을 꺼렸다. 나는 그저 어떻게 하루 해를 저녁때까지 보내느냐 하는 것만을 염두에 두었을 뿐이었다. 그 대신 밤에는 잘 잤다. 어린애다운 단순한 생각이 나를 도와 준 것이다. 나는 내가 사랑받지 못하고 있다는 것을 스스로 인정하기도 싫었다. 나는 되도록 아버지를 피하려 했으나 지나이다를 피할 수는 없었다. 그녀 앞에 나서면 나는 뜨거운 불에 타는 것 같았다. 그러나 나를 불태우며 녹여 버리는 그 불이 대체 어떤 불인지는 별로 알 필요가 없었다.—— 나로서는 불타며 녹아 버리는 것 자체가 말할 수 없이 달콤한 행복이었기 때문이다. 나는 온갖 감상에 스스로를 내맡기고, 자기 자신을 농락해 보기도 하고, 추억을 외면하고, 또 미래에 대한 예감에서 눈을 가려 보기도 했다. 이런 번뇌도 필경 오래 계속되지는 않았을테지만, 아무튼 청천벽력과 같은 사건이 갑자기 일어나 모든 것을 결말짓고, 나를 새로운 궤도로 옮겨 놓아 주었다.

어느 날 꽤 오랫동안 산책을 하다가 점심을 먹으러 돌아와서 뜻밖에도 나 혼자 식사를 해야 한다는 사실을 알고 놀랐다. 아버지는 어디론가 가 버렸고 어머니는 편치 않으셔서 식사할 생각이 없다고 하며 침실에서 나오지 않았다. 나는 하인들의 표정을 보고 무슨 심상치 않은 일이 일어난 것을 눈치챘다. 그렇다고 그들에게 캐물어 볼 수도 없었는데, 다행히도 식당에서 일하는 젊은 하인인 필립이라는 만만한 친구가 있었다. 그는 시를 무척 좋아했고 기타를 잘 쳤다.── 나는 그에게 물어 보기로 했다. 이 하인한테 들은 바에 의하면, 아버지와 어머니 사이에 큰 소동이 일어났다는 것이었다.── 그것을 하녀 방에서 한 마디도 빼놓지 않고 죄다 들을 수 있었다. 프랑스 말로 한 대목도 많긴 했지만, 파리에서 온 마샤라는 하녀는 양복점에 5년이나 있었으므로 무슨 말이든 다 알아들었다. 어머니는 아버지의 행실이 나쁘다고 공격하며 옆집 딸과의 교제를 물고 늘어졌다. 아버지는 처음엔 변명했으나 나중에는 불끈 화를 내며 어머니의 나이를 들추며 좀 지나친 대꾸를 했으므로, 어머니는 울음을 터뜨리며 공작 부인한테 준 수표 얘기를 꺼내고 부인뿐만 아니라 딸에 대해서까지 몹시 좋지 않게 말했다. 그러자 아버지는 어머니에게 협박 비슷한 말을 했다는 것이었다.

"이 소동이 일어난 동기는."하고 필립은 말을 이었다.

"발신인 이름이 적혀 있지 않은 편지 때문입니다. 누가 그런 편지를 써 보냈는지 모르지만, 그것만 아니었어도 이런 일이 일어날 리 있겠습니까? 그럴 이유가 없지요."

"그럼, 옆집 딸과 아버지 사이에 무슨 일이 있긴 있었던 모양이군?"

나는 가까스로 물었다. 나의 손발이 싸늘해지며 가슴 속 깊은 곳에서 무엇인가가 와들와들 떨리기 시작했다.

필립은 의미있게 눈을 깜박였다.

"있고말고요. 그런 일을 끝까지 숨길 수는 없지요. 그 방면으론 주인님도 꽤 조심성이 있으신 편이지만—— 그래도 우선 예를 든다면 마차 같은 것을 빌려야 하거든요. 아무래도 딴 사람 손을 빌리지 않고는 안 된단 말씀입니다."

나는 필립을 돌려 보내고 침대 위에 쓰러졌다. 나는 목놓아 울지도 않았고, 또 절망 속에 빠지지도 않았다. 그리고 언제, 어떻게 일이 그렇게 되었는지를 생각해 보려고도 하지 않았고, 어째서 진작 좀더 빨리 그것을 눈치채지 못했던가를 이상스럽게 여기지도 않았을 뿐더러, 아버지를 원망스럽게 생각하지도 않았다. 내가 알게 된 이 사실은 내 힘으로는 어쩔 수 없는 일이었다. 이 뜻밖의 발견은 나를 여지없이 부스러뜨리고 말았다. 모든 것은 끝장이 났다. 내가 아끼던 꽃은 한꺼번에 모조리 꺾여, 내 둘레에 산산이 흩어진 채 짓밟혀 버리고 만 것이다.

20

이튿날 어머니는 이사를 간다고 말했다. 아침에 아버지는 어머니의 침실에 들어가 오랫동안 두 분이서만 얘기를 하였다. 아버지가 무슨 말을 했는지 아무도 들은 사람은 없었지만, 어머니는 더 이상 울지 않았다. 어머니는 마음이 진정되었는지 식사를 가져오라고 했다. 그러나 밖에 나오지도 않고, 이사한다는 결심도 바꾸지 않았다. 지금도 기억하고 있지만, 나는 그날 하루 종일 공연히 이리저리 돌아다니며 시간을 보냈다. 그러나 정원에는 발을 들여놓지 않았고, 또 한 번도 별채 쪽을 바라보지 않았다.—— 그날 저녁 나는 놀라운 사건을 목격했다. 아버지가 말레프스키 백작의 팔을 붙잡고 응접실에서 문간방으로 끌고 나가더니, 하인들 앞에서 냉정한 목소리로 이렇게 말하는 것이었다.

"이삼 일 전에도 당신은, 어떤 집에서 문 밖으로 나가 달라는 말을 들었다지요. 그러나 나는 여러 말을 할 생각은 없소. 다만 한 마디 해 두겠는데, 만일 당신이 두번 다시 내 집에 오면 그때는 들창 밖으로 집어던지고 말 테요. 나는 당신의 필적이 마음에 들지 않소."

백작은 고개를 푹 숙이고 이를 악물면서 몸을 움츠리고는 자취를 감추어 버렸다.

시내로 이사 갈 준비가 시작되었다. 아르바트(모스크바에 있는 광장)에 우리 집이 있었던 것이다. 아버지 자신도 이제는 더 이상 별장에 남아 있고 싶지 않은 모양이었다. 그러나 아버지는 어머니에게 소동을 일으키지 않도록 잘 부탁한 것 같았다. 모든 일이 조용하게 천천히 진행되어 갔다. 어머니는 공작 부인한테 사람을 보내, 몸이 불편한 탓으로 출발 전에 찾아뵙지 못하여 유감스럽다는 인사를 전했다. 나는 미친 듯이 쏘다녔다. 그리고 한시바삐 모든 것이 결말이 나기를 바랐다. 다만 한 가지 내 머릿속에서 떠나지 않는 생각이 있었다.—— 어째서 그 젊은 처녀가, 그래도 공작의 딸이라는 어엿한 신분을 가진 여자가 아버지한테, 가정이 있다는 걸 알면서 당돌하게 그런 행동을 할 수 있었을까? 하다 못해 벨로브조로프한테라도 시집 갈 수 있을 게 아닌가? 그녀는 대체 아버지한테 무엇을 바랐던 것일까? 자기 장래를 파멸시키는 일을 두려워하지 않은 까닭은 무엇일까? 그렇다. 그것이야말로 사랑이라는

것이다. 나는 생각했다. 바로 그것이 정욕이라는 것이고, 그것이 참된
애착이라는 것이다. "아마도 사람에 따라선 자기 자신을 희생시키는 일
에 쾌감을 느낄 수 있는 모양이지."하고 언젠가 루신이 한 말이 문득
생각났다. 때마침 별채의 들창에 희끄무레한 그림자가 보였다. 저건 지
나이다의 얼굴이 아닐까? 과연 그것은 그녀의 얼굴이었다. 나는 참을
수가 없었다. 그녀에게 마지막 인사 한 마디 못하고 헤어질 수는 없었
던 것이다. 나는 기회를 보아 별채로 찾아갔다.

　응접실에서 공작 부인이 여느때처럼 무뚝뚝한 말투로 나를 맞았다.

　"어떻게 된 일이예요, 도련님. 왜 그렇게 빨리 옮겨가지요?"

　그녀는 양쪽 콧구멍에다 코담배를 쑤셔 넣으며 말했다.

　나는 부인의 얼굴을 살펴보고 마음이 가벼워지는 것 같았다. 필립에
게서 들은 수표라는 말이 마음에 걸렸었기 때문이다. 부인은 아무것도
알아차리지 못한 모양이었다.―― 적어도 그때 내 눈에는 그렇게 보였
다. 옆방에서 검은 옷을 입고 빗질을 하려고 머리를 풀어 헤친 지나이
다가 핼쑥한 얼굴로 나타났다. 그녀는 아무 말 없이 내 손을 잡고는 자
기 방으로 끌고 갔다.

　"당신 목소리가 들려와서……"하고 그녀는 입을 열었다.

　"곧 달려나왔지요. 당신은 아주 태연하게 우릴 버리고 가는군요? 무
정하기도 하지."

　"지나이다, 당신한테 마지막으로 작별 인사를 하러 왔습니다."
하고 나는 대답했다. "아마 다시는 만나지 못할 겁니다. 혹시 들으셨는
지 모르지만, 우리는 이곳을 아주 떠납니다."

　지나이다는 눈을 모아 나를 바라보았다.

　"네, 들었어요. 그러나 와 주어서 고마워요. 난 당신을 만나지 못하

고 마는가 보다고 생각했지요. 나를 나쁘게 생각하지는 말아 줘요. 이
따금 당신을 곯려 주긴 했지만, 그래도 당신이 생각하는 것처럼 그렇게
나쁜 여자는 아니니까요."

그녀는 외면을 하고 창가에 기대고 섰다.

"정말이에요. 난 그런 여자는 아니에요. 당신이 나를 나쁘게 생각하
는 건 알고 있어요."

"내가요?"

"네, 당신이……당신이 말예요."

"내가요?"

하고 나는 비통한 목소리로 거듭 물었다. 내 심장은 이전처럼 이길 수
없는, 무어라 표현할 수 없는 힘에 매혹되어 떨려 왔다.

"내가 말입니까? 믿어 주십시오. 지나이다 알렉산드로브나, 비록 당
신이 무슨 짓을 하고, 또 아무리 나를 괴롭히더라도, 나는 목숨이 붙어
있는 마지막 순간까지 당신을 사랑하겠습니다. 그리고 사모하겠습니
다."

그녀는 나에게 몸을 홱 돌리더니 두 팔을 크게 벌려 내 머리를 끌어
안고는 뜨겁고도 힘찬 키스를 퍼부었다. 이 열렬한 작별 키스가 누구를
찾는 것이었는지 그것을 누가 알 수 있었으랴. 그러나 나는 굶주린 듯
그 달콤한 맛에 취했다. 나는 그것이 다시는 되풀이되지 못하리라는 것
을 알고 있었다.

"안녕히, 안녕히……"

나는 몇 번이고 되풀이했다.

그녀는 나를 떼어 놓고 나가 버렸다. 나도 그 집에서 물러나왔다. 그
때 내 가슴에 어렸던 심정을 도저히 그대로 전할 수는 없다. 나는 그러

한 심정을 언제건 다시 느낄 수 있게 되기를 결코 바라지 않았다. 그러나 나의 생애에 한 번도 그것을 경험하지 못했다면 나는 자신을 불행하게 여겼을 것이다.

우리들은 시내로 옮겨 왔다. 나는 쉽사리 지나간 일을 잊어버릴 수 없었고, 따라서 금방 공부를 시작할 수도 없었다. 나의 상처가 아물기까지는 오랜 시일이 걸렸던 것이다. 그러나 나는 아버지한테 조금도 나쁜 감정을 품고 있지는 않았다. 오히려 내 눈에는 아버지가 더욱 크게 비치기까지 했다. 심리학자들에게는 자기들의 이론에 따라 제멋대로 이 모순을 설명하라고 할 수밖에 없다.

어느 날 나는 산책길을 걸어가다가 우연히 루신을 만났다. 나는 어찌나 반가웠는지 모른다. 나는 그의 솔직하고 가식없는 성격이 좋았다. 더욱이 그는 내 마음 속의 추억을 되살아나게 한 점에서 내게 더없이 반가운 사람이었다. 나는 그에게로 달려갔다.

“아!” 하고 그는 미간을 좀 찌푸리며 말했다.

“자네로군 그래! 어디 얼굴이나 좀 보여 주게. 여전히 얼굴빛은 누렇지만 그래도 눈 속에는 그전처럼 먼지가 끼어 있지 않군. 이젠 방 안에서 기르는 강아지 같은 점은 찾아볼 수 없고, 아주 의젓한 사나이로 보이네. 잘 됐어. 그래, 어떤가? 공부라도 하나?”

나는 대답 대신 한숨을 쉬었다. 거짓말은 하고 싶지 않았고, 그렇다고 사실대로 말하는 것도 부끄러웠기 때문이다.

“어쨌든 좋아.” 하고 루신은 말했다.

“풀 죽어 있을 필요는 없어. 중요한 것은 쓸데없는 데 정신을 팔지 말고, 정상적인 생활을 해야 하는 거야. 공연히 미처 봐야 무슨 소용이 있겠나? 물결이란 어느 쪽으로 몰려가든—— 결코 좋은 일은 없으니까. 인간이란 비록 단단한 바위 위에 서 있다 해도 역시 자기 몸을 받쳐 주고 있는 건 제 다리거든. 나는 요새 이렇게 쿨룩쿨룩 기침을 하고 있다네. 그건 그렇고, 벨로브조로프 말인데 —— 자네, 소식 들었나?"

"어떻게 됐습니까? 난 듣지 못했는데요."

"행방 불명이 되어 버렸어. 카프카스로 갔다는 말도 있는데, 자네처럼 젊은 친구에겐 좋은 교훈이 될 거야. 그것도 결국은 적당한 시기에 단념을 하고 굴레에서 빠져나올 수 없었던 데 원인이 있지. 그래도 자네는 용케 빠져나온 모양이네만, 또다시 걸려들지 않도록 조심해야 하네. 그럼, 잘 있게."

'이젠 걸려들지 않을 걸…… 다시는 그녀를 만나지 않을 테야.' 하고 나는 마음 속으로 다짐했다.

그러나 나는 또 한 번 지나이다를 만날 운명을 지니고 있었다.

21

아버지는 날마다 말을 타고 외출했다. 아버지는 썩 좋은 영국산 밤색 말을 가지고 있었는데, 목이 가늘고 다리가 늘씬하며 지칠 줄 몰랐지만 성미는 아주 사나웠다. 이름은 엘렉트릭이라 불렀다. 아버지를 빼놓고는 아무도 그 말을 다룰 수 없었다. 어느 날 아버지는 기분이 좋은 표정으로 내 방에 들어왔다. 그것은 정말 오랜만의 일이었다. 외출할 채비를 하고 장화에 박차까지 달고 있었다. 그래서 나는 함께 데리고 가 달라고 졸랐다.

"그보다 말타기놀이나 하고 노는 게 좋을 거야."

하고 아버지는 대답했다.

"너의 그 독일종(種) 말로는 나를 쫓아오지 못할 걸."

"쫓아갈 수 있어요. 나도 박차를 달 테니까요."

"그럼, 맘대로 하렴."

우리들은 집을 나섰다. 내 말은 털이 북슬북슬한 시꺼먼 망아지였는데, 다리가 튼튼하여 곧잘 달렸다. 하기는 엘렉트릭이 마음껏 달릴 때는 있는 힘을 다하여 발을 자주 놀려야 했지만 어쨌든 뒤떨어지지 않고 용케 쫓아갔다. 나는 아버지만큼 말을 잘 타는 사람을 본 적이 없다. 아버지의 말 탄 모습은 아주 맵시 있었고, 또 아무렇게나 말을 다루는 데도 날쌘 솜씨가 엿보였다. 그래서 아버지를 태운 말조차 그것을 알고 자랑스럽게 여기는 것같이 보였다. 우리는 가로수가 우거진 거리를 하나도 빼놓지 않고 모두 돌고는, 제비치예 들판을 이리저리 돌아다니며 몇 번이나 울타리를 뛰어넘었으며 —— 처음에 나는 뛰어넘는 것이 무서웠지만, 아버지가 겁쟁이를 경멸하고 있었으므로 나도 겁을 내지 않기로 했다. —— 모스크바 강을 두 차례나 건넜다. 그래서 나는, 이제는 집으로 돌아가려니 생각했다. 더욱이 아버지도 내 말이 지쳤다는 것을 알아차렸기 때문이다. 그러나 아버지는 갑자기 내 곁을 떠나 크르임스키 여울 근처에서 방향을 옆으로 돌리더니 강변을 따라 자꾸만 달려갔다. 나도 그 뒤를 따라 말을 몰았다. 낡은 통나무 목재를 높게 쌓아올린 곳까지 와서 아버지는 날쌔게 엘렉트릭에서 내리더니, 나에게도 말에서 내리라고 했다. 그리고 자기 말고삐를 내게 주며 통나무 옆에서 잠깐 기다리게 하고는 혼자 좁다란 골목길로 들어가 버렸다.

나는 말 두 필을 끌고 엘렉트릭을 쉴새없이 나무라면서 강변을 이리저리 걸어다녔다. 엘렉트릭은 걸으면서도 연방 머리를 내저으며 몸을 부르르 떨기도 하고, 코를 킁킁거리다가는 '으흐흥' 큰 소리를 지르기도 하고, 또 내가 멈춰 서면 앞발로 번갈아 가며 땅을 파헤치고 으르렁거리며, 내 독일종 말의 목을 물려고 덤볐다. 말하자면 귀여움을 받고 자란 순종답게 굴었다. 아버지는 쉬이 돌아오지 않았다. 강 쪽에서는 퀴퀴하고 습기찬 바람이 불어 왔다. 가랑비가 소리없이 내리기 시작하여 모양없는 회색 통나무에 거무죽죽한 무늬가 이루어졌다. 나는 하릴없이 그 통나무 옆을 왔다갔다 했다. 외롭고 서글픈 마음이 들었다. 그러나 아버지는 좀처럼 돌아와 주지 않았다. 핀란드 출신 같아 보이는 교통 순경이 아래위로 모두 회색 옷을 입고, 항아리 모양의 낡은 헬멧을 뒤집어 쓰고는 길다란 몽둥이를 들고 나한테로 가까이 왔다. 어째서 교통 순경이 이런 모스크바 강변에 있을까? 그는 노파같이 주름살투성이인 얼굴을 들이대며 말을 걸었다.

"도련님, 웬 말을 두 필씩이나 끌고 이런 데서 뭘 하오? 자, 이리 주시오. 내 좀 붙잡고 있을 테니."

나는 대답하지 않았다. 그는 나한테 담배를 하나 달라고 했다. 이 귀찮은 순경을 피하려고—— 더욱이 기다리고 있기가 답답해서 견딜 수 없었기 때문에—— 나는 아버지가 사라진 방향으로 슬금슬금 발길을 옮겼다. 골목길 끝까지 가서 모퉁이를 돌아서면서 나는 그만 걸음을 멈추고 말았다. 내가 있는 데서 40보쯤 되는 큰길, 어떤 목조 건물의 열려진 창 앞에서 아버지가 이쪽으로 등을 돌리고 서 있었다. 아버지는 들창 문턱에 가슴을 대고 있었다. 집 안에서는 검은 옷을 입은 여자가 커튼에 반쯤 몸을 가리고 앉아서 아버지와 이야기하고 있었다. 그 여자는 지나이다였다.

나는 그만 그 자리에서 돌기둥이 되어 버렸다. 솔직히 말해 나는 이런 일이 있으리라고는 꿈에도 생각지 못했다. 나는 달아나려 했다. 혹시 아버지가 돌아다본다면 하는 생각이 들었기 때문이다. 나는 파멸이다. 그러나 그 어떤 이상한 감정이——호기심보다도 강하고 시기심보다도 강하고 공포보다도 강한 감정이——내 발을 떼지 못하게 했다. 나는 그쪽을 유심히 바라보며 열심히 귀를 기울였다. 아버지는 무엇인지를 고집하고 있는 것 같았다. 그리고 지나이다는 아버지의 의견에 따르려 하지 않는 눈치였다. 지금도 나는 그때의 그녀 얼굴을 눈 앞에 똑똑히 그려 볼 수 있다.—— 슬프고도 심각한 표정을 한 그 아름다운 얼굴엔 형용할 수 없는 우수와, 몸도 마음도 모두 바쳐 버린 듯한 애정과 함께 그 어떤 절망의 그림자가 깃들어 있었다.—— 나는 이 밖에 다른 말을 찾아낼 수 없다. 그녀는 짤막한 말로 간단히 대꾸하고는 눈을 내리깐 채 엷은 웃음을 띠고 있을 뿐이었는데, 그것은 온순하면서도 완고한 결심이 서려 있는 미소였다. 나는 오직 그 미소에서만 이전의 지나이다를 발견할 수 있었을 뿐이었다. 아버지는 어깨를 흠칫해 보이고 모자를 고쳐 썼다.—— 그것은 아버지가 마음이 초조해질 때 언제나 하는 버릇이었다. 조금 뒤, "당신은 헤어져야 해요, 이런……" 하는 말이 들렸다. 지나이다는 몸을 똑바로 펴고 한손을 내밀었다. 순간 내 눈앞에서 도저히 있을 수 없는 일이 일어났다. 아버지가 자기 팔소매의 먼지를 털고 있던 채찍을 느닷없이 휘둘러 올렸다. 뒤이어 팔꿈치까지 내놓은 그녀의 팔이 채찍에 맞는 날카로운 소리가 들려왔다. 나는 '악' 하는 소리가 나오려는 것을 가까스로 참았다. 지나이다는 꿈틀 몸을 떨고는 말없이 아버지를 쳐다보고 나서, 자기 손을 조용히 입으로 가져가 뻘겋게 된 채찍 자국에 입을 맞추었다. 아버지는 채찍을 내던지고는 빠른 걸음으로 현관 층계를 달려 올라가 집 안으로 뛰어 들어갔다.……

112

지나이다는 몸을 돌렸다. 그리고 두 손을 벌리고 머리를 뒤로 젖히면서 들창가에서 떨어져 갔다.

나는 놀란 나머지 정신이 마비되어 의혹에 찬 공포를 가슴에 안은 채 왔던 길을 되돌아나왔다. 하마터면 나는 엘렉트릭을 놓칠 뻔하면서 골목길을 빠져나와 강변으로 돌아왔다. 나는 도대체 어떻게 된 영문인지 도무지 이해할 수 없었다. 냉정하고도 참을성 있는 성격을 지닌 아버지가, 이따금 광적인 발작을 일으킬 때가 있다는 것은 알고 있었지만, 그래도 나는 방금 내가 본 것이 무엇인지 이해가 가지 않았다. 그러나 나는 곧 이렇게 느꼈다.—— 앞으로 내가 얼마를 더 살더라도 지나이다의 그 몸짓, 그 눈매, 그 미소를 언제까지나 잊을 수 없는 것이라고. 그녀의 모습—— 뜻밖에 내 눈에 비쳐진 그 새로운 모습은 영원히 내 기억 속에 새겨진 것이다. 나는 하염없이 강물을 바라보며 눈물이 줄줄 흘러내리는 것도 모르고 있었다. 그 여자가 매를 맞다니…… 하고 나는 생각했다. 매를 맞다니…… 매를 맞다니……

"애야, 너 뭘 하느냐, 말을 이리 다오!"

등 뒤에서 아버지의 목소리가 들렸다.

나는 기계적으로 말고삐를 아버지에게 내주었다. 아버지는 훌쩍 엘렉트릭에 올라탔다. 추위에 떨고 있던 말은 몸을 곤두세우고 두 칸쯤 앞으로 껑충 뛰었다. 그러나 아버지는 곧 그것을 진정시켰다. 말 옆구리를 박차로 꾹 누르고 목덜미를 주먹으로 내리친 것이다.

"제기랄, 채찍이 없군."

하고 아버지는 투덜거렸다.

나는 조금 전에 그 채찍이 찰싹 하고 그녀의 팔을 후려치던 소리가 귀에 들리는 것 같아서 몸이 절로 부르르 떨렸다. 잠시 뒤 나는 물었다.

"채찍을 어쩌셨어요?"

아버지는 대답도 않고 앞으로 말을 달렸다. 나는 뒤를 바싹 쫓아갔다. 나는 아버지의 얼굴을 꼭 보고 싶었던 것이다.

"혼자 적적했겠구나."

아버지는 이 사이로 내뱉듯 말했다.

"네, 좀. 그런데 채찍을 어디다 떨어뜨리셨어요?"

나는 다시 한 번 물어 보았다.

아버지는 나를 흘끗 바라보더니 대답했다.

"떨어뜨린 게 아니야, 버렸지."

아버지는 무엇을 생각하는 듯 고개를 숙였다. 이 때 나는 처음으로, 그리고 아마도 마지막으로 아버지의 엄격한 얼굴의 전체가 얼마나 부드러운 인정과 연민의 정을 나타낼 수 있는가를 알게 되었다.

아버지는 다시 말을 달리기 시작했다. 나는 더 이상 그 뒤를 쫓아가지 못하고 아버지보다 15분이나 늦게 집으로 돌아왔다.

"그것이 사랑인가 보다."

이미 공책과 교과서들이 놓여진 책상 앞에 앉으면서 그날 밤 나는 또 이런 말을 중얼거렸다.

"그것이 정욕이라는 것이다!……어떤 사람한테라도……비록 자기가 사랑하는 사람한테라도 그렇게 얻어맞으면 분개하지 않을 수 없을 것 같은데, 그러나 사랑에 빠지면 그럴 수도 있을 거야. 그런데 나는……… 나는 얼마나 어리석은 생각을 하였던가……"

이 한 달 동안은 나의 정신을 여간 성숙케 한 것이 아니었다. 그리고 나의 사랑이나, 거기에 따르는 온갖 번민과 고통도 내가 이제야 겨우 상상할 수 있게 된 미지의 그 무엇인가에 비한다면 어쩐지 아주 조그맣고 어린애 장난 같은 것으로 여겨졌다. 그 무엇이란 마치 사람이 어슴푸레한 어둠 속에서 분간해 내려고 헛되이 애쓰는, 미지의, 아름다우면서도 한편 무시무시한 얼굴처럼 내 마음을 위협하는 것이었다.

바로 그날 밤, 나는 괴이하고도 무서운 꿈을 꾸었다. 나는 천장이 낮고 어두운 방에 있는 것 같았다. 아버지가 한손에 채찍을 들고 서서 발을 쾅쾅 구르고 있었다. 한구석에는 지나이다가 몸을 움츠리고 있었는데, 팔이 아니라 이마 위에 붉게 부풀어오른 줄이 보였다. 그러자 두 사람 뒤에서 온몸이 피투성이가 된 벨로브조로프가 몸을 일으키더니 파리한 입술을 놀려 분노에 찬 목소리로 아버지를 위협하였다.

두 달 뒤 나는 대학에 들어갔다. 그 뒤 반 년이 지나 아버지는 페테르부르그에서 —— 졸도로 —— 갑자기 세상을 떠났다. 그것은 아버지가 어머니와 나를 데리고 그 곳으로 이사 온 바로 뒤에 일어난 일이었다. 죽기 4, 5일 전에 아버지는 모스크바에서 온 편지를 한 통 받았는데, 그것을 보고 몹시 흥분했던 모양이었다. 아버지는 어머니한테 무엇인가를 부탁했다. 그리고 눈물까지 흘렸다고 한다. 이것이 바로 나의 아버지였던 것이다! 졸도를 일으킨 그날 아침에 아버지는 프랑스 어로 나에게 편지를 쓰기 시작하다가 그만두었다.

'내 아들아' 편지에는 이렇게 씌어 있었다. '여자의 사랑을 두려워하라. 그 행복, 그 독을 두려워하라……'

어머니는 아버지가 돌아가신 뒤 꽤 많은 돈을 모스크바로 보냈다.

22

4년쯤 지났다. 나는 대학을 막 졸업했을 뿐이었으므로 무슨 일을 시작해야 할지, 어떤 문을 두드려야 할지 아직 모르고 있었다. 그래서 얼마 동안 하는 일 없이 빈둥빈둥 놀고 있었다. 어느 날 저녁 나는 뜻밖에도 극장에서 마이다노프를 만났다. 그는 결혼하고 취직도 했다는데, 내가 보기엔 조금도 달라진 데가 없었다. 그는 여전히 쓸데없이 감격하는가 하면, 금방 풀이 죽어 버리는 것이었다.

"자네 아나?" 하고 그는 말했다.

"돌리스카야 부인이 이곳에 있네."

"돌리스카야 부인이라니, 누구 말입니까?"

"아니, 자네 잊었나? 왜 우리 모두가 홀딱 반했던 그 자세킨 공작의 딸 말일세. 자네도 역시 우리측에 끼지 않았었나? 생각나겠지, 네스쿠치느이 공원 근처의 별장에서 말이야."

"그녀가 돌리스카야와 결혼했나요?"

"그렇다네."

"그럼, 그녀가 여기 이 극장에 와 있단 말입니까?"

"아니, 페테르부르그에 있지. 요 며칠 전에 이곳에 왔는데, 외국으로 떠날 준비를 하고 있다더군."

"남편은 어떤 사람인데요?"

하고 나는 물었다.

"아주 좋은 사람으로 재산도 꽤 가지고 있지. 모스크바에 있을 때 내

동료였어. 자네도 알고 있는 그 사건 뒤…… 아마 자네도 그 사건을 잘 알고 있을 테지만── 마이다노프는 의미심장한 미소를 지어 보였다.── 그녀는 배우자를 구하기가 꽤 힘들었지. 여러 가지 소문이 뒤따라 다녔으니까. 그러나 본디 영리한 여자니 불가능한 일이 있겠나. 한 번 찾아가 보게. 자네라면 아주 반가워할 거야. 그녀는 더 예뻐졌다네.”

마이다노프는 지나이다의 주소를 가르쳐 주었다. 그녀는 ‘제무트’라는 호텔에 묵고 있었다. 오래 된 추억이 내 마음을 설레게 했다. 나는 이튿날이라도 곧 ‘옛 애인’을 찾아가리라 생각했다. 그러나 무슨 일이 생겨 한 주일 두 주일 그대로 넘겨 버렸다. 드디어 제무트 호텔에 가서 돌리스카야 부인을 찾았을 때── 뜻밖에도 나는 그녀가 나흘 전에 해산을 하다가 죽었다는 말을 들었다.

나는 무엇인지 가슴 속에서 덜컥 내려앉는 것을 느꼈다. 나는 그녀를 만나볼 수 있었는데도 끝내 만나지 못하고 말았구나. 그리고 이제는 그녀를 영영 볼 수 없게 되었구나 하는 비통한 상념이 거역할 수 없는 격렬한 비난이 되어 내 마음을 파고들었다. “죽고 말다니!” 나는 흐려 오는 눈으로 문지기를 바라보며 이렇게 되뇌었다.

나는 조용히 큰길로 나와 정처없이 걷기 시작했다. 지나간 모든 일이 한꺼번에 떠올라 눈앞을 가로막았다. 그 젊고 열렬하고 빛나던 생명은 이리하여 끝장이 났단 말인가! 그처럼 조급히 흥분하며 애타게 달려간 궁극의 목적이 이런 것이었던가! 나는 생각하며 이제는 축축한 땅 밑, 어둠 속에 묻혀 좁은 관 속에 들어 있을 그 귀한 모습, 그 눈, 그 머리칼을 머릿속에 그려 보았다.── 그것은 아직도 살아 있었으며, 내게서 먼 거리에 있는 게 아니었다. 그리고 나의 아버지와는 겨우 몇 발자국

밖에 안 되는 거리에 있는지도 몰랐다. 나는 이런 생각을 하며 공상의 날개를 폈다.

그러는 동안 다음과 같은 구절이 가슴에 울려 왔다.

무심한 사람의 입으로부터
나는 들었노라, 죽었다는 사실을.
그리고 나 또한 무심히
그 말에 귀를 기울였노라.

오! 청춘이여! 청춘이여! 그대는 아무것에도 구속을 받지 않는다. 그대는 마치 우주의 온갖 보물을 차지하고 있는 것 같다. 우수도 그대에게는 위로가 되며, 비애조차 그대에게는 어울린다. 그대는 대담하며 자부심이 강하다. 그대는 '보아라, 사람들아, 세상은 오로지 나의 것이다!'라고 말하지만, 그대의 좋은 시절도 흘러가 드디어는 흔적도 없이 사라져 버린다. 그러면 그대가 차지했던 모든 것은 햇빛을 받은 흰 밀랍처럼, 또는 눈처럼 녹아 사라져 버린다. 어쩌면 그대가 지니는 아름다움의 비밀은 무엇이든 해내리라고 생각할 수 있는 가능성에 있는 것인지도 모른다. 그대의 충만한 힘을 다른 어느 것에도 기울여 보지 못하고 바람결에 따라 흩날려 보내는——그런 점에 숨어 있는지도 모른다. 우리들이 누구나가 다 스스로를 진심으로 낭비자라 믿고 있는—— 그런 점에 숨어 있는지도 모른다. 우리들이 누구 할 것 없이 모두 마음속으로부터 "아, 만일 내가 헛되이 세월을 보내지 않았더라면 무슨 일이든 다 해 냈을 텐데!"라고 말할 수 있는 권리를 가졌다고 믿는—— 그런 점에 숨어 있는지도 모른다.

나 자신도 역시 그렇다. 순간적으로 떠오르는 첫사랑의 환영을 오직 한 가닥 한숨과 권태로운 감각만으로 간신히 더듬는 주제에 내가 과연 무엇을 바라고 무엇을 기대할 수 있었으랴? 얼마나 풍성한 미래를 바라볼 수 있었으랴?

내가 기대했던 모든 것 중에서 과연 무엇이 실현되었는가? 그리고 나의 인생에 황혼의 그림자가 깃들기 시작한 지금, 봄날 새벽에 한바탕 휘몰아치고 지나간 뇌우보다 더욱 상쾌하고 더욱 귀중한 추억이 과연 남아 있다고 할 수 있을 것인가?

그러나 나는 공연히 스스로를 비방하고 있는지도 모른다. 그 철없던 젊은 시절에도 나는 나에게 호소하는 슬픈 목소리나, 무덤 속에서 들려오는 엄숙한 목소리에 귀를 틀어막고 있었던 것은 아니다. 지금도 기억하고 있지만 지나이다의 죽음을 안 지 며칠 안 되어 나는 스스로 억제할 수 없는 충동에 이끌려 우리와 한집에 살고 있던 어느 가난한 노파의 임종을 보았다. 누더기에 싸여 딱딱한 판자 위에 자루를 베개로 하고 누워 그 노파는 몹시 괴로워하며 애타게 숨을 거두었다. 그녀의 일생은 그날그날의 생활에 필요한 것을 얻으려는 고난에 찬 투쟁 속에서 흘러가 버린 것이다. 그녀는 기쁨이라는 것을 몰랐고, 행복의 단꿈도 맛보지 못했다.── 이러한 그녀는 자유와 평안함을 주는 죽음을 기쁘게 생각해야 할 것이 아닌가? 그러나 그 늙어빠진 육체를 버릴 수 있는 순간까지, 그 얼음장 같은 손 밑에서 가슴이 애끓는 호흡을 계속할 수 있는 순간까지, 노파는 쉴새없이 성호를 그으면서, "주여, 내 죄를 사하여 주시옵소서." 하고 자꾸만 입 속으로 되뇌었던 것이다.── 그리하여 최후의 의식이 번쩍했다가 꺼졌을 때, 비로소 노파의 눈에서도 죽음에 대한 무서움과 두려움의 표정이 사라졌다. 나는 지금도 기억하

고 있지만, 이 가난한 노파의 임종을 기다리고 있는 동안 지나이다의
최후가 연상되어 무서운 생각이 들었다. 그래서 그녀를 위해서, 아버지
를 위해서, 그리고 나 자신을 위해서 기도를 올리고 싶어졌던 것이다.

아 샤

내일이면 나도 행복해진다!
그러나 행복에는
내일이란 것이 없습니다.
어제라는 것도 없습니다.
행복은 과거의 일을 기억하지도 못하거니와
미래를 생각지도 않습니다.

아 샤

1

그때 나는 스물다섯 살이었습니다. 하고 N씨가 이야기를 시작했다.

그러니 훨씬 전의 일이지요. 나는 간신히 자유로운 몸이 되어 외국으로 떠났습니다. 그러나 그것은 그때 흔히 말하던 '교육의 완성'을 위해서가 아니라, 단지 세상일을 보고 싶다는 것에 불과했습니다. 그때만해도 건강하고, 젊고, 돈푼이나 있고, 아직 근심이라는 것을 모르던 시절이었으므로, 나는 되는 대로 살면서 하고 싶은 일을 마음대로 하는, 말하자면 한창 꽃다운 시절이었답니다. 인간이란 초목과 달라서 오랫동안 꽃을 피울 수는 없는 법인데, 그 무렵에는 물론 그런 생각 같은 것은 머리에 떠오르지도 않았습니다. 젊은 시절에는 금박 종이로 싼 과자를 먹으며 그것이 매일의 양식이라고 생각하게 되지만, 이윽고 때가 오면 한 조각의 빵이라도 그리워지게 마련입니다. 그러나 여기서 이런 말을 한다고 해서 무슨 소용이 있겠습니까.

나는 아무 목적도 계획도 없이 여행을 했습니다. 나는 여기저기 마음에 드는 곳에 머무르고, 새로운 얼굴—— 다름 아닌 사람의 얼굴이 보고 싶으면 금방 다른 곳으로 떠나곤 했습니다. 나의 흥미를 끄는 것은 사람밖에 없었습니다. 나는 진귀한 기념물이라든지 훌륭한 수집품 같은

것을 좋아하지 않았습니다. 론라카이 같은 건 보기만 해도 우울한 혐오
감을 일으키게 했고, 드레스덴의 ‘그류네 게블베’에선 하마터면 정신이
나갈 지경이었습니다. 자연에는 무척이나 감동하는 편이었지만, 소위
자연미라든지, 신기한 산이라든지, 바위라든가 폭포 같은 것에는 흥미
가 없었습니다. 자연이 사람을 놓아 주지 않든가, 방해하는 것을 좋아
하지 않았기 때문입니다. 그 대신 얼굴, 산 사람의 얼굴, 사람들의 이
야기, 움직임, 웃음—— 바로 이런 것들이 내게 없어서는 안 되는 것
이었습니다. 사람들 틈바구니 속에 끼어 있노라면, 나는 언제나 유달리
홀가분하면서도 즐거운 기분에 사로잡히곤 했습니다. 나는 사람들이 가
는 곳으로 가고, 사람들이 외칠 때 외치는 것이 즐거웠습니다. 그리고
동시에 다른 사람들이 외치는 것을 보기도 좋아했습니다. 나는 사람들
을 관찰하는 것이 재미있었습니다. 아니, 관찰했다고는 할 수 없습니
다.—— 다만 무엇인지 기쁘고 탐욕스러운 호기심을 가지고 그들을 바
라볼 뿐이었습니다. 저런, 또 말이 빗나갔군요.

그리하여 나는 약 20년 전, 라인강 왼쪽 기슭에 있는 Z라는 조그만
독일 거리에 잠시 머무르게 되었습니다. 나는 고독을 찾았던 것입니다.
그것은 바로 얼마 전 어느 온천장에서 사귄 젊은 미망인한테 가슴에 상
처를 입었기 때문입니다. 그 여자는 굉장한 미인인데다가 영리하기도
해서 누구에게나 아양을 떨었습니다.—— 나도 거기에 걸려든 한 사람
이었는데, 처음에 제법 마음을 주는 체하더니, 그후 볼이 빨간 어느 바
바리아의 대위 때문에 희생을 당하고, 그만 깊은 상처를 입고 말았습니
다. 솔직히 말씀드려서 마음의 상처는 그다지 크지 않았습니다만, 나는
잠시 동안이나마 슬픔과 고독 속에 잠겨 있어야 되겠다고 생각하고—
— 젊을 때는 무엇으로든지 위로 되는 법입니다!—— Z에 머무르게

된 것입니다.

이 거리는 두 개의 높은 언덕 기슭에 자리잡고 있어서, 그 풍경도 좋았거니와 낡아빠진 성벽이며, 탑이며, 몇백 년 묵은 듯한 보리수며, 라인 강으로 흐르는 맑은 시냇물 위에 걸려 있는 가파른 다리며, 특히 그 고장에서 나는 맛있는 포도주 때문에 더욱더 마음에 들었습니다. 저녁 때 해가 지면 곧── 그때는 6월이었습니다.── 귀엽게 생긴 금발의 독일 아가씨들이 좁다란 거리를 거닐면서, 외국인을 만나면 명랑한 목소리로 Guten Abend ! (저녁 인사)라고 크게 말합니다. 그 중에는 낡은 뾰족 지붕 뒤에서 환히 달이 솟아오르고, 길가의 조약돌이 고요한 달빛 속에 뚜렷이 자기 모습을 드러낼 때까지 집으로 돌아가지 않는 사람도 있습니다. 그럴 때 나는 거리를 거닐기를 좋아했습니다. 달은 맑게 갠 하늘에서 물끄러미 거리를 내려다보고 있습니다. 거리도 달의 눈길을 느끼고, 그 고요하고 동시에 마음 설레게 하는 달빛을 가득 받으면서 평화롭고 아늑한 기분으로 누워 있습니다. 높은 고딕식 종루 위에 매달려 있는 황금 닭은 파리한 금빛으로 빛나는가 하면, 검은빛이 감도는 시냇물에도 그와 같은 금빛이 흘러내립니다. 가느다란 양초가── 독일인은 검소하기 때문에 ── 돌지붕 밑의 좁다란 창문 안에서 수줍은 듯 가물거립니다. 포도 줄기는 돌담 너머로 둘둘 말린 덩굴을 살며시 내놓고 있습니다. 삼각 광장의 낡은 우물가에서는 무엇인가가 어둠 속을 달리는가 하면, 갑자기 야경꾼의 졸린 듯한 호루라기 소리가 들리고, 양순한 개도 나직이 으르렁거립니다.

공기는 그렇게도 살며시 얼굴을 어루만지고, 보리수꽃은 말할 수 없이 향기로운 냄새를 풍겨 주어서, 가슴은 저도 모르게 점점 부풀어올라 Gretechen(독일 여자의 대표적인 이름)이라는 말이 ── 감탄도 의문도 아닌 어조로 —— 저절로 입 밖으로 새어 나오려고 합니다.

Z거리는 라인 강까지 2베르스타(약 2킬로미터) 되는 곳에 있습니다. 나는 자주 그 웅장한 강을 바라보러 가서는, 앙큼스러운 미망인의 일을 다소 긴장된 기분으로 공상하면서 커다란 외돌토리 오리나무 아래에 놓여 있는 벤치에 시간 가는 줄도 모르고 몇 시간씩 앉아 있곤 했습니다. 그 오리나무 가지 사이로는 어린애다운 앳된 얼굴을 하고, 가슴에 몇 자루의 칼이 꽂혀 빨간 심장을 한 마돈나의 조그만 조상(彫像)이 슬픈 표정으로 바라보고 있었습니다. 강기슭 저쪽에는 L 거리가 보입니다. 내가 머무르고 있는 거리보다 조금 더 큰 거리였습니다.

어느 날 저녁, 나는 내가 좋아하는 벤치에 앉아서 강이며 하늘이며 포도밭을 바라보고 있었습니다. 눈앞에서는 아맛빛 머리를 한 어린아이들이 강변으로 끌어올려져서 거꾸로 뉘어 있는 수지(樹脂)를 칠한 양보트의 옆으로 기어올라가 놀고 있었습니다.

몇 척의 자그마한 배가 돛에 가벼운 바람을 안고 천천히 미끄러지고, 파란 파도는 찰싹찰싹 잔잔히 물결치며 그 옆을 스치고 지나갑니다. 가벼운 음악 소리가 들려와서 나는 귀를 기울였습니다. L 거리에서 왈츠를 연주하는 것이었습니다. 이따금씩 콘트라베이스의 둔한 소리가 들려오는가 하면, 바이올린은 가냘픈 소리를 내고, 퉁소는 힘있는 소리를 내고 있었습니다.

"저건 무엇입니까?"

옆으로 다가온, 벨벳 조끼에 쇠고리가 달린 단화를 신은 노인에게 나는 물었습니다.

"저건." 노인은 담배 파이프를 오른쪽 입에서 왼쪽으로 옮겨 물며 대답했습니다.

"대학생들이 B 거리에서 콤메르쉬를 하러 온 겁니다."

그 콤메르쉬라는 걸 보도록 하자. 마침 L 거리에는 가 본 적이 없으니 하고 나는 생각했습니다.

2

콤메르쉬라는 것이 무엇인지 모르시는 분도 계실 겁니다. 이것은 같은 고향 출신의 대학생 조합이 베푸는 성대한 연회를 말합니다. 이 콤메르쉬에 참가하는 사람의 대부분은 예로부터 제정되어 있는 독일 대학생의 복장을 하고 있습니다.

다시 말해서 헝가리식 웃옷을 입고, 커다란 장화를 신고, 정해진 색의 차양의 조그마한 모자를 씁니다.

학생들은 으레 세뇨르라고 불리는 조합장의 지도 아래 만찬에 모여, 날이 샐 때까지 연회를 베풀어 술을 마시기도 하고, '국부(國父)'라든가 '기뻐하세'라는 노래를 부르기도 하고, 담배를 피우며, 속된 사람들에 대한 욕설을 주고받기도 합니다. 그리고 어떤 때는 오케스트라를 불러올 때도 있습니다.

바로 이 콤메르쉬가 L 거리의 태양이라는 간판을 내건 자그마한 여관 앞 한길가 정원에서 열리고 있었던 것입니다. 여관의 지붕과 정원에는 깃발이 휘날리고 있었습니다. 대학생들은 다듬어진 보리수 아래에 놓인 여러 개의 탁자 앞에 앉아 있었고, 어느 탁자 밑에는 커다란 불독이 누워 있었습니다. 그 옆의 월계수로 만든 정자 안에는 악사들이 자리잡고 앉아 쉴새없이 맥주로 원기를 북돋우면서 열심히 연주하고 있었습니다.

나직한 울타리 밖의 한길에는 제법 많은 사람들이 모여 있었습니다. L 거리의 선량한 시민들은 다른 곳에서 온 귀한 손님들을 놓치고 싶지 않았기 때문일 것입니다. 나도 관중들 속에 끼었습니다. 대학생들의 얼굴을 바라보고 있노라니 유쾌해지기 시작했습니다. 그들의 포옹, 외침, 젊은이다운 천진난만한 애교, 타는 듯한 눈, 이유 없는 웃음—— 세상에서 이렇게 유쾌한 웃음은 없겠지요.—— 이와 같이 젊고 신선하고 기쁨에 넘친 삶의 활기, 앞으로 앞으로, 어디건 단지 앞으로 돌진하려는 정열, 선량한 생명력의 넘침, 나는 나도 모르게 감동되어 마음 속이 타는 듯했습니다. 차라리 그들 속에 끼어들어갈까 하고 자문했을 정도였으니까요.

"아샤, 이젠 됐지?"

갑자기 내 뒤에서 러시아 어로 말하는 남자의 목소리가 들려왔습니다.

"조금만 더……"

역시 러시아 어로 대답하는 여자의 목소리였습니다.

나는 황급히 뒤돌아봤습니다. 차양 달린 모자를 쓰고, 큼직한 재킷을 입은 아름다운 청년이 눈에 띄었습니다. 청년은 그다지 키가 크지 않은 처녀와 팔짱을 끼고 있었는데, 밀짚모자가 그녀의 얼굴을 가리고 있었습니다.

"당신은 러시아 인입니까?"

나는 얼떨결에 이렇게 묻고 말았습니다.

청년은 빙그레 웃으며 말했습니다.

"그렇습니다, 러시아 인입니다."

"참 뜻밖의 일이군요. 이런 시골에서……"

나는 이렇게 말을 꺼냈습니다.

그러자 청년은 내 말을 가로채며

"정말 뜻밖입니다. 어쨌든 반갑군요. 인사드리겠습니다. 저는 가긴이라고 하고, 이 애는 제……"

하고는 잠시 머뭇거렸습니다.

"제 여동생입니다. 그런데 당신의 이름은?"

나는 이름을 말했습니다. 이렇게 돼서 우리는 곧 이야기를 주고받았습니다. 가긴은 나와 마찬가지로 마음내키는 대로 여행을 하다가, 약 1주일 전 L 거리에 도착한 후 지금까지 머무르고 있다는 것이었습니다. 사실 말이지만, 나는 외국에서 러시아 인을 만나는 것을 그다지 좋아하는 편이 아니었습니다. 러시아 인은 그 걸음걸이며, 옷 모양이며, 특히 무엇보다도 얼굴 표정을 보면 멀리서도 알아차릴 수가 있습니다. 자만심과 멸시에 찬, 때로는 명령적으로 되는 표정이, 별안간 조심스럽고 겁을 집어먹은 듯한 표정으로 변하는 것입니다…… 갑자기 사람 전체가 조심성을 띠게 되고, 눈을 불안스럽게 껌벅입니다.——"아이구! 내가 무슨 실없는 말을 지껄이지나 않았을까, 사람들이 나를 비웃고 있지나 않을까?" 이리저리 살피는 눈초리는 이렇게 말하는 것 같습니다. 그러다간 갑자기 다시 거만스러운 표정으로 되돌아와서, 때로는 우둔한 의혹으로 바뀌곤 합니다.

그래서 나는 러시아 인을 피하는 것이었습니다. 그러나 가긴은 단번에 내 마음에 들고 말았습니다. 세상에는 행복스러운 얼굴을 한 사람도 있어서, 그를 보는 사람은 누구든지 기분이 좋아집니다. 마치 마음 속을 따뜻하게 데워 주는 듯하고 어루만져 주는 것 같은 얼굴 말입니다. 바로 가긴의 얼굴도 이와 같아서 그 큼직하면서도 부드러운 눈, 곱슬곱슬하고 부드러운 머리카락에, 정답고 사랑스러운 얼굴이었습니다. 그리고 그가 이야기할 때에는 그 얼굴을 보지 않고 목소리만 들어도 싱글벙글 웃고 있는 것이 느껴질 정도였습니다.

가긴이 여동생이라고 말한 처녀는 첫눈에 벌써 무척 귀여운 인상을 주었습니다. 약간 거무스름한 둥근 얼굴이며, 자그마하면서도 날이 선 코, 거의 어린애 같은 볼, 반짝이는 눈, 이러한 그녀의 얼굴 속에는 무엇인지 모를 독특한 것이 있었습니다. 그녀의 몸매는 아름다웠습니다만, 아직 완전히 성숙하지 않은 것 같았습니다. 그녀는 자기 오빠와는 조금도 닮은 데가 없었습니다.

"우리 집에 들르시지 않겠습니까?" 가긴이 나에게 말했습니다.

"실컷 독일인을 구경했을 테니까요. 사실 우리 나라 사람 같으면 유리를 깨고 의자를 부술 텐데, 이 고장 사람들은 너무 점잖단 말입니다. 넌 어떻게 생각하니, 아샤? 이젠 가도 좋겠지?"

처녀는 동의하는 듯 머리를 끄덕였습니다.

"우리는 교외에다 방을 얻어 두었습니다." 가긴은 말을 이었습니다.

"포도밭 가운데 있는 독채로, 지대가 높습니다. 참 좋은 곳이니 한 번 와 보십시오. 주인 아주머니가 시원한 우유를 만들어 준다고 약속했습니다. 곧 어두워질 테니, 당신은 달이 떠오른 다음에 라인 강을 건너는 편이 좋을 겁니다."

우리는 함께 걸어갔습니다. 나직한 성문을 지나 —— 작은 돌을 쌓아 올려 만든 성벽이 사방에서 거리를 둘러싸고 있었는데, 아직 총안(銃眼)까지 부서지지 않고 남아 있었습니다. —— 우리는 들판으로 나섰습니다. 돌담을 따라 백 걸음쯤 가자, 비좁고 조그마한 문 앞에서 멈춰 섰습니다. 가긴은 문을 열고, 산으로 나 있는 가파른 오솔길을 따라 우리를 안내했습니다. 길 양쪽에는 포도밭이 층계를 이루고 있었습니다.
방금 해가 져서 가느다랗고 빨간빛이 푸른 포도 덩굴 위에도, 높다란
울타리에도, 크고 작은 판석(板石)으로 촘촘하게 뒤덮인 메마른 길 위
에도, 우리들이 올라가고 있는 산꼭대기의 오두막집 담벽에도 반사된
빛을 던지고 있었습니다. 그 집은 검은 대들보들이 비스듬히 건너질러
져 있었고, 네 개의 조그마한 창문이 밝게 빛나고 있었습니다.
　“자, 이것이 우리들의 숙소입니다!”
　우리들이 집으로 다가갔을 때, 가긴은 이렇게 외쳤습니다.
　“아, 주인 아주머니가 우유를 나르고 있군요. 안녕하십니까, 부인!
곧 식사를 합시다. 그러나 그 전에.” 하고 그는 덧붙였습니다.
　“한 번 둘러보십시오. 이 경치가 어떻습니까?”
　정말 훌륭한 경치였습니다. 눈앞에는 파란 강변 사이를 은빛 라인 강
이 흐르고, 어떤 곳은 석양을 받아 발그스름한 금빛으로 불타고 있었습
니다. 강변으로 모여든 거리는 모든 집과 모든 한길을 고스란히 드러내
보이고, 언덕과 들판은 사방으로 줄달음치고 있습니다. 눈 아래 경치도
좋았지만, 위의 경치는 더욱 좋았습니다. 투명한 공기 속에 빛나는 맑
고 깊은 하늘은 내 마음을 송두리째 사로잡고 말았습니다. 서늘하고 가
벼운 공기는 마치 높은 곳에 있는 것을 자랑이라도 하듯, 잔잔히 흔들
리며 이리저리 물결치고 있었습니다.
　“훌륭한 숙소를 마련하셨군요.”
하고 나는 말했습니다.
　“이건 아샤가 발견한 거랍니다.”
　가긴이 대답했습니다.
　“자, 아샤.” 그는 말을 이었습니다.

"모두 이리 가져오라고 부탁해 줘. 저녁은 밖에서 들도록 합시다. 여기라면 음악도 잘 들리니까. 당신은 아십니까?"

그는 나를 바라보며 말했습니다.

"어떤 왈츠는 가까운데서 들으면 속되고 조잡한 소리가 나서 귀찮을 정도지만, 먼 곳에서 들으면 아주 멋있단 말입니다! 우리들의 마음 속에 있는 로맨틱한 현(絃)을 모조리 흔들어 놓는 듯한 느낌이 드는 겁니다."

아샤—— 그녀의 본디 이름은 안나였지만 가긴은 아샤라고 부르고 있었습니다. 그래서 나도 아샤라고 부르기로 했습니다.—— 는 집 안으로 들어갔다가 잠시 후 주인 아주머니와 함께 나왔습니다. 두 사람은 우유병과 접시와 스푼과 설탕, 딸기, 빵 등을 올려놓은 커다란 쟁반을 날라 왔습니다. 우리는 자리잡고 식사하기 시작했습니다. 아샤는 모자를 벗었습니다. 사내아이처럼 짤막하게 자른 검은 머리카락이 커다랗게 원을 그리면서 목덜미와 귀 위로 늘어져 있었습니다. 아샤가 매우 쑥스러워 하자, 가긴은 동생에게 말했습니다.

"아샤, 그렇게 겁낼 것 없어! 이분이 너를 물어뜯진 않을 테니."

아샤는 방긋 미소를 짓더니, 잠시 후에는 자기편에서 나에게 이야기를 걸어 왔습니다. 나는 이 처녀같이 가만히 있을 줄 모르는 사람은 본 적이 없습니다. 한시도 가만히 앉아 있지 않고 자리에서 일어나 집 안으로 뛰어들어가는가 하면 다시 달려나오고, 작은 목소리로 노래 부르는가 하면 까르르 웃어대기도 했는데, 그 웃는 것이 또 묘했습니다. 그것은 듣는 것이 우스워서 웃는 게 아니라, 자기 머리에 떠오르는 여러 가지 생각 때문에 웃는 것 같았습니다. 그녀의 커다란 눈은 아무 거리낌 없이 똑바로 맑게 사물을 바라보곤 했으나, 가끔 눈을 살며시 내리

깔 때가 있었습니다. 그러면 그녀의 눈초리는 갑자기 깊어지고 부드러
워지는 것이었습니다.

　우리는 두 시간 가량 이야기했습니다. 이미 날이 저문 지도 오래였
고, 처음엔 온통 불꽃을 뒤집어쓴 듯하던 저녁 경치는 차츰 맑은 선홍
빛으로 물들어 가다가 나중에는 파르스름하게 흐려지면서 고요히 밤 경
치 속으로 녹아들었습니다. 그렇지만 우리들의 이야기는 주위를 둘러싸
고 있는 공기처럼 아늑하고 부드럽게 계속되었습니다. 가긴은 라인 포
도주를 한 병 가져오라고 했습니다. 우리는 천천히 그것을 마셨습니다.
음악은 여전히 우리들 귀에 들려오고 있었는데, 그 음향은 아까보다 훨
씬 더 부드럽고 감미롭게 들렸습니다. 거리에도, 강 위에도 불빛이 가
물거립니다. 아샤는 문득 그 곱슬곱슬한 머리카락이 눈을 가릴 정도로
머리를 숙이고 한참 동안 가만히 있다가 한숨을 몰아쉬었습니다. 그리
고는 졸립다고 말하고서는 집 안으로 들어가 버렸습니다. 그러나 나는
그녀가 촛불도 켜지 않고 오랫동안 닫혀진 창문 뒤에 서 있는 것을 보
았습니다. 드디어 달이 솟아올라 라인 강 위에 넘실거리기 시작했습니
다. 만물이 비춰지며 거무스름한 윤곽이 나타나고, 경치가 일변하고 말
았습니다. 우리들이 마시고 있는 술잔 속의 포도주까지도 이상한 빛을
내며 반짝거렸습니다. 바람은 날개라도 잡은 듯 잠잠해지고, 대지에서
는 향기롭고 따사로운 밤 공기가 풍겨 오고 있었습니다.

　"갈 때가 됐군요!"하고 나는 외쳤습니다.

　"그렇지 않으면 나룻배를 못 찾을지도 모릅니다."

　"그렇군요."

　가긴은 머리를 끄덕였습니다.

　우리는 오솔길을 따라 내려갔습니다. 갑자기 뒤에서 조약돌이 굴러

떨어졌습니다. 아샤가 달려 내려왔기 때문입니다.

"너 아직도 자지 않고 있었니?"

하고 오빠가 물었으나, 아샤는 아무 대답도 없이 우리 옆을 지나서 뛰어 내려갔습니다.

여관 뜰에는 대학생들이 붙여 놓은 마지막 횃불들이 아직 타다 남은 채로 있어 나뭇가지 위의 나뭇잎들을 밝게 비춰 주고 있었는데, 그 모양이 또한 축제일 같은 환상적인 인상을 돋워 주었습니다. 아샤는 강변에 서서 뱃사공과 이야기하고 있었습니다. 나는 배에 뛰어올라 새로 사귄 친구들과 작별 인사를 나누었습니다. 가긴은 내일 나를 찾아오겠다고 약속했습니다. 나는 그와 악수하고, 아샤에게도 손을 내밀었지만 아샤는 나를 바라보며 머리를 저을 뿐이었습니다. 배는 강변을 떠나 급류를 달리기 시작했습니다. 기운 센 노인은 캄캄한 어둠 속에서 힘차게 노를 저었습니다.

"당신은 달 속에 들어가서 달을 부숴 버렸어요."

하고 아샤가 내게 큰 소리로 외쳤습니다.

나는 아래로 눈길을 돌렸습니다. 배 옆에서 물결이 넘실거렸습니다.

"안녕히 가세요!"

아샤의 목소리가 다시 울려 왔습니다.

"내일 또 만납시다!"

하고 가긴이 그녀의 뒤를 이어 소리 질렀습니다.

배가 기슭에 닿았습니다. 나는 배에서 내려 뒤돌아보았습니다. 이미 맞은편 강변에는 아무도 보이지 않았습니다. 달빛 기둥은 또다시 황금 다리처럼 넓은 강 위에 뻗쳐 있었습니다. 란데르 왈츠의 옛 곡조가 마치 이별이라도 고하는 듯 흘러나왔습니다. 가긴의 말은 옳았습니다. 나는 마음 속의 현들이 한줄 한줄 뒤흔들리며 애달픈 멜로디에 대답하는 것을 느꼈습니다. 향기로운 공기를 천천히 들이마시면서 나는 어두컴컴한 들판을 지나 집으로 향했습니다. 이렇게 하여 집에 돌아왔을 때는 허전하면서도 한없는 기대를 느끼며 달콤한 피로 속에 전신이 녹아드는 것 같았습니다. 나는 자신이 행복하게 느껴졌습니다. 그러나 나는 무엇 때문에 행복했을까요? 나는 아무것도 바라는 것이 없었고, 아무것도 생각하지 않았는데…… 그래도 난 행복했습니다.

나는 너무 즐겁고 유쾌한 나머지 저절로 웃음이 나오려고 했습니다. 나는 침대 속으로 들어가서 눈을 감으려고 했는데, 문득 생각해 보니 오늘밤 그 괘씸한 미망인에 대해서 한 번도 생각하지 않았다는 것을 알았습니다. 도대체 어떻게 된 일인가? 나는 자문해 보았습니다. 내가 아샤에게 반한 것은 아닐까? 그러나 이런 자문을 떨쳐 버리고 나는 요람 속의 어린애처럼 금방 잠들어 버린 것 같습니다.

3

이튿날 아침 —— 나는 이미 눈은 뜨고 있었으나, 아직 자리에선 일어나지 않았을 때입니다. —— 문 밑을 지팡이로 두드리는 소리가 들리더니,

그대는 자는가? 기타 소리로
그대를 깨우겠노라……

하는 노래 소리가 들렸습니다. 나는 곧 가긴의 목소리라는 걸 알았습니다.

나는 황급히 문을 열었습니다.

"안녕하십니까?" 가긴은 들어오며 말했습니다.

"좀 일찍 깨운 것 같지만, 그러나 보십시오, 얼마나 좋은 아침입니까? 이 신선함, 이 이슬, 그리고 종달새가 노래하고……"

그렇게 말하는 가긴 자신도 빛나는 곱슬곱슬한 머리카락, 드러난 목덜미, 그리고 불그스름한 장밋빛 볼을 하고 있어서, 이 아침같이 신선해 보였습니다.

나는 옷을 입고 함께 밖으로 나가서 벤치에 앉았습니다. 그리고 커피를 가져오게 하고 이야기하기 시작했습니다. 가긴은 앞으로의 계획을 이야기했는데, 상당한 재산을 가지고 있으므로 아무에게도 의지하고 싶지 않으며, 일생을 그림 공부에 바치고 싶다고 말했습니다. 단지 생각을 늦게 해서 오랫동안 허송세월한 것을 후회하고 있다고 했습니다. 나도 자신의 계획을 말하고, 덧붙여서 내 불행한 연애의 비밀을 털어놓았습니다. 그는 동정하는 태도로 내 말을 듣고 있었지만, 내가 보는 바로는 그다지 큰 동정을 얻은 것 같지는 않았습니다. 그는 내가 한숨을 짓자 그 뒤를 이어 두어 번 가량 가볍게 한숨을 쉬고는, 자기의 스케치를 보여 줄 테니 자기 집으로 가자고 말했습니다. 나는 선뜻 응낙했습니다.

집에 가니 아샤는 없었습니다. 주인 아주머니의 말에 따르면 '성터'에 갔다는 것이었습니다. L 거리에서 2베르스타 가량 떨어진 곳에, 봉건 시대 때의 성터가 있었습니다. 가긴은 자기의 그림책을 모조리 펼쳐 보여 주었습니다. 그 스케치 속에는 제법 생명과 진실이 깃들어 있어서 무엇인지 자유롭고 광활한 데가 있었습니다. 그런데 한 가지도 완성된 것 없이 제멋대로 그려져 있어서 명확해 보이지가 않았습니다.

"그렇습니다, 그렇습니다."

하고 가긴은 한숨을 몰아쉬며 내 말에 동의했습니다.

"당신 말이 옳습니다. 모두 조잡하고 미숙한 그림들이죠. 할 수 없습니다! 나는 제대로 배우지도 않았고, 게다가 슬라브적 방탕에 빠지고 말았으니까요. 일에 대해서 공상할 동안은 독수리가 하늘을 나는 기분으로 땅덩어리라도 움직일 듯한 기세지만, 정작 실행으로 들어가면 금방 식어서 지치고 만답니다."

나는 용기를 북돋워 주려고 했으나, 가긴은 손을 흔들며 그림통들을 한 아름에 안아 긴 의자에다 던져 버렸습니다.

"참을성만 있다면 나도 어떻게 되겠지만."

하고 그는 잇새로 내뱉듯이 말했습니다.

"그것이 모자란다면 나는 귀족의 도련님으로 일생을 마치게 될 것입니다. 자, 우리 아샤나 찾으로 갑시다."

우리는 밖으로 나왔습니다.

4

성터로 가는 길은 숲에 싸인 좁은 계곡의 언덕을 따라 구불구불 굽이져 있었습니다. 그 계곡 밑에는 한 줄기 냇물이 흘러서 돌에 부딪치며 시끄러운 소리를 내고 있었습니다. 그것은 마치 우뚝 솟아 있는 어두운 능선 뒤에서 고요히 반짝이고 있는 대하(大河)로 합류하려고 서두르고 있는 듯 느껴졌습니다. 가긴은 광선을 받아서 풍치가 달라진 몇 군데의 장소를 나에게 가르쳐 주었습니다. 그의 말 속엔 화가라고까지는 할 수 없어도 예술가다운 인상을 주는 것이 있었습니다. 곧 성터가 보였습니다. 앙상한 바위 꼭대기에 네모진 탑이 서 있었습니다. 탑 전체가 새까맣고 세로로 금이 가 있었지만, 그래도 튼튼해 보였습니다. 이끼투성이인 성벽이 탑 옆에 있었습니다. 여기저기에 담쟁이덩굴이 뻗고, 구부러진 나무가 낡은 총안이며 허물어진 지붕에 가지를 늘어뜨리고 있었습니다. 돌투성이의 오솔길은 허물어지지 않고 남아 있는 성문으로 통하고 있었습니다.

우리가 성문 근처에 이르렀을 때, 갑자기 우리 앞에 여자의 모습이 어른거리더니 여러 가지 파편들이 산더미같이 쌓여 있는 위를 재빨리 달려가서 바로 절벽 위의 가파르게 튀어나온 성벽에 앉는 것이었습니다.

"아, 저건 아샤다!"하고 가긴은 외쳤습니다.

"저 애가 미쳤나!"

우리는 성문 쪽으로 들어가서 사과나무와 쐐기풀로 반쯤 뒤덮인 자그마한 빈터에 섰습니다. 가파르게 튀어나온 성벽 위에 앉아 있는 것은 아샤임에 틀림없었습니다. 그녀는 우리 쪽으로 얼굴을 돌리고 웃어댔지만, 그 자리를 떠나려 하지는 않았습니다. 가긴은 한 손가락을 쳐들어 위협을 하고, 나는 큰 소리로 그녀의 부주의를 나무랐습니다.

"내버려 두십시오." 가긴은 속삭이는 목소리로 말했습니다.

"그 애를 놀리지 마십시오. 당신은 그 애의 성질을 잘 모르겠지만, 자칫 탑 위까지 올라갈지도 모릅니다. 그것보다는 이 고장 사람들의 현명함에 놀라는 편이 나을 겁니다."

　나는 뒤를 돌아보았습니다. 한쪽 구석에 기대 세운 자그마한 판잣집에 한 노파가 앉아 양말을 뜨면서 안경 너머로 흘낏흘낏 쳐다보고 있었습니다. 그 노파는 관광객들을 상대로 맥주며 생과자며 젤리가 든 음료수를 팔고 있었습니다.

　우리는 벤치에 앉아서 주석으로 만든 묵직한 잔으로 제법 차가운 맥주를 마시기 시작했습니다. 아샤는 얇은 비단 스카프로 머리를 감싸고 두 다리를 아래로 늘어뜨린 채 여전히 움직이지 않고 앉아 있었습니다. 균형잡힌 그녀의 얼굴은 맑게 갠 하늘에 아름답게 뚜렷이 떠올라 있었습니다. 그러나 나는 불쾌한 감정을 느끼면서 그녀의 모습을 바라보았습니다. 벌써 전날 밤부터 나는 이 처녀에게서 뭔가 긴장되고 자연스럽지 못한 그 무엇인가를 느꼈던 것입니다.

　아샤는 우리를 놀라게 할 생각이구나 하고 나는 생각했습니다. 왜 그럴까? 무슨 어린애 짓일까? 내 생각을 짐작했음인지, 그녀는 뚫어질 듯이 나를 바라보고는 다시 웃음을 터뜨리며 깡충깡충 두 번에 걸쳐 성벽에서 뛰어내렸습니다. 그리고는 노파에게로 다가가서 물을 한 잔 달라고 하는 것이었습니다.

　"오빠는 내가 물을 마시려는 줄 아시지요?"

하고 그녀는 가긴에게로 돌아서며 말했습니다.

　"아니에요. 성벽 위에 꽃이 피어 있는데, 물을 줘야겠어요."

　가긴은 아무 말도 없었습니다. 아샤는 손에 컵을 든 채 허리를 굽히고 성벽을 기어오르기 시작했습니다. 이따금씩 발을 멈추고서는 우스울 만큼 조심스러운 태도로 몇 방울의 물을 흘렸습니다.

　그러자 그 물방울은 햇빛을 받아 반짝반짝 빛났습니다. 그녀의 행동은 무척 귀엽긴 했지만, 나는 여전히 그녀가 밉살스러웠습니다. 그렇지만 나는 그녀의 경쾌하고 민첩한 동작에 나도 모르게 마음이 끌리고 있었습니다. 어느 위험한 장소에 이르자, 그녀는 일부러 큰 소리로 외치고는 명랑하게 웃어대기까지 했습니다. 나는 차츰 더 기분이 나빠졌습니다.

"아니, 산양처럼 저런 델 오르다니."

잠시 뜨개질에서 눈을 돌린 노파는 코막힌 소리로 중얼거렸습니다.

이윽고 아샤는 컵의 물을 비우고 나서 어리광을 피우듯 이리저리 몸을 흔들면서 우리 있는 곳으로 돌아왔습니다. 그녀의 눈썹이며 콧구멍이며 입술은 이상한 미소 때문에 바르르 떨리고, 가늘게 뜬 새까만 두 눈은 거만하면서도 즐거운 빛으로 반짝이고 있었습니다.

"당신은 내 행동을 못마땅하게 여기실지 모르지만, 그러나 괜찮아요. 당신이 나한테 반했다는 걸 잘 알고 있으니까요."

하고 그녀의 얼굴은 말하는 것 같았습니다.

"아샤, 장하다, 장해."

가긴은 나직한 목소리로 말했습니다.

아샤는 갑자기 부끄럽기라도 한 듯 길다란 속눈썹을 살며시 내리깔고 죄진 사람처럼 살그머니 내 옆에 자리잡았습니다. 나는 그때 처음으로 그녀의 얼굴을 자세히 들여다보았습니다. 나는 지금까지 그렇게 변하기 쉬운 얼굴을 본 적이 없습니다. 잠시 후 그 얼굴은 차츰 창백해지고 슬픔이 깃든 긴장된 표정으로 변해 갔습니다. 얼굴의 윤곽까지도 크고 엄숙하며 단순하게 된 듯이 느껴졌습니다. 아샤는 아무 말도 하지 않았습니다. 우리는 성터를 한 바퀴 돌고 —— 아샤도 뒤쫓아 왔습니다. —— 이곳 저곳의 경치를 구경했습니다. 그러는 사이에 점심 시간이 다가왔습니다. 가긴은 노파에게 셈을 치르고 다시 맥주를 한 잔 청하고 나서 내게로 몸을 돌리더니, 얼굴을 찌푸리며 능청스럽게 이렇게 외치는 것이었습니다.

"당신의 마음을 지배하는 부인의 건강을 위해서!"

"아니, 당신에게 —— 당신에게 그런 부인이 있었나요?"

문득 아샤는 이렇게 물었습니다.

"누구한테나 있을 수 있는 일이지."

하고 가긴은 대꾸했습니다.

아샤는 잠시 생각에 잠겼습니다. 그녀의 얼굴은 다시 한 번 변해서 도전하는 듯한 거만한 미소가 떠올랐습니다.

돌아오는 길에서 아샤는 더욱 깔깔대며 호들갑을 떨었습니다. 기다란 나뭇가지를 꺾어 총처럼 어깨에 메고, 머리를 스카프로 동여맸습니다. 지금도 기억하고 있지만, 우리는 블론드 머리를 하고 점잔빼는 영국인 대가족과 마주쳤습니다. 그런데 그들은 무슨 주문에라도 걸린 듯 싸늘한 놀라움에 사로잡혀 얼빠진 눈으로 아샤를 바라보는 것이었습니다. 그러나 아샤는 짓궂게도 커다란 목소리로 노래를 부르기 시작했습니다. 집에 돌아오자 그녀는 곧 자기 방으로 들어갔다가 식사 때에야 얼굴을 내밀었습니다. 좋은 옷으로 갈아입고, 머리도 잘 손질하고, 허리를 잘록하게 졸라매고, 장갑까지 끼고 있었습니다.

식탁에 앉아서도 무척 얌전하고 점잔이라도 빼듯 음식에도 거의 손을 대지 않았으며, 물도 자그마한 잔으로 마셨습니다. 확실히 내 앞에서 새로운 역할 —— 예절 있는 훌륭한 아가씨 역할을 하고 싶었던 것 같았습니다. 가긴도 그것을 방해하려고 하지 않았습니다. 보건대 그는 모든 일에서 아샤를 마음대로 하도록 내버려 두는 것이 습관화되어 있는 것 같았습니다. 다만, 때때로 선량한 표정으로 나를 바라보고는 한쪽 어깨를 으쓱해 보일 뿐이었는데, 그 모습은 '저 애는 어린애니까 관대히 봐 주십시오.'하고 말하는 듯한 눈치였습니다. 식사가 끝나자마자 아샤는 일어나서 우리에게 크닉센(무릎을 굽혀 인사하는 것)을 하고는 모자를 쓰면서 루이제 부인한테 가도 좋으냐고 가긴에게 물었습니다.

"너는 언제부터 내게 물어보기로 했니?"

가긴은 태연스러우면서도 약간 당황한 듯한 미소를 띠면서 대답했습니다.

"우리와 같이 있으면 지루하니?"

"아니에요. 그렇지만 어제 루이제 부인한테 놀러 가겠다고 약속했거든요. 게다가 두 분만 앉아 계시는 것이 편할 것 같기도 해서요. N씨가—— 그녀는 나를 가리켰다.—— 무엇인지 또 새로운 이야기를 들려주실 테죠."

그녀는 밖으로 나갔습니다.

"루이제 부인은."하고 가긴은 내 시선을 피하면서 말하기 시작했습니다.

"이곳 전 시장(市長)의 부인이었는데 지금은 미망인으로, 사람은 좋지만 머리가 텅 빈 노파입니다. 노파는 아샤를 무척 귀여워해 줍니다. 그리고 아샤는 자기보다 신분이 낮은 사람들하고 사귀기를 좋아한답니다. 이런 것도 그 애가 거만한 탓이겠죠. 당신도 보다시피 그 애는 너무 어리광을 피워서…"

그는 잠시 말을 끊었다가 다시 덧붙였습니다.

"그런데 어떻게 할 도리가 있어야죠. 저는 아무에게도 싫은 소리를 하지 않는 성격인데다가 그 애한테는 더욱 그럴 수가 없습니다. 제게는 그 애를 관대히 보살펴 줄 의무가 있으니까요."

내가 잠자코 있었으므로 가긴은 말머리를 돌렸습니다. 가긴을 알면 알수록 나는 더욱 강한 애정을 느끼는 것이었습니다. 나는 곧 그의 성격을 알 수 있었습니다. 그는 순수한 러시아 인이었습니다. 정직하고 결백하며 단순한 사람이었습니다만, 가엾게도 마음 약하고, 인내력도, 내적 정열도 없었습니다. 청춘의 힘이 샘처럼 끓어오르지 못하고 잔잔히 빛나고 있을 뿐이었습니다. 무척 정답고 현명하지만, 이 사람이 어른이 되었을 때 어떤 사람이 될지 상상할 수가 없었습니다. 화가가 된다 해도 쓰라리고 부단한 노력 없이는 쉽지 않은 일인데…… 노력한다. 나는 그의 부드러운 얼굴을 바라보고 온순한 말소리를 들으면서 이렇게 생각했습니다.

아니다! 자넨 노력할 수 없어, 참을 수 없어. 그런데도 나는 이 남자를 사랑하지 않을 수 없었습니다. 나도 모르게 그에게 마음이 끌리는 것이었습니다.

우리는 네 시간 가량 단둘이 지냈습니다. 긴 의자에 앉아 있기도 하고 집 앞을 천천히 거닐기도 하면서, 네 시간 동안에 우리는 완전히 가까워지고 말았습니다.

해가 저물어 내가 집으로 돌아갈 때가 되었습니다. 그러나 아샤는 돌아오지 않았습니다.

"정말 어찌나 버릇없는 앤지!" 하고 가긴은 말했습니다.

"내가 바래다 드릴까요? 가는 길에 루이제 부인의 집에 들러봅시다. 거기에 있는지 없는지도 물어 볼 겸. 그다지 먼 길도 아니니까요."

우리는 거리로 내려갔습니다. 구불구불하고 좁다란 골목으로 돌아, 옆과 위에 창문이 두 개나 있는 4층 건물 앞에서 걸음을 멈추었습니다. 2층은 1층보다 많이 거리로 튀어나와 있었고, 3층과 4층은 2층보다도 더 많이 나와 있었습니다. 여기저기에 낡아빠진 조각들이 새겨져 있고, 밑창은 두꺼운 기둥 두 개로 받쳐져 있었습니다.

위에는 뾰족한 기와 지붕을 얹고, 지붕 밑 방에는 주둥이처럼 권양기(卷揚機)가 튀어나와 있어, 집 전체가 마치 웅크리고 앉은 커다란 새와도 같았습니다.

"아샤!"하고 가긴은 외쳤습니다.

"너 거기 있니?"

등불이 켜진 3층 문이 '쾅' 하고 열리더니 아샤의 검은 머리가 보였습니다. 그 뒤에는 이가 빠지고 눈에 생기가 없는 독일인 노파의 얼굴이 보였습니다.

"네, 여기 있어요."

아샤는 아양을 떨면서 문턱에 팔꿈치를 괴고 말했습니다.

"나는 여기가 좋아요. 자, 이걸 드릴 테니 받으세요."

가긴에게 제라늄꽃 한 송이를 던지면서 그녀는 덧붙였습니다.

"나를 오빠가 생각하는 애인이라고 여기세요."

루이제 부인은 웃었습니다.

"N씨가 가신대."하고 가긴은 말했습니다.

"네게 인사를 하시겠단다."

"정말?" 아샤는 말했습니다.

"그렇다면 그 꽃을 그 분에게 드리세요. 저는 곧 돌아가겠어요."

이렇게 말하고 문을 닫았는데, 그녀는 루이제 부인에게 키스를 하는 것 같았습니다. 가긴은 말없이 내게 꽃을 주었습니다. 나는 묵묵히 꽃을 받아 주머니에 꽂고, 나루터까지 와서 강을 건넜습니다.

지금도 기억하고 있지만, 나는 아무 생각도 없이, 그러나 마음 속으로는 이상한 괴로움을 느끼면서 집으로 돌아오고 있었는데, 문득 코에 익은, 그러나 독일에서는 좀처럼 맡아 볼 수 없는 강렬한 냄새가 코를 찔렀습니다. 걸음을 멈추고 살펴보니 길가에 조그마한 삼밭이 있었습니다. 그 광야(曠野)의 냄새는 불현듯 나에게 고향을 연상케 하고, 강렬한 향수를 마음 속에 불러일으켰습니다.

나는 러시아의 공기를 호흡하고, 러시아의 땅이 밟고 싶어졌습니다. "나는 여기서 무엇을 하고 있는가? 무엇 때문에 낯선 타국에서 방랑하고 있는가?" 하고 나는 외쳤습니다. 그러자 지금까지 마음 속에 느꼈던 암담한 괴로움이 갑자기 쓰라리고 타는 듯한 흥분으로 변해 갔습니다. 집에 돌아왔을 때는 어젯밤과는 전혀 다른 기분이었습니다. 나는 화가 치밀어서 오랫동안 마음을 진정시킬 수가 없었습니다. 나 자신도 모를 울분에 사로잡혔던 것입니다. 이윽고 자리에 앉아 그 앙큼한 미망인의 일을 생각하고── 그 여성을 공식적으로 회상하는 것이 내 일과의 마지막이 되어 있었습니다.── 그녀에게서 받은 한 통의 편지를 끄집어 냈습니다. 그러나 나는 그것을 펼쳐 보려고도 하지 않았습니다. 내 생각의 흐름은 갑자기 다른 방향으로 흘러갔습니다. 나는 생각하기 시작했습니다. 아샤의 일을 생각한 것입니다. 가긴이 이야기하는 도중에 러시아로 돌아가는 데는 그의 귀국을 방해하는 어떤 곤란한 사정이 있다고 나에게 암시했던 것이 문득 머리에 떠올랐습니다.……"될 대로 돼라, 그의 동생인지 뭔지!" 하고 나는 큰 소리로 외쳤습니다.

나는 옷을 갈아입고 자리에 누워서 잠을 청하려고 애썼습니다. 그러나 한 시간 후에는 다시 일어나서 베개 위에 팔꿈치를 괴고, 또다시 그 '부자연스럽게 깔깔대는 변덕스러운 아가씨'의 일을 생각하기 시작했습니다. "그 처녀는 라파엘로의 파르네진 속에 나오는 갈레테아의 축소판

이야." 하고 나는 중얼거렸습니다. "그렇다, 아샤는 그의 동생이 아니
다……"

한편 미망인의 편지는 달빛을 받아 하얗게 빛나면서 마루 위에 조용
히 놓여 있었습니다.

5

이튿날 아침 나는 다시 L 거리로 갔습니다. 나는 가긴을 만나기 위해
서라고 나 자신에게 다짐하고 있었습니다만, 마음 한구석으로는 아샤가
어떤 일을 하려는지, 또 어젯밤처럼 '기묘한 행동'을 하지나 않으려는
지 보고 싶었던 것입니다. 가 보니 두 사람은 응접실에 있었습니다. 그
런데 이상한 것은 —— 내가 어젯밤과 오늘 아침에 무척 러시아에 마음
이 끌리고 있었던 탓인지는 모르지만 —— 아샤는 완전히 러시아의 처
녀같이 보였습니다. 게다가 소박한 처녀, 아니 하녀와도 같은 인상을
주었습니다. 허름한 옷을 입고 머리칼을 귓전으로 빗어 넘긴 그녀는 다
소곳이 창가에 앉아서 얌전하게 조용히 수를 놓고 있었습니다. 마치 일
생 동안 그 일밖에는 아무것도 한 일이 없다는 듯한 느낌이었습니다.
그녀는 거의 아무 말도 없이 침착하게 자기 일을 계속하고 있었습니다.
그녀의 얼굴은 조금도 뛰어난 점이 없는 평범한 표정을 짓고 있어서,
나는 나도 모르게 우리 러시아 태생의 카쟈라든가 마샤라는 처녀를 연
상했을 정도입니다. 그 유사함을 더욱 완전히 하기라도 하듯 아샤는
'아, 그리운 어머니여'를 나직한 목소리로 노래하기 시작했습니다. 나
는 노르스름하고 볼이 꺼진 듯한 얼굴을 바라보면서, 어젯밤의 공상을

상기하고 어쩐지 아쉬운 듯한 생각이 들었습니다. 그날은 매우 화창한 날씨였으므로, 가긴은 자연을 스케치하러 가겠다고 말했습니다. 나는 따라가도 좋은지, 방해가 되지 않을는지 그에게 물어 보았습니다.

"천만에요." 그는 대답했습니다.

"오히려 당신은 제게 좋은 충고를 해줄 수 있을 겁니다."

가긴은 반 다이크식의 동그란 모자를 쓰고 블르자(웃옷 이름)를 걸치고, 스케치북을 겨드랑이에 끼고 떠났습니다. 나는 그 뒤를 따라갔습니다. 아샤는 집에 남았는데, 가긴은 떠나면서 수프가 너무 묽게 되지 않도록 조심하라고 일렀습니다. 아샤는 자주 부엌에 나가 보겠다고 약속했습니다. 가긴은 눈익은 골짜기에 다다르자, 바위 위에 자리잡고 앉아서 가지가 많이 뻗고 둥그렇게 구멍이 뚫린 참나무 고목을 그리기 시작했습니다. 나는 풀 위에 누워서 책을 펼쳐 보았지만 두 페이지도 못 읽었으며, 가긴은 종이 한 장만을 버렸을 뿐이었습니다. 우리는 주로 토론을 많이 했는데, 내가 판단하는 바에 의하면 어떻게 일을 해야 하는가, 무엇을 피해야 하는가, 어떤 태도를 가질 것인가, 현대에 있어서 화가의 의미란 과연 어떤 것인가 하는 문제에 대해 제법 현명하고 자세하게 고찰했습니다.

이윽고 가긴은 오늘은 기분이 내키지 않는다고 생각했는지 나하고 나란히 누워 버렸습니다. 그러자 우리들의 젊음에 찬 이야기는 걷잡을 수 없이 흘러나와서, 혹은 열렬하게, 혹은 생각에 잠겨, 혹은 감격에 넘쳐 많은 이야기를 주고받았습니다. 그러나 거의 처음부터 끝까지 애매한 이야기뿐이었습니다. 러시아 사람은 이런 종류의 이야기에 곧잘 웅변을 토하는 법입니다. 배가 꺼지도록 지껄이고 나서, 마치 무슨 일이라도 한듯한 만족감을 느끼면서 우리는 집으로 돌아왔습니다. 돌아와 보니,

아샤는 우리들이 떠날 때와 마찬가지였습니다. 아무리 애써서 살펴보아도 애교스러운 기색도 없거니와, 일부러 그러는 것 같은 눈치도 없었습니다. 이번만은 부자연스럽다고 핀잔을 줄 수도 없었습니다.

"아하!"하고 가긴이 말했습니다.

"정진과 참회를 하려고 결심한 거로군요."

저녁때가 되자, 아샤는 참을 수 없다는 듯 여러 번 하품을 하고는 일찍 자기 방으로 가 버렸습니다. 나는 이내 가긴과 작별 인사를 나누고 집으로 돌아왔습니다만, 이제는 이미 아무것도 공상하지 않았습니다. 이날 하루는 건전한 기분으로 지냈습니다. 그러나 지금도 잊혀지지 않습니다만, 자리에 누우려 하면서 나는 문득 이런 말을 했습니다.

"정말 카멜레온 같은 여자다!"

그리고 잠깐 생각한 후 이렇게 덧붙였습니다.

"그러나 어쨌든 아샤는 그의 동생이 아니야."

6

만 2주일이 지났습니다. 나는 매일같이 가긴의 집을 방문했습니다. 아샤는 나를 피하는 듯한 눈치였으며, 우리들이 처음 알게 된 며칠 동안에 그토록 나를 놀라게 하던 나쁜 장난도 다시는 반복되지 않았습니다. 보건대 마음 속에 무슨 슬픈 일이나, 그렇지 않으면 어떤 난처한 일이라도 간직하고 있는 듯한 느낌이었습니다. 그녀는 그 전같이 잘 웃지도 않았습니다. 나는 호기심을 가지고 그녀의 모습을 관찰했습니다.

아샤는 프랑스 어와 영어를 제법 유창하게 했습니다만, 여러 점으로 봐서 어릴 때부터 여자의 손에 자라지 않았으며, 가긴하고도 조금도 공통점이 없는 기묘하고 특수한 교육을 받았다는 것을 알 수 있었습니다.

가긴은 반 다이크식 모자와 블르자를 걸치고 있었음에도 불구하고 그 몸 전체에서 부드럽고 연약한 대 러시아의 귀족 같은 분위기를 풍기고 있었는데, 아샤는 조금도 숙녀 같은 기분이 나지 않았습니다. 모든 동작에서 무엇인지 불안스러운 느낌을 주었습니다. 이 야생의 나무는 바로 조금 전에 접목되었을 뿐으로, 술로 치면 아직 발효중에 있다고 하겠습니다. 천성이 수줍음을 타고난 겁쟁이인데다가 그녀는 자신의 수줍음에 화를 내고, 화가 치민 나머지 억지로 무례하고 대담한 태도를 취하려 했지만, 그것이 언제나 잘 되는 것은 아니었습니다. 나는 여러 번 아샤에게 그녀가 러시아에 있을 때의 생활이며, 그녀의 지난 일에 대해서 물어보았으나, 아샤는 내 질문에 대답하기를 꺼리는 눈치였습니다. 하지만 외국으로 떠나기 전까지 오랫동안 시골에 살고 있었다는 것만은 알아 냈습니다. 한번은 그녀가 혼자 책을 읽고 있는 것을 보았습니다. 그녀는 머리에 두 손을 얹고, 손가락을 머리카락 깊숙이 집어넣은 채 열심히 읽어내려가고 있었습니다.

"브라보!" 나는 그녀 곁으로 다가서며 말했습니다.

"매우 열심이군요."

그녀는 머리를 들고 엄숙하고 교만한 눈으로 나를 바라보았습니다.

"당신은 제가 웃는 것밖엔 아무것도 못하리라고 생각하시나요?" 하고 그녀는 일어나서 나가려고 했습니다.

나는 얼른 책 제목을 보았습니다. 그것은 어떤 프랑스 소설이었습니다.

"그렇지만 당신의 책 선택에는 찬성할 수가 없군요." 하고 나는 말했습니다.

"그럼 무엇을 읽어야 하나요!"

하고 외치고는 그녀는 책을 탁자 위에 내동댕이치며 덧붙였습니다.

"그렇다면 밖에 나가 장난을 치는 편이 낫겠군요."

그녀는 뜰로 뛰어나갔습니다.

그날 밤, 나는 가긴에게 《헤르만과 도로테아》를 읽어 주었습니다. 아샤는 처음엔 줄곧 우리 옆을 왔다갔다하고 있더니만, 문득 발을 멈추고 귀를 기울이더니 살며시 내 옆에 앉아서 끝까지 낭독을 들었습니다.

이튿날, 나는 또다시 그녀를 알 수가 없었습니다. 그러나 곧 머리에 떠올랐습니다. 그녀는 도로테아처럼 엄숙하고 침착한 여자가 되어 보겠다고 생각했던 것입니다. 요컨대 그녀는 내 눈에 반쯤 수수께끼와도 같은 존재로 나타난 셈입니다. 말할 수 없이 강한 그녀의 자존심이 내 마음을 끌었습니다. 내게 화를 내고 있을 때조차도 그랬습니다. 그런데 한 가지 더 확신을 굳게 해 주는 것이 있었습니다. 다름이 아니라, 그녀가 가긴의 동생이 아니라는 것입니다. 가긴이 아샤를 대하는 태도는 오누이 같지 않았습니다. 너무나 상냥하고 너무나 관대한데다가 약간 부자연스러운 면까지 있었습니다.

그러던 중, 어느 기묘한 기회가 내 의혹을 풀어 주었습니다.

어느 날 밤 가긴이 살고 있는 포도밭으로 다가갔을 때, 나는 사립문이 잠겨 있는 것을 발견했습니다. 별다른 생각도 없이 나는 그 전에 이미 보아 두었던 부서진 울타리로 가서 훌쩍 뛰어넘었습니다. 거기서 멀지 않은 오솔길 옆에 아카시아로 만든 자그마한 정자가 있었습니다. 내가 그곳까지 가서 거의 지나치려 할 때…… 갑자기 아샤의 목소리가 들려 왔습니다. 울먹이는 듯한 흥분한 어조로 이렇게 말하고 있었습니다.

　"아니, 당신 이외에는 아무도 사랑하고 싶지 않아요. 아니에요, 아니에요. 당신 혼자만을 사랑하고 싶어요. 언제까지나……"

　"됐어, 아샤, 진정해."하고 가긴은 말하는 것이었습니다.

　"너도 알고 있겠지, 내가 너를 믿는다는 것을."

　두 사람의 목소리는 정자 안에서 들려오고 있었습니다. 성글게 뒤엉켜 있는 나뭇가지 사이를 통해서 나는 두 사람의 모습을 보았습니다. 그러나 그들은 나를 알아보지 못했습니다.

　"당신, 당신 혼자만을."

　아샤는 되풀이하면서 가긴의 목에 달려들어 경련적으로 흐느끼며 키스를 하고, 그의 가슴으로 파고들었습니다.

　"됐어, 됐어."

하고 가긴은 그녀의 머리칼을 살며시 어루만지며 되풀이했습니다.

　잠시 동안 나는 꼼짝도 하지 않고 서 있었습니다만…… 불현듯 정신이 들었습니다. 그들한테로 가 볼까?……아니, 무엇 때문에 하는 생각이 머리를 스쳤습니다. 나는 재빨리 울타리로 걸어와서는 단번에 뛰어넘어 한길로 나와서, 거의 뛰다시피하여 집으로 돌아왔습니다. 나는 혼자 미소짓기도 하고 손을 비비기도 하면서 별안간 내 상상을 확신시켜 준 우연이라는 것에 놀랐습니다(나는 한시도 그들의 진심을 의심해 본 적은 없습니다). 그러나 어쨌든 내 가슴 속은 몹시 쓰렸습니다. 그런데 하고 나는 생각했습니다. 그 두 사람이 그렇게 가장(假裝)할 수 있다니! 그러나 무엇 때문일까? 어째서 내 눈을 속이려고 할까? 가긴이 그런 일을 하리라곤 생각지도 못했는데…… 그리고 그녀를 믿는다는 말은?

7

　나는 제대로 잠을 이룰 수가 없었으므로, 이튿날 아침엔 일찍이 일어나 등에 배낭을 짊어지고, 주인 아주머니한테는 오늘밤 기다리지 말아 달라는 부탁을 남긴 다음, Z 거리에 흐르고 있는 강 상류로 올라가 산을 향해 걸었습니다. 이 산은 개의 잔등이라고 불리는 산맥의 줄기로, 지질학적으로 매우 재미있는 곳이었습니다. 특히 규칙적인 순수한 현무암층은 볼 만했습니다. 그렇지만 나는 지질학을 관찰하고 있을 수 있는 마음이 아니었습니다. 나는 내 마음 속에 무슨 일이 일어나고 있는지조차 알 수 없었습니다. 다만 한 가지, 가긴을 만나고 싶지 않다는 감정만은 분명했습니다. 갑자기 그 오누이를 싫어하게 된 유일한 원인은 그들의 교활함 때문이라고 나는 확신했습니다. 도대체 무엇 때문에 오누이들처럼 행세하려는 걸까? 그렇지만 나는 될 수 있는 한 그들의 일을 생각지 않기로 했습니다. 천천히 산이며 골짜기를 돌아다니다가는 시골 음식점에서 쉬면서, 주인이나 손님들과 정답게 이야기를 주고받기도 하고, 평평하고 따스한 바위 위에 누워서 구름이 흘러가는 것을 멍청히 바라보기도 했습니다.

　다행히 좋은 날씨가 계속돼 주었습니다. 이런 상태에서 사흘을 지내보았습니다만, 그다지 나쁜 기분은 아니었습니다.── 가끔 마음이 쓰릴 때가 있기는 했지만, 어쨌든 이 지방의 고요한 자연에 알맞는 심정이 되어 있었습니다.

　나는 고요한 마음으로 우연의 장난과 눈앞에 어른거리는 인상에 온몸을 내맡겼습니다. 그들은 천천히 변하면서 내 마음 속을 흘러내리고, 나중에는 하나의 공통적인 감정을 남기는 것이었습니다. 그 감정이란 내가 이 사흘 동안에 보고 듣고 느낀 모든 것—— 숲 속에서 풍기는 미묘한 송진 냄새와 딱따구리가 나무 쪼는 소리며, 우는 소리, 모래 깔린 바다에 오가는 알록달록한 송어를 비춰 주는 맑은 냇물의 끊임없는 조잘거림, 그다지 뛰어나지 않은 산과 산의 윤곽, 험상궂은 바위, 성스러운 느낌을 주는 낡은 교회며, 나무들이 우거진 아담한 마을, 풀밭에 내려앉은 황새, 물레방아가 재빨리 돌아가는 아늑한 제분소, 마을 사람들의 순박한 얼굴, 그들이 입고 있는 파란 재킷이며 회색 양말, 피둥피둥 살찐 말, 때로는 소에게 매달려 삐걱거리며 느릿느릿 끌려가는 손수레, 사과나무와 배나무를 심은 깨끗한 한길을 걸어가는, 머리가 덥수룩한 젊은 방랑객…… 이와 같은 모든 것이 융합되었습니다.

지금도 그때의 인상을 회상하면 마음이 즐거워집니다. 단순한 만족에 살며, 일은 빠르지 않아도 가는 곳마다 끈기있고 부지런한 흔적을 엿볼 수 있는 독일 땅의 소박한 한구석, 나는 여기에 작별 인사를 고했습니다.—— 잘 있거라. 평화로운 마을이여 !

사흘째로 접어든 저녁녘에 나는 집으로 돌아왔습니다. 미처 말씀드리지 못했습니다만, 나는 가긴 오누이에게 화가 난 나머지 그 무정한 미망인의 모습을 떠올려 보려고 애를 썼으나 그 노력도 허사였습니다. 지금도 기억하고 있습니다만, 한번은 그 미망인의 일을 생각하리라 마음 먹고 있으려니, 얼굴이 동그스름한 다섯 살 가량의 시골 계집애가 천진난만한 눈을 커다랗게 뜨고 내 앞에 서 있는 것이었습니다.

그 애는 어린애다운 순진한 눈으로 나를 바라보고 있었는데, 나는 그 애의 깨끗한 눈초리를 받고 부끄러운 마음이 앞섰습니다. 그 애 앞에서는 거짓말을 하고 싶지 않았기 때문에, 나는 곧 예전의 미망인과 깨끗이, 영원히 이별을 고하고 말았던 것입니다.

집에 돌아와 보니 가긴의 편지가 놓여 있었습니다. 그는 급작스러운 내 생각에 놀랐다며, 어째서 자기를 데리고 가지 않았느냐고 핀잔을 하고, 돌아오는 대로 곧 자기들에게 와 달라고 씌어 있었습니다. 나는 언짢은 기분으로 이 편지를 읽었습니다만, 그러나 그 이튿날엔 이미 L 거리로 향하고 있었습니다.

8

가긴은 자못 정답게 나를 맞이하면서 상냥하게 핀잔을 퍼부었습니다. 그러나 아샤는 나를 보자 아무런 이유도 없이 깔깔거리고는 그 전처럼 황급히 도망가 버렸습니다. 가긴은 어쩔 줄을 몰라하며 아샤가 나간 뒤에, 그 아이는 미치광이라고 중얼거리면서 나에게 용서를 빌었습니다. 솔직히 말씀드려서 나는 아샤가 몹시 기분에 거슬렸습니다. 이미 그렇지 않아도 기분이 언짢은데다 또다시 부자연스럽게 웃어대며 이상한 행동을 하니 말입니다. 하지만 나는 아무렇지도 않은 듯한 표정을 하고, 내 짧은 여행을 상세히 가긴에게 말했습니다. 가긴은 내가 없었을 때 한 일을 들려 주었습니다. 그렇지만 우리들의 이야기는 서먹서먹했습니다. 아샤는 방 안에 들어왔다가는 다시 밖으로 뛰어나갔습니다. 이윽고 나는 급한 일이 있어 집으로 돌아가겠다고 말했습니다. 가긴은 처음엔 말리려고 했지만, 물끄러미 나를 바라보고는 바래다 주겠다고 말했습니다. 현관까지 나오니 갑자기 아샤가 내 옆으로 다가와서 내게 손을 내밀었습니다.

나는 살며시 그녀의 손을 잡고 약간 머리를 숙였습니다. 내가 가긴과 함께 라인 강을 건너서 마돈나의 조상이 있는, 내가 좋아하는 오리나무 옆을 지나가려 할 때, 우리 두 사람은 경치를 바라보기 위해서 벤치에 앉았습니다. 이때 우리 사이엔 기묘한 애기들이 오고갔습니다.

처음 우리는 몇 마디 애기를 나누다가, 반짝거리는 강을 바라보며 입을 다물고 말았습니다.

"그런데."

가긴은 상냥하게 미소를 띠며 말하기 시작했습니다.

"당신은 아샤를 어떻게 생각하십니까? 틀림없이 이상한 여자라고 생각하실 테죠?"

"그렇습니다."

나는 약간 의아심을 느끼면서 대답했습니다. 가긴이 먼저 아샤의 일을 말하리라곤 꿈에도 생각지 못했기 때문입니다.

"그 애를 비평하시려면 먼저 그 애의 됨됨이를 알아야 합니다."
하고 가긴은 말했습니다.

"그 애는 마음씨는 무척 곱습니다만, 너무 머리가 영리해서 도무지 다룰 수가 없습니다. 그렇다고 그 앨 욕할 수도 없고요. 당신도 만일 그 애의 과거를 아신다면……"

"그 애의 과거라니요?"하고 나는 말을 가로챘습니다.

"그렇다면 아샤는 당신의 동생이 아니란 말씀인가요?"

"아니, 당신은 그 애가 제 동생이 아니라고 생각하십니까?…… 천만에요."

그는 나의 당황한 모습에는 주의를 돌리지도 않고 말을 이었습니다.

"그 애는 제 동생입니다. 제 아버지의 딸이지요. 자, 들어 보십시오. 나는 당신을 믿고 있기 때문에 모든 것을 털어놓겠습니다."

저의 아버지는 매우 선량하고 현명하고 교양 있는 분이었지만, 행복하진 못했습니다. 운명이란 것이 다른 사람들에게보다 유달리 아버지에게만 가혹하게 부딪쳤던 것은 아닙니다. 그러나 아버지는 운명의 첫 타격을 견뎌 낼 수가 없었습니다. 아버지는 젊을 때 연애 결혼을 했는데, 그의 아내, 즉 제 어머니는 아주 빨리 세상을 떠났습니다. 제가 세상에 태어난 지 6개월 되던 때입니다. 아버지는 저를 데리고 시골로 가서 만 12년 동안 줄곧 시골에서만 살았습니다. 아버지가 손수 저를 교육시키셨는데, 만일 이때 아버지의 형인 제 삼촌이 시골 집으로 오지 않았던들 저는 아버지하고 헤어지지 않았을지도 모릅니다. 그 삼촌은 언제나 페테르부르그에서 사셨고 지위도 꽤 높았습니다. 삼촌은 저를 맡아 기르겠다고 아버지를 설득시켰습니다. 그것은 아버지가 아무리 말해도 시골을 떠나는 데 동의하지 않았기 때문입니다. 삼촌은 아버지에게 내 나이 또래의 소년이 이러한 고독 속에 산다는 것은 좋지 않다고 말했습니다.

그리고 아버지와 같이 언제나 우울하고 말이 없는 선생에게 붙어 있으면 필경 같은 나이의 아이들보다 뒤떨어질 것은 당연한 일이고, 게다가 아이의 성질마저 나빠질지도 모른다고 말했습니다. 아버지는 오랫동안 삼촌의 권고에 찬성하지 않았습니다만, 결국에는 양보하고 말았습니다.

저는 아버지와 헤어질 때 목놓아 울었습니다. 한 번도 아버지의 얼굴에서 미소라는 걸 찾아보지도 못했습니다만, 그래도 저는 아버지가 좋았습니다.…… 그러나 페테르부르그로 나오고 보니 어두컴컴하고 쓸쓸했던 보금자리는 곧 잊혀지고 말았습니다. 저는 사관 학교에 입학했고, 거기서 근위 연대로 들어갔습니다. 저는 해마다 몇 주일씩 시골로 돌아가곤 했습니다. 그 때마다 아버지는 차츰 더 우울하고 심각해져서 겁에 질린 사람처럼 시름에 잠겨 있었습니다. 아버지는 매일같이 교회에 다니셨는데, 말하는 것조차 잊어버린 것 같았습니다. 언젠가 집으로 돌아갔을 때—— 이미 스무 살이 지났을 때입니다.—— 열 살 가량의 여위고 눈이 까만 계집애, 즉 아샤가 집에 있는 것을 처음으로 봤습니다. 아버지의 말에 의하면, 고아이기 때문에 우리가 맡아 기르기로 했다는 것이었습니다. 정말 아버지는 그렇게 말씀하셨습니다. 전 그 애에게 특별한 주의를 기울이진 않았습니다. 그 애는 짐승새끼처럼 사람을 싫어했으며, 민첩하고 말이 없었습니다. 제가 아버지가 사랑하는 음침하고 커다란 방으로 들어가면—— 어머니가 돌아가신 방으로, 낮에도 촛불이 켜져 있었습니다.—— 그 애는 금방 아버지의 볼리체르식 안락의자 밑이 아니면 책상 뒤에 숨어 버리고 말았습니다. 그로부터 3, 4년간, 저는 근무상의 사정으로 시골에 돌아가지 못했습니다. 아버지한테서는 매달 짤막한 편지를 한 장씩 받고 있었습니다. 그러나 아샤의 이야기를 쓰는 일은 드물었고, 쓴다 해도 간단히 몇 마디 적혀 있을 뿐이었습니다. 아버지는 벌써 오십 고개를 넘었습니다만 그래도 아직 젊은 사람같이 건강했습니다. 그런데 제 놀라움을 상상해 보십시오. 별안간 아무것도 모르고 있던 저는 관리인한테서 편지를 받았는데, 거기에는 아버지가 위독하니 마지막 이별을 고하고 싶으면 빨리 돌아와 달라는 사연이 적혀 있었습니다. 저는 부랴부랴 달려가서 살아 계신 아버지를 만나볼 수 있었습니다만, 이미 마지막 숨을 거두려는 찰나였습니다. 아버지는 무척이나 기뻐하시며 그 여윈 손으로 저를 끌어안고 무엇인가를 살피는 듯한, 용서를 비는 듯한 눈초리로 한참 동안 제 얼굴을 바라보고 계셨습니다. 그리고 반드시 임종 때의 부탁을 실행하겠다는 맹세를 제게서 받고 나서야, 아버지는 늙은 하인에게 아샤를 데려오라고 했습니다. 아샤는 간신히 서있을 정도로 온몸을 오들오들 떨고 있었습니다.

"자." 아버지는 간신히 입을 열었습니다.

"내 딸을, 네 동생을 너에게 맡긴다. 모든 일은 이 야코프에게 물으면 알 수 있을 거다."

하고 아버지는 하인을 가리켰습니다.

아샤는 목놓아 울면서 침대머리에 얼굴을 파묻었습니다…… 아버지는 반 시간 후에 운명하시고 말았습니다.

그후 저는 아샤의 사연을 알았습니다. 아샤는 제 아버지와 예전에 어머니의 몸종이었던 타치야나 사이에 태어난 딸이었습니다. 저는 그 타치야나를 지금도 생생히 기억하고 있습니다. 그 날씬하고 균형잡힌 모습이며, 품위있고 날카롭고 영리한 얼굴이며, 그 커다란 눈 등을. 그녀는 가까이할 수 없는 거만한 처녀였습니다. 송구스러운 표정으로 말 끝을 흐리며 말하는 야코프 노인의 이야기로 추측하건대, 어머니가 돌아가신 몇 년 후에 타치야나와 관계를 맺은 것 같았습니다.

그때 타치야나는 이미 주인댁에 있지 않고 가축들을 돌보는 시집 간 언니집에 가 있었습니다. 아버지는 타치야나를 몹시 사랑해서 제가 시골에서 나와 버린 다음 결혼까지 하려고 원했습니다만, 그녀는 아버지의 간청에도 불구하고 아버지의 아내가 되는 것을 반대했다고 합니다.

"돌아가신 타치야나 바실리예프나는."

하고 야코프 노인은 뒷짐을 지고 문 옆에 서서 말했습니다.

"만사에 분별 있는 분으로, 아버님에게 수치가 되는 일을 원하지 않으셨습니다. '제가 어떻게 당신의 아내가 된단 말이에요? 어떻게 귀부인 행세를 할 수 있어요?' 하고 말씀하셨습니다. 제 앞에서 말입니다."

타치야나는 저택으로 이사 오는 것까지 원하지 않아서 아샤와 함께 언니집에서 살고 있었습니다. 저는 어릴 때 가끔 타치야나를 보곤 했는데, 일요일마다 교회에서나 볼 뿐이었습니다. 그녀는 까만 수건으로 머리를 동여매고, 노란 숄을 어깨에 걸치고서 사람들 틈에 끼어 창가에서 있었으며, 그녀의 단정한 옆모습이 투명해 보이는 유리창에 뚜렷이 떠올라 있었습니다. 그녀는 옛날식으로 깊숙이 허리를 굽히며 공손하고 엄숙하게 기도를 올리고 있었습니다. 삼촌께서 저를 데리고 가시던 해 아샤는 겨우 두 살이었으며, 그녀는 아홉 살 되던 해 어머니를 여의었습니다.

타치야나가 세상을 떠나자, 아버지는 아샤를 저택으로 데려오셨습니다. 아버지는 그 전부터 그 애를 자신의 슬하로 데려오고 싶어하셨지만 타치야나는 그것마저 거절했던 것입니다. 아샤가 처음으로 저택에 오게 되었을 때, 그 애 마음에 어떤 변화가 일어났겠는가는 상상에 맡기겠습니다. 그 애는 처음으로 비단옷을 입고, 모든 사람한테서 조그마한 손에 키스받던 일을 지금도 잊어버릴 수가 없을 것입니다. 타치야나가 살아있을 적엔 매우 엄하게 자랐지만, 아버지한테 오고 나서는 완전히 자유로운 몸이 됐으니까요. 아버지는 그 애의 선생이었고, 그 밖에 다른 사람이라곤 보지도 못했습니다. 아버지가 그 애를 애지중지 귀여워했던 것은 아닙니다. 즉, 그 애에게 특별히 관심을 두진 않았으나 무척 사랑하고 있어서, 그 애가 하는 짓이라면 하나도 말리지 않았습니다. 그것은 마음 속에 그 애에 대한 미안한 생각이 깃들어 있었기 때문입니다.
얼마 안 있어 아샤는 자기가 이 집 주인이라는 것을 알게 되었고, 아버
지가 주인 나리라는 것도 알았습니다만, 자기의 위치가 떳떳하지 못하
다는 것도 이내 깨닫게 되었습니다. 그 애 마음 속엔 자만심과 의혹심
도 많이 자라났습니다. 나쁜 습관이 몸에 배게 되고, 단순함을 잃고 말
았습니다. 아샤는 온 세상 사람들에게 자기의 출신을 잊어버리게 하고
싶었습니다.—— 그 애 자신이 어느 날 제게 그것을 고백했습니다. 자
기 어머니를 부끄럽게 생각하는 동시에, 그 부끄러움을 수치스럽게 여
기다가 결국 어머니를 자랑하게 되었다고 말입니다. 당신도 보다시피
그 애는 많은 것을 알고 있습니다. 그 애 나이로선 알아서 안 될 것까
지도 말입니다. 그렇지만 그것이 과연 그 애의 잘못일까요? 청춘의 힘
이 그 애의 몸 속에서 용솟음치고 피가 끓고 있는데, 그 애를 올바른
방향으로 지도해 줄 이가 한 사람도 없으니 말입니다. 완전히 자유가
주어졌지만, 그것을 지고 나간다는 것이 과연 쉬운 일이겠습니까? 그
애는 다른 처녀들한테 지지 않으려고 책에 달라붙었습니다. 이런 것으
로 좋은 결과가 나올 수 있겠습니까? 변태적으로 시작된 생활은 역시
변태적으로 굳어지고 말았지만, 그러나 마음만은 나빠지지 않았고 두뇌
도 그대로 무사했습니다.

자, 그래서 스무 살밖에 안된 제가 열세 살 된 계집애를 길러 나가게
된 것입니다! 아버지가 돌아가신 후 몇 달 동안은 제 목소리를 듣기만
해도 그 애는 열을 내곤 했습니다. 제가 귀여워해 주면 그 애는 수심에
잠겼었습니다만, 간신히 조금씩 조금씩 그 애도 저를 따르게 됐습니다.
사실 그후 제가 그 애를 친동생으로 여기고 친동생처럼 사랑한다는 것
을 깨닫자, 그 애는 열렬하게 저를 사랑하게 되었습니다. 그 애의 감정

에는 무엇이든 미적지근한 것이 없으니까요.

저는 그 애를 데리고 페테르부르그로 나왔습니다. 그 애하고 헤어진다는 것이 몹시도 고통스러웠지만, 아무래도 그 애하고 같이 살 수는 없었습니다. 저는 그 애를 가장 좋은 기숙사에 넣었습니다. 아샤도 어쨌든 헤어져야 한다는 것을 알고는 있었으나, 그 때부터 앓기 시작해서 하마터면 생명이 위태로웠을 정도였습니다. 이윽고 그 애는 차츰차츰 익숙해져 그 기숙사에서 4년 동안을 지냈습니다. 그런데 제 기대와는 반대로, 아샤는 그 전과 달라진 데가 없었습니다. 사감은 자주 아샤에 대해 불평을 늘어놓았습니다.

"그 애는 벌을 줄 수도 없고."하고 사감은 말하는 것이었습니다.

"귀여워해도 말을 듣질 않으니……"

아샤는 비상한 이해력을 가지고 있었고, 공부도 잘하여 학급에서 1등이었습니다. 그러나 절대로 일반 수준에 가까워지려 하지 않고 고집만 부리면서 늘 새침한 얼굴을 하고 있었습니다.…… 저도 너무 그 애를 책망할 수는 없었습니다. 그 애 입장에서는 누구의 종노릇을 하든지 사람을 피하는 것 말고는 달리 방법이 없었으니까요. 많은 친구들 가운데에서도 아샤하고 친한 아이는 얼굴이 못생기고 남한테서 놀림을 받는 가난한 처녀 하나뿐이었습니다.

아샤와 같이 배운 나머지 처녀들은 대개 좋은 집안 출신이었는데, 모두 그 애를 싫어해서 기회 있는 대로 독설을 퍼붓고 놀려댔습니다. 그렇지만 아샤는 조금도 양보하지 않았습니다. 어느 날 신학(神學) 시간에 선생이 악덕이라는 말을 끄집어 냈을 때, "추종과 비겁은 가장 나쁜 악덕입니다."하고 아샤는 커다란 소리로 말했습니다. 한 마디로 말해 그 애는 그 전의 그 길을 계속해서 걸어가고 있었던 것입니다. 한 가지 태도만은 좋아졌습니다. 그렇다고 해서 그 밖의 점에서도 커다란 진보를 했던 것은 아닙니다.

드디어 그 애는 만 17세가 되었습니다. 더 이상 기숙사에 남아 있을 수도 없었으므로 저는 무척 곤란했습니다. 그런데 문득 좋은 생각이 떠올랐습니다. 즉, 퇴직을 하고 1, 2년 동안 아샤와 함께 외국 여행을 떠나는 것이었습니다. 그 생각대로 실행되어 지금 우리는 라인 강변에 머무르며 저는 애써 그림 공부를 하고 있고, 그 애는…… 변함없이 장난을 치며 기묘한 행동으로 소일하고 있는 것입니다. 이젠 당신도 심하게 그 애를 비평하지 않으리라고 믿습니다. 그 애는 아무것도 무서울 게 없는듯 꾸며 보이고 있습니다만, 모든 사람의 의견, 특히 당신의 의견을 존중하고 있습니다.

이렇게 말을 맺으며 가긴은 얼굴에 상냥한 미소를 띠었습니다.

나는 가긴의 손을 꼭 잡았습니다.

"이게 전부입니다."하고 가긴은 다시 말하기 시작했습니다.

"그런데 그 애 때문에 야단났습니다. 정말 화약 같은 아이이니 말입니다. 지금까지는 어느 누구도 좋아하는 사람이 없었지만, 만일 누구든지 사랑하게 된다면 큰일입니다. 저는 이따금씩 그 애를 어떻게 하면 좋을지 모를 때가 있습니다. 요전만 해도 무엇을 생각했는지, 그 애는 갑자기 오빠는 내게 전보다 냉정해지셨지만 나는 오빠만을 사랑하고 일생 동안 오빠 한 사람만 사랑하겠다고 맹세를 했지요. 게다가 그렇게 말하면서 울음을 터뜨리는 것이었습니다……"

"거참……"하고 나는 말하려 했으나 혀를 깨물며 참았습니다.

"그런데 말입니다."하고 나는 가긴에게 물어 보았습니다.

"이왕 허물없는 사이가 됐으니 물어 보겠습니다만, 아샤가 지금까지 아무도 좋아하지 않았다는 건 사실인가요? 페테르부르그에선 많은 청년들을 보았을 텐데요."

"그 애 마음에 드는 청년이 거의 없었습니다. 아니, 아샤가 바라고 있는 건 영웅이든가 특수한 사람, 그렇지 않으면 그림 속에 나오는 산골짜기의 목인(牧人) 같은 사람일 것입니다. 그런데 당신을 붙들어 놓고 너무 많이 지껄인 것 같군요."

하고 가긴은 자리에서 일어나며 말했습니다.

"저, 당신 댁으로 돌아갑시다. 저도 집으로 가기는 싫군요."

하고 나는 말했습니다.

"그럼, 당신 일은?"

나는 아무 대답도 하지 않았습니다. 가긴은 빙그레 정다운 미소를 지었습니다. 이윽고 우리는 L 거리로 되돌아왔습니다. 낯익은 포도밭과 산마루에 서 있는 하얀 집을 보고 나는 어떤 달콤한 감정을 느꼈습니다. 마치 가슴 속에 살며시 꿀이라도 부어 넣은 듯한 감미로운 느낌이 있었습니다. 가긴의 말을 듣고 나는 가슴 속이 후련해졌던 것입니다.

9

아샤는 문 앞에서 우리를 맞아 주었습니다. 나는 이번에도 간드러지게 아샤가 웃어대리라고 기대하고 있었는데, 뜻밖에도 창백한 얼굴로 말없이 눈을 내리깔고 나왔습니다.

"자, 또 왔다."하고 가긴은 말했습니다.

"N씨 쪽에서 먼저 돌아가자고 하길래……"

아샤는 의아스러운 눈초리로 나를 바라보았습니다. 나는 아샤에게 손을 내밀고, 이번에는 그녀의 차가운 손을 꼭 쥐어 주었습니다. 나는 아샤가 가엾어졌습니다. 그 전에 나를 당황케 하던 여러 가지 일을——마음 속의 불안이며, 버릇없는 행동이며, 점잖아지려는 경향을 지금에 와선 똑똑히 알았기 때문입니다. 나는 이 처녀의 마음 속을 들여다볼 수 있었습니다. 남 모르는 마음의 압박이 끊임없이 그녀의 가슴을 짓눌러서 경험 없는 자존심이 불안스럽게 뒤엉키고 꿈틀거리고 있었습니다만, 그녀는 전체적으로 봐서 진실을 찾으려 애쓰고 있었습니다. 이 기묘한 처녀에게 어째서 마음이 끌리고 있었는지 나는 그제야 겨우 알 수 있었습니다. 그녀의 날씬한 몸 전체에 흐르고 있는 반야성적인 아름다움, 단지 그것만이 나를 끌어당긴 것은 아니었습니다. 나는 그녀의 넋이 마음에 들었던 것입니다.

가긴은 자기의 스케치를 들추기 시작했습니다. 나는 아샤에게 포도밭을 산책하자고 권했습니다. 그녀는 즐거운 표정으로, 이 말을 기다리기라도 한 듯 쾌히 승낙해 주었습니다. 우리는 산중턱까지 내려가서 평평한 돌 위에 앉았습니다.

"당신은 여행하는 동안 우리들이 없어서 적적하시지 않았어요?"

아샤가 말문을 열었습니다.

"그럼, 당신은 제가 없어서 적적했습니까?"

하고 나는 물었습니다.

아샤는 곁눈질로 나를 보며 대답했습니다.

"그럼요. 그런데 산은 좋았나요?" 그리고는 곧 덧붙였습니다.

"높은 산인가요? 구름보다 높았어요? 보신 것을 이야기해 주세요.

오빠한텐 말씀하셨지만, 저는 아무 말도 듣지 못했으니까요.”
　“그건 당신이 마음대로 밖으로 나가 버렸으니까 그렇죠.”
하고 나는 말했습니다.
　“제가 나간 것은……그건……그렇지만 이젠 보시는 것처럼 아무 데
도 안 나갈 거예요.”
　그녀는 확실하고도 상냥한 어조로 말했습니다.
　“당신은 오늘 성화가 나셨지요?”
　“제가요?”
　“네.”
　“어째서요, 그렇지 않은데요……”
　“모르겠어요. 하지만 당신은 오늘 기분이 좋지 않았어요. 그래서 화
난 채로 돌아가셨잖아요! 당신이 그렇게 돌아가셨기 때문에 저는 몹시
기분이 언짢았어요. 그래도 돌아와 주셨으니 정말 기뻐요.”
　“저도 돌아온 것을 기쁘게 생각합니다.”
하고 나는 말했습니다.
　아샤는 어린애들이 기분 좋을 때 하는 버릇처럼 어깨를 으쓱해 보였
습니다.
　“그런데요, 전 사람의 마음을 추측할 줄 안답니다.”
하고 그녀는 말을 이었습니다.
　“그 전에도 다른 방에서 들려오는 아버지의 기침 소리를 듣고, 아버
지가 저를 만족스럽게 여기는지 아닌지를 알 수 있었거든요.”
　그 때까지 아샤는 아버지에 대해서 말한 적이 한 번도 없었으므로,
나는 적이 놀랐습니다
　“당신은 아버지를 좋아하셨나요?”

하고 나는 물었습니다만, 갑자기 얼굴이 달아올라서 가슴이 두근거릴 정도였습니다.

아샤는 아무 대답도 하지 않고 역시 얼굴을 붉혔습니다. 우리 두 사람은 서로 말이 없었습니다.

멀리 떨어진 라인 강 위를 기선 한 척이 연기를 뿜으며 달리고 있었습니다. 우리는 물끄러미 그것을 바라보았습니다.

"어째서 당신은 말씀을 안하시죠?"
하고 아샤는 소곤거렸습니다.

"어째서 당신은 오늘 저를 보고 웃으셨지요?"
하고 나는 되물었습니다.

"저도 잘 모르겠어요. 저는 때때로 울고 싶을 때 웃어대곤 해요. 하지만 당신은 저에게 핀잔을 주셔선 안 돼요. 제가 하는 일에 대해서 말에요. 아 참, 저 로렐라이 이야기는 어떠세요! 저기 보이는 것이 그 바위죠! 사람들이 말하는 바에 따르면, 로렐라이는 사람들을 물에 빠뜨리게 했지만, 어떤 사람을 사랑하게 되자 자기 스스로 몸을 던져 버렸다더군요. 저는 그 이야기가 마음에 들어요. 루이제 부인은 제게 여러 가지 얘기를 들려 준답니다. 루이제 부인의 집에는 노란 눈을 한 검은 고양이가 있어요……"

아샤는 머리를 들어 곱슬머리를 흔들며,
"아, 기분 좋아." 하고 말했습니다.

바로 그때 단조로운 음향이 띄엄띄엄 사이를 두고 들려왔습니다. 수백 명의 목소리가 일제히 규칙적인 간격을 두고서 찬송가를 반복하고 있는 것이었습니다. 순례자 무리가 십자가와 성기(聖旗)를 들고 한길을 내려가고 있었습니다.

"저 사람들과 함께 가고 싶어요."

차츰 멀어져 가는 노래 소리에 귀를 기울이며 아샤는 말했습니다.

"아니, 당신은 그렇게 마음이 깊은가요?"

"어딘지 멀리 가고만 싶어요. 기도를 드리며 고행을 하러."

그녀는 말을 이었습니다.

"그렇게라도 하지 않으면, 세월이 흘러서 인생이 다 가 버린 다음 우리가 할 일이 무엇이겠어요?"

"당신은 명예심이 강하군요."하고 나는 말했습니다.

"당신은 일생을 헛되이 보내고 싶어하지 않는 겁니다. 무엇인지 뒤에 남기고 싶어하니까요……"

"그럼 그것이 불가능하단 말씀이신가요?"

"불가능합니다." 나는 하마터면 이렇게 대답할 뻔했으나, 그녀의 밝은 눈을 보자 "해 보십시오."하고 말했을 뿐이었습니다.

"저." 아샤는 잠시 침묵에 잠겼다가 말을 이었습니다. 그 동안 창백해지기 시작한 그녀의 얼굴에 한 줄기 그림자가 스쳐 지나갔습니다.

"당신은 그 여자를 무척 좋아하시죠?……생각나세요, 우리들이 친하게 된 다음날, 오빠가 성터에서 그 분의 건강을 위하여 축배를 들던 일 말예요."

나는 웃었습니다.

"그건 오빠가 농담을 한 겁니다. 저는 어떤 여자건 좋아한 적이 없었습니다. 그리고 지금은 어떤 여자도 좋아하지 않습니다."

"당신은 여자의 어떤 점이 좋으세요?"

하고 아샤는 머리를 뒤로 젖히고 천진난만한 호기심을 얼굴에 떠올리면서 물었습니다.

"그건 이상한 질문인데요!"하고 나는 외쳤습니다.

아샤는 약간 당황하면서 말했습니다.

"그런 질문은 하는 것이 아니었군요, 그렇죠? 용서하세요. 전 무엇이든 생각나는 대로 말하는 버릇이 있어요. 그래서 전 말하는 것이 두렵답니다."

"부디 무엇이든 말해 주십시오. 두려워할 건 없습니다."
하고 나는 맞장구를 쳤습니다.

"이제야 비로소 당신도 저를 꺼리지 않게 되어서 몹시 기쁩니다."

아샤는 눈을 내리깔고 방긋이 웃었습니다. 그녀가 이렇게 웃는 것을 보기는 처음이었습니다.

"저, 얘기해 주세요."

아직도 오랫동안 그렇게 앉아 있으려는 듯이 그녀는 옷자락을 당겨 발을 감싸며 말을 이었습니다.

"말씀해 주세요. 그렇지 않으면 무엇이든 읊어 주세요. 저, 기억하고 계세요? 언젠가 〈예브게니 오네긴〉의 한 절을 읊어 주시던 일 말예요."

그녀는 갑자기 생각에 잠기더니

나의 불행한 어머니 무덤
지금은 어디 있는가
그 십자가와 나무 숲이여!

하고 나직한 목소리로 읊었습니다.

"푸슈킨 것은 그렇지 않습니다." 나는 주의를 주었습니다.

“전 타치야나가 되고 싶어요.”

하고 아샤는 여전히 생각에 잠겨 말을 이었습니다.

“무엇이든 들려 주세요.”

아샤는 쾌활한 어조로 덧붙였습니다.

그러나 나는 이야기하고 있을 기분이 아니었습니다. 다만 물끄러미 그녀를 바라볼 뿐이었습니다.── 맑은 햇빛을 가득히 안은 침착하고 부드러운 그녀의 모습을. 우리들의 주위도, 우리들의 위도 아래도── 하늘도 땅도 물도, 모든 것이 기쁨에 빛나고 있었습니다. 공기까지도 빛으로 가득 차 있는 것 같았습니다.

“보십시오, 얼마나 좋습니까!”

나는 나도 모르게 나직한 목소리로 말했습니다.

“참 좋군요!”

아샤는 나를 보지 않고 역시 나직한 목소리로 말했습니다.

“만일 우리가 새라면 하늘 높이 올라가 마음껏 날아다닐 수 있을 텐데…… 저 푸른 하늘 속으로 사라지고 말 텐데…… 그러나 우린 새가 아녜요.”

“그렇지만 우리에게도 날개가 돋을 수 있습니다.”

하고 나는 대답했습니다.

“어떻게요?”

“좀더 지나 보면 알 수 있을 겁니다. 하늘로 올라가는 듯한 느낌을 가질 때가 있을 테니까요. 근심하지 마십시오, 당신에게도 날개가 생길 테니까.”

“그럼, 당신은 날개를 가진 적이 있었나요?”

“어떻게 말해야 좋을까요…… 저도 아직까지 날아 보지는 못한 것

같습니다만.”

아샤는 또다시 깊은 생각에 잠겼습니다. 나는 살며시 아샤 쪽으로 몸을 기댔습니다.

그러자 아샤는,

“당신은 왈츠를 출 줄 아세요?”하고 물었습니다.

“네.” 나는 약간 당황한 표정으로 대답했습니다.

“그럼, 가세요, 가세요.…… 오빠에게 왈츠를 켜 달라고 부탁하겠어요. 우리 날개를 달고 하늘을 나는 듯한 기분이 돼 봐요.”

아샤는 집으로 달려갔습니다. 나도 그 뒤를 달려가서, 잠시 후 우리 두 사람은 좁다란 방 안에서 란데르 왈츠의 달콤한 멜로디에 맞춰 빙글빙글 돌고 있었습니다. 그녀는 훌륭하게, 그러나 정신없이 왈츠를 추었습니다. 갑자기 무엇인지 모를 부드러운 여성적인 느낌이 그녀의 처녀다운 단정한 용모 속에서 풍겨 나왔습니다. 그 후에도 오랫동안 내 손은 그녀의 몸의 부드러운 감촉을 느끼고, 가쁘게 새근거리는 그녀의 숨결은 귓전에서 떠날 줄을 몰랐습니다. 그리고 곱슬곱슬한 머리카락이 늘어뜨려진, 창백하긴 하지만 활기 있는 얼굴에 움직일 줄 모르는, 거의 감겨지다시피한 까만 눈이 그 후에도 오랫동안 눈앞에 어른거리는 것이었습니다.

10

이날 하루는 정말 유쾌하게 보냈습니다. 우리는 마치 어린아이들처럼 허물없이 놀았습니다. 아샤는 무척 귀엽고 순진했습니다. 가긴도 그녀의 모습을 보고 기뻐했습니다. 나는 밤 늦게 그 집을 나섰습니다. 라인 강 중간쯤까지 왔을 때, 나는 사공에게 배를 물결 가는 대로 내버려 두라고 부탁했습니다. 늙은 사공이 노를 걷어올리자, 배는 장엄한 강물을 따라 흘러내려갔습니다. 주위를 살피며 귀기울이고 생각에 잠겨 있노라니, 문득 마음에 까닭 모를 불안이 느껴졌습니다. 눈을 하늘로 돌렸습니다.—— 그러나 하늘에도 안정이란 것이 없었습니다. 사방에 별들이 가득해서 하늘 전체가 움직이며 떨고 있는 것 같았습니다. 강물로 몸을 굽히자 이번에는 여기에도, 캄캄하고 차디찬 심연 속에서도 역시 별들이 흔들리며 떨고 있었습니다. 불안스러운 기분이 곳곳에서 느껴졌습니다. 따라서 내 마음 속의 불안도 커져 갔습니다. 나는 뱃전에다 팔꿈치를 괴었습니다. 귀를 간지럽히는 바람의 속삭임과 배 후미를 씻어 주는 잔잔한 물소리가 내 마음을 들뜨게 했으며, 서늘한 강바람도 나를 진정시켜 주지는 못했습니다. 강변에서 꾀꼬리가 울기 시작했습니다만, 그 울음 소리마저 달콤한 독처럼 내 마음을 자극했습니다. 눈에서 눈물이 흘러내렸습니다. 그러나 이것은 무엇에 감격해서 흘리는 눈물은 아니었습니다. 그때 내가 느낀 것은 바로 조금 전까지 경험하고 있던, 모든 것을 포용하려 하는 그런 막연한 감각은 아니었습니다. 마음이 넓어지고, 가슴이 들먹이고, 모든 것을 이해하고, 모든 것을 사랑하는 듯한 기분 ……그럴 때 느끼는 기분과는 달랐습니다. 아니, 내 마음 속엔 행복의 갈망이 불타고 있었습니다. 나는 아직 그 행복이라는 이름을 꼬집어서 말할 순 없었습니다만—— 행복, 싫증이 날 정도의 행복—— 나는 바로 그것을 원하고 있었던 것입니다. 이것을 위해서 나는 고민했던 것입니다 ! ……배는 쉬지 않고 흘러내려가고, 늙은 사공은 노에 기대어 앉아 졸고 있었습니다.

11

　다음날, 가긴의 집으로 가면서도 나는 아샤에게 반했는지 어떤지 자문하지 않았습니다. 그러나 나는 그녀의 일을 여러 가지로 생각해 보았습니다. 그녀의 운명이 내 흥미를 끌었던 것입니다. 아샤와 뜻하지 않게 가까워진 것을 나는 기쁘게 생각했습니다. 겨우 어제에 와서야 비로소 나는 그녀를 안 듯한 느낌이었습니다. 지금까지 그녀는 나를 피해 다니기만 했으나, 일단 내게 마음을 열어 주자 그녀의 모습은 더욱 매력적인 빛으로 충만되고, 그 모습 자체가 내 눈에는 신선하게 보였으며, 뭐라 말할 수 없는 겸손한 매력이 그 속에서 엿보였습니다.

　멀리 하얗게 빛나는 집에서 눈을 떼지 않으며 나는 낯익은 길을 힘차게 걸어갔습니다. 나는 미래의 일뿐만 아니라——내일의 일도 생각하지 않았습니다. 그만큼 나는 기분이 좋았던 것입니다.

　내가 방으로 들어갔을 때, 아샤는 얼굴을 붉혔습니다. 나는 아샤가 오늘도 옷치장을 했음을 눈치챘습니다만, 그녀의 표정은 그 화려한 옷차림과는 어울리지 않았습니다. 그녀의 얼굴에는 슬픔이 어려 있었습니다. 내가 그렇게도 즐거운 기분을 안고 찾아왔는데도! 내가 보건대 아샤는 전처럼 밖으로 뛰어나가고 싶으나 억지로 자기 몸을 지탱하며 머물러 있는 듯했습니다. 가긴은 그때 예술가다운 열정과 분노에 사로잡혀 있었습니다. 그것은 딜레탕트들이, 소위 그들이 말하는 '자연의 꼬리를 잡았다'고 생각되었을 때, 별안간 그들을 휩쓰는 일종의 발작과도 같은 것이었습니다. 그는 온통 머리를 헝클어뜨리고 온몸이 페인트투성이가 된 채 아마 포로 된 캔버스 앞에 서서는 커다랗게 붓을 놀리면서, 거의 험악한 얼굴로 나에게 고개를 한 번 끄덕여 보였을 뿐입니다. 그리고는 약간 그림으로부터 물러나서 실눈을 하고 바라보더니, 다시 자기 그림에 달라붙는 것이었습니다. 나는 가긴을 방해하지 않으려고 아샤 옆에 가서 앉았습니다. 그녀의 까만 눈이 천천히 내게로 향했습니다.

"당신은 어제와 다르군요."

그녀의 입술에 미소를 불러일으키려고 애써 보았으나 그다지 효력이 없었으므로, 나는 이윽고 말했습니다.

"네, 달라요."

하고 아샤는 힘없는 투로 느리게 대답했습니다.

"그러나 아무렇지도 않아요. 어젯밤엔 잠을 잘 자지 못했는 걸요. 밤새껏 생각했답니다."

"무엇을요?"

"아, 여러 가지 일을 생각했어요. 이건 어릴 때부터의 습관이에요. 그전에 어머니와 함께 살고 있을 무렵부터……"

그녀는 힘들여 이 말을 하고 다시 한 번 되풀이했습니다.

"어머니와 함께 살고 있을 때…… 저는 이런 걸 생각했어요. 어째서 사람은 자기의 앞날을 모르는 것일까, 그리고 이따금씩 재난이 떨어지는 것을 보고는── 어째서 그것을 피할 수가 없을까, 또 어째서 진실을 모두 얘기해선 안 되는 것일까 하고요. 그 다음 저는 아무것도 모르기 때문에 공부를 해야겠다고 생각했답니다. 제 교육은 몹시 불충분해서 다시 교육을 받아야 할 거예요. 저는 피아노도 칠 줄 모르고, 그림도 못 그리고, 수놓는 것조차 서투르답니다. 제겐 아무런 재능도 없기 때문에 저 같은 걸 상대하면 몹시 답답할 거예요.”

“당신은 자신을 부당하게 평가하고 계십니다.”

하고 나는 대꾸했습니다.

“당신은 책도 많이 읽으셨고, 교육도 받았고, 또 당신만큼 똑똑하면
……”

“제가 똑똑하다고요?”

하고 아샤는 아주 순진한 호기심을 가지고 물었으므로 나는 나도 모르
게 웃음을 터뜨렸습니다.

“오빠, 제가 똑똑해요?”

하고 아샤는 가긴에게 물어 보았습니다.

가긴은 그 말엔 아무 대답도 없이 계속 붓을 바꾸어서는 손을 높이
쳐들면서 열심히 일을 계속하고 있었습니다.

“전 제 머리에 무엇이 들어 있는지 모를 때가 있어요.”

하고 아샤는 여전히 생각에 잠긴 표정으로 말을 이었습니다.

“전 자신이 무서울 때가 있어요, 정말이에요. 참, 저 물어 보고 싶은
데요……여자는 책을 너무 많이 읽어선 안 된다는데, 그게 사실이에
요?”

“그렇게 많이 읽을 필요는 없지만, 그러나……”

“네, 가르쳐 주세요. 전 무슨 책을 읽어야 할까요? 무엇을 해야 할
까요? 말씀해 주세요. 당신이 말씀하시는 거라면 뭐든지 하겠어요.”

하고 아샤는 순진하고 신뢰하는 표정으로 내게 물어 보았습니다.

나는 무슨 말을 해야 할지 얼른 생각이 떠오르지 않았습니다.

“당신은 저하고 같이 있는 것이 지루하지 않으세요?”

“천만의 말씀입니다.”하고 나는 말했습니다.

"아, 고마워라!"하고 아샤는 대답했습니다.

"저는 몹시 지루하시리라 생각되었어요."

그녀의 조그마한 뜨거운 손이 힘있게 내 손을 잡아 주었습니다.

"N씨!" 그 순간 가긴이 외쳤습니다.

"이 배경이 너무 어둡지 않을까요?"

나는 가긴 곁으로 걸어가고, 아샤는 일어나서 밖으로 나갔습니다.

12

아샤는 한 시간 후에 돌아와서, 문턱에 선 채 손짓을 하여 나를 불렀습니다.

"저 말이에요."하고 그녀는 말했습니다.

"만일 제가 죽는다면 당신은 저를 가엾게 여겨 주시겠어요?"

"당신은 지금 무슨 생각을 하고 있습니까!"
하고 나는 외쳤습니다.

"전 얼마 안 있어서 죽을 것만 같아요. 가끔 저는 주위의 모든 것이 제게 이별을 고하고 있는 듯이 느껴지는데, 이렇게 살기보다는 차라리 죽어 버리는 것이 나을 거예요…… 아, 저를 그렇게 바라보지 마세요. 전 거짓말하고 있는 게 아녜요. 그러시면 또다시 당신을 두려워하게 된답니다."

"아니, 당신은 저를 두려워했었나요?"

"제가 그렇게 이상한 여자라면 그건 제 탓이 아녜요, 정말이에요."
하고 그녀는 대답했습니다.

“보세요, 전 이미 웃을 수가 없어요……”

아샤는 날이 저물어도 여전히 불안하고 슬픈 표정을 하고 있었습니다. 나로서는 알 수 없는 어떤 변화가 그녀의 마음 속에 일어나고 있었던 것입니다. 그녀의 눈초리는 자주 내게로 쏠렸습니다.

그 신비로운 시선을 받으면 내 심장은 나도 모르게 오므라들었습니다. 그녀는 마음을 진정시키고 있는 듯 보였으나, 나는 그녀의 얼굴을 볼 때마다 제발 흥분하지 말아 달라고 부탁하고 싶었습니다. 내가 황홀한 기분으로 그녀를 바라보고 있노라니, 그 파리한 얼굴이며, 생기 없는 느릿느릿한 움직임 속에서 감명깊은 매력을 느꼈습니다.── 그런데 아샤는 어째서인지 내가 마음에 들지 않는 것 같았습니다.

“저.” 헤어지기 조금 전에 그녀는 말했습니다.

“당신이 저를 경솔한 여자라고 생각하시는 것이 몹시 괴로워요. 이제부턴 언제나 제가 말하는 걸 진짜로 믿어 주세요. 그리고 당신도 제게 숨겨서는 안 돼요. 전 언제나 진실만을 말하겠어요. 맹세해요……”

이 ‘맹세’라는 말이 나를 또 웃게 했습니다.

“어머나, 웃지 마세요.”하고 아샤는 대들었습니다.

“그러시다면 저도 어제 당신이 제게 말씀하신 대로 말하겠어요. ‘어째서 당신은 오늘 저를 보고 웃으셨지요?’라고요!”

그녀는 잠시 말이 없다가 이렇게 덧붙였습니다. “기억하고 계세요? 당신은 어제 날개에 대해서 말씀하셨죠…… 전 날개가 났어요.── 그런데 날아갈 데가 있어야지요.”

“무슨 말씀을 하십니까?”하고 나는 말했습니다.

“당신의 앞길은 모두 활짝 열려 있습니다.”

아샤는 뚫어질 듯이 똑바로 나를 바라보았습니다.

"당신은 오늘 저를 나쁘게 생각하시는군요."

그녀는 미간을 찌푸리며 말했습니다.

"제가 나쁘게 생각한다고요? 당신을!"

"아니, 왜 물벼락 맞은 사람처럼 기운들이 없어."

하고 가긴이 내 말을 가로챘습니다.

"어제처럼 왈츠를 켜 줄까? 원한다면 말이야."

"아니에요, 아니에요."

아샤는 말하며 두 손을 꽉 쥐었습니다.

"오늘은 싫어요!"

"억지로 하라는 건 아니야, 안심해……"

"싫어요."하고 아샤는 창백해지면서 이 말을 되풀이했습니다.

정말 그녀는 나를 사랑하고 있는 것일까? 검은 강물이 세차게 흐르는 라인 강가로 다가가며 나는 생각했습니다.

13

정말 그녀는 나를 사랑하고 있는 것일까? 이튿날 아침 나는 눈을 뜨자마자 자문했습니다.

나는 내 마음 속을 들여다보고 싶지 않았습니다. 그녀의 모습, '일부러 웃음을 짓는 처녀'의 모습이 내 마음 속으로 뚫고 들어와서 어지간해선 떨쳐 버리기 힘들다는 것을 느꼈습니다. 나는 L 거리로 가서 하루 종일 앉아 있었지만, 아샤의 모습은 잠깐 보았을 뿐이었습니다. 그녀는 머리가 아파서 기분이 언짢다는 것이었습니다. 머리를 동여매고 잠깐

내려왔었으나, 그 얼굴은 창백하게 야위고 눈은 거의 내리감고 있었습니다.

그녀는 기운 없이 웃으며 "곧 나을 거예요, 아무렇지도 않아요. 곧 낫겠죠, 그렇죠?" 이렇게 말하고는 나가 버렸습니다.

나는 지루하고, 어쩐지 우울하면서도 허전한 느낌이 들었습니다. 그런데도 돌아가고 싶지 않아서 밤늦게까지 있다가 돌아왔습니다만, 더이상 아샤의 얼굴을 보지는 못했습니다.

다음날 아침은 꿈꾸는 듯이 흐리멍덩한 의식 속에서 지나가고 말았습니다. 일을 해 보려 해도 되지 않았습니다. 그래서 아무 일도 하지 않고, 아무것도 생각하지 않으리라 마음먹었으나, 그것도 뜻대로 되지 않았습니다. 나는 거리를 거닐고 나서 집으로 들어왔다가는 다시 밖으로 나왔습니다.

"당신이 N씨인가요?"

갑자기 앳된 목소리가 등 뒤에서 들려왔습니다. 돌아보니 어떤 소년이 서 있었습니다.

"이걸 안네트 양이 당신께 전해 드리래요."

한 통의 편지를 건네 주면서 소년은 이렇게 말하는 것이었습니다.

펼쳐 보니, 서두르며 급히 갈겨 쓴 듯한 아샤의 필적이라는 것을 알았습니다. '저는 꼭 당신을 만나뵈야겠습니다.'라고 씌어 있었습니다. '오늘 4시에 성터 근처의 길가에 있는 예배당까지 나와 주세요. 전 오늘 커다란 실수를 저질렀어요. 제발 부탁이니 와 주세요. 모든 것을 알 수 있을 겁니다…… 심부름 간 애에게 나오신다고 말씀해 주세요.'

"전하실 말씀은요?"

하고 소년은 물었습니다.

"가겠다고 말해 줘."

하고 내가 대답하자 소년은 달려가 버렸습니다.

<p style="text-align:center">

14

나는 내 방으로 들어와 의자에 앉아서 생각에 잠겼습니다. 가슴이 세차게 울렁거렸습니다. 여러 번 아샤의 편지를 되풀이하여 읽었습니다. 시계를 보니 아직 12시도 채 안 되었습니다.

문이 열리고, 가긴이 들어왔습니다.

그 얼굴은 우울하기 짝이 없었습니다. 가긴은 내 손을 힘있게 움켜쥐었습니다. 그는 몹시 흥분한 것 같았습니다.

"무슨 일이 있었습니까?"

하고 나는 물었습니다.

가긴은 의자를 끌어와 내 옆에 앉았습니다.

"그끄저께."하고 그는 억지로 웃음을 지으며 더듬더듬 말했습니다.

"내가 한 이야기가 당신을 놀라게 했겠지만, 오늘은 더 놀라운 얘기를 하겠습니다. 다른 사람이라면 아마 이렇게 마주앉아서……얘기할 용기가 나지 않았을 테지만……그러나 당신은 결백한 사람이고, 또 저의 친구니까……그렇죠? 실은 제 동생 아샤가 당신을 사랑하고 있습니다."

나는 몸을 부르르 떨며 의자에서 벌떡 일으켰습니다.

"당신 동생이……"

"그렇습니다, 그렇습니다."하고 가긴은 내 말을 가로챘습니다.

"당신에게 말하지만, 그 애는 미치광이입니다. 그리고 나까지 미치광
이로 만들어 버립니다. 그러나 다행히도 그 애는 거짓말을 할 줄 몰라
서, 무엇이든지 내게 고백한단 말입니다. 아, 그 애는 정말 아름다운
마음씨를 가지고 있습니다. 그러나 그 애는 자기 몸을 망치고 말 겁니
다. 틀림없이 그래요."

"그건 당신 생각이 틀렸습니다."

하고 나는 말했습니다.

"아니오, 틀리지 않습니다. 아시겠습니까? 그 앤 어제 종일 누워만
있었고, 아무것도 먹지 않았습니다. 게다가 어디가 아프다고도 말하지
않았지요. 하긴 언제나 불평이라는 걸 모르는 애니까요. 저녁녘에 약간
열이 올랐지만, 저는 그다지 근심하지 않았습니다. 그런데 밤 2시경에
주인 아주머니가 저를 깨웠습니다. '동생한테 가 보세요. 어쩐지 이상
해요.'라고 말했지요. 달려가 보니, 아샤는 옷도 갈아입지 않고서 오한
으로 전신을 떨며, 그 눈엔 눈물이 글썽하게 맺혀 있었습니다. 머리는
불같이 뜨거웠고, 이를 악물고 딱딱 소리를 냈습니다. '왜 그러니, 아
프냐?' 하고 물어보니, 그 애는 별안간 내 목에 매달려선, 만일 오빠
가 저를 죽이고 싶지 않다면 하루속히 저와 함께 떠나 달라고 애원하는
것이었습니다. 저는 영문을 모른 채 그 애를 안정시키려고 애썼습니다.
동생의 흐느낌은 차츰 더 심해져 갔습니다. 그런데 나는 그 흐느낌 속
에서 무슨 말인가를 들었습니다. 그저 한 마디로 말해서, 동생은 당신
을 사랑한다는 것이었습니다. 사실, 당신과 저같이 분별 있는 사람으로
선 상상도 할 수 없는 일이지만, 그 애는 사물을 깊게 느낄 줄 알며, 그
리고 그 감정은 상상도 못할 만큼 놀라운 힘으로 표현되곤 한답니다.
게다가 그것은 벼락이라도 떨어지듯 피할 수 없는 힘으로 순식간에 그

애를 사로잡고 말 거든요. 당신은 정말 상냥한 사람입니다.”
하고 가긴은 말을 계속하는 것이었습니다.
　“그러나 어떻게 해서 그 애가 그 정도까지 당신을 사랑하게 됐는지, 솔직히 말씀드려서 저로선 납득이 가지 않습니다. 그 애의 말에 의하면 첫눈에 마음에 들었다는 것입니다. 그래서 그 애가 며칠 전에 저 이외엔 아무도 사랑하지 않겠다고 말하면서 울었던 것이지요. 그 애는 당신이 자기 신분을 알고 있기 때문에 자기를 멸시하고 있다고 생각하고 있습니다. 그래서 그 애는 당신에게 신상을 말하지 않았느냐고 제게 물어 보았습니다. 저는 물론 하지 않았다고 말했습니다만, 그 애는 눈치가 아주 빠릅니다. 다만 빨리 떠나 버리자고, 그것만을 원하고 있습니다. 저는 날이 샐 때까지 그 애 옆에 앉아 있었습니다. 동생은 내일이라도 여기를 떠나도록 하겠다는 약속을 받고 나서야 금방 잠들기 시작했습니다. 저는 곰곰이 생각한 끝에 당신에게 얘기하기로 결심했습니다. 제 생각으론 아샤의 말도 지당한 것으로, 가장 좋은 방법은 우리 두 사람이 여기를 떠나는 것입니다. 그래서 오늘 그 애를 데리고 떠나려 했습니다만, 갑자기 어떤 생각이 머리에 떠올라서 그것이 저를 주저앉게 했습니다. 혹시……당신도 제 동생이 마음에 들었을지 모른다, 그것은 알 수 없는 일이다! 만일 그렇다면 그 애를 데리고 떠날 필요가 어디 있을까? 이런 뜻에서 온갖 부끄러움을 무릅쓰고 당신을 찾아온 것입니다. 게다가 저도 어느 정도 눈치를 챈 것이 있기 때문에 당신의 의향을 들어 보기로……결심한 거랍니다……”
　가련하게도 가긴은 어쩔 줄 몰라했습니다.
　“부디 용서해 주십시오.”하고 그는 덧붙였습니다.
　“저는 이런 일에 경험이 없기 때문에……”

나는 그의 손을 잡고 굳센 어조로 말했습니다.

"당신은 제가 당신의 동생을 사랑하는지 알고 싶으시다는 말이죠? 그렇습니다. 저는 그녀를 사랑합니다."

가긴은 흘끗 쳐다보더니 더듬거리며 물었습니다.

"그러나 그 애와 결혼할 생각은 없으시겠죠?"

"아니, 그런 질문에 대답하라는 겁니까? 생각해 보십시오, 지금 당장 할 수 있겠는가……"

"알겠습니다, 알겠습니다."하고 가긴은 되풀이했습니다. "저는 당신에게 대답을 요구할 아무 권리도 없습니다. 게다가 제 질문은 천부당만부당한 것입니다. 그렇지만 어떻게 하면 좋을까요? 불장난을 해서는 안 됩니다. 당신은 아샤를 모르시겠지만, 그 애는 앓아 눕든가, 집을 나가든가, 당신에게 만나 달라고 약속을 받든가, 무슨 짓을 할지 모릅니다. 다른 여자라면 마음 속에 감추고 시기를 기다릴 수도 있을 텐데, 그 애는 틀립니다. 이건 그 애로서 처음 겪는 일이어서―― 이 점이 곤란한 겁니다! 오늘 아침 제 발 밑에서 흐느끼는 것을 보았더라면 당신도 제가 근심하는 것을 알아 주실 겁니다."

나는 생각에 잠겼습니다. '만나 달라고 약속을 받는다'고 한 가긴의 말이 내 가슴을 찔렀습니다. 상대편이 정직하게 고백하는 데 대해서 같이 정직하게 대답하지 않는 것은 부끄러운 일이라고 느껴졌던 것입니다.

"그렇습니다." 드디어 나는 말했습니다.

"당신 말이 옳습니다. 한 시간 전에 저는 동생한테서 편지를 받았습니다. 이것이 그 편지입니다."

가긴은 편지를 받아들고 재빨리 뜯어보고 나서는, 두 손을 무릎 위로 떨어뜨렸습니다. 그 얼굴에 나타난 놀라운 빛이 몹시 우스꽝스러웠지만, 그러나 나는 웃을 수가 없었습니다.

"다시 말씀드립니다만, 당신은 결백한 사람입니다."

하고 가긴은 말했습니다.

"그러나 지금 무엇을 해야 하겠습니까? 어떻게 해야 하겠습니까? 그 앤 스스로 떠나자고 하면서도 당신에게 이런 편지를 전하고, 자기 자신의 경솔을 책망하고 있을 것입니다…… 그런데 언제 이런 편지를 썼을까요? 그 앤 당신한테서 무얼 원하고 있을까요?"

나는 그를 안정시키고, 될 수 있는 대로 냉정하게 이제부터 무엇을 할 것인가를 둘이서 의논하기 시작했습니다.

결국 우리는 다음과 같은 결론을 얻었습니다. 불행을 피하기 위해서 나는 아샤를 만나 솔직하게 이야기를 하고, 가긴은 집에 남아서 편지에 대해 아는 것 같은 눈치는 조금도 보이지 말 것, 그 다음 우리는 밤에 다시 만나기로 하자고 결정했습니다.

"저는 당신을 굳게 믿겠습니다."

가긴은 말하며 내 손을 움켜잡았습니다.

"그 애와 저를 용서해 주십시오. 어쨌든 우린 내일 떠나겠습니다."

그리고 그는 일어서면서 덧붙였습니다.

"당신은 물론 아샤와 결혼하지 않을 테니까요."

"저녁때까지 시간을 주십시오."

하고 나는 대답했습니다.

"그건 좋지만, 그래도 결혼하시진 않을 테죠?"

가긴은 돌아갔습니다. 나는 긴 의자에 몸을 던지고 눈을 감았습니다. 너무나 많은 인상들이 단번에 밀려들어서 머리가 빙글빙글 돌았습니다.

나는 가긴의 솔직함에도 화가 났지만 아샤에게도 화가 났습니다. 그녀의 사랑은 나를 기쁘게 했지만 당황하게도 만들었던 것입니다. 어째서 가긴에게 모든 것을 말해 버렸을까? 나는 그 이유를 알 수가 없었습니다. 잠시 후 단번에 순간적인 결심을 하지 않으면 안 된다는 것이 나를 괴롭혔던 것입니다.

"열일곱 살 된, 게다가 그런 성격을 가진 처녀와 결혼을 한다. 그게 될 말인가!"

나는 일어나면서 외쳤습니다.

15

약속한 시간에 나는 라인 강을 건넜습니다. 맞은편 강변에서 맨 처음 만난 사람은 오늘 아침 우리 집에 왔던 그 소년이었습니다. 소년은 나를 기다리고 있었던 게 분명했습니다.

"안네트 양께서."

하고 소년은 속삭이는 목소리로 말하고 다른 편지를 건네 주었습니다.

아샤는 우리들의 약속 장소가 변경되었다는 걸 알려 준 것입니다. 한 시간 반 가량 지난 후, 예배당이 아니라 루이제 부인의 집을 찾아서 아래층 문을 두드리고 3층으로 올라와 달라는 것이었습니다.

"또 승낙인가요?"

하고 소년은 물었습니다.

"승낙이다."

하고 나는 되풀이해서 대답하고는 라인 강변을 따라 걸음을 옮겼습니다. 집으로 돌아갈 시간도 없었고 거리를 거닐고 싶지도 않았습니다. 교외의 성벽 밖에는 자그마한 공원이 있었는데, 거기에는 천개(天蓋) 밑에 구주희(九柱戱)를 하고 놀 장소도 있고, 맥주 애호가들을 위한 탁자들도 있었습니다. 나는 그곳으로 들어갔습니다. 나이 지긋한 몇 명의 독일인들이 벌써 구주희를 시작하고 있었습니다. 나무공이 데굴데굴 굴러가고, 때때로 칭찬의 함성이 일어나곤 했습니다. 울어서 눈두덩이 부풀어오른 예쁘장한 하녀가 내게 맥주잔을 날라다 주었습니다. 내가 그녀의 얼굴을 보자 그녀는 홱 돌아서서 저쪽으로 가 버렸습니다.

"그래, 그래."

바로 옆에 자리잡고 있던, 볼이 빨간 뚱뚱보 아저씨가 말했습니다.

"한헨이 오늘 굉장히 슬퍼하고 있군. 약혼자가 군대에 나갔다고."

나는 여자 쪽을 바라보았습니다. 그녀는 구석에 쪼그리고 앉아서 한 손으로 뺨을 괴고 있었는데, 구슬 같은 눈물이 연이어 손가락을 따라 흘러내렸습니다. 누군가가 맥주를 주문했으므로 그녀는 그쪽으로 잔을 날라다 주고는 또다시 자기 자리로 돌아갔습니다. 그녀의 슬픔은 내게까지 감염되고 말았습니다. 나는 눈앞에 다가온 아샤와의 만남을 생각했습니다만, 내 머리에 떠오른 것은 근심스럽고 슬픈 생각뿐이었습니다. 나는 무거운 마음을 안고 아샤를 만나러 온 것입니다. 내 앞을 가로막는 것은 사랑하는 사람들 사이의 기쁨이 아니라 약속을 지킨다는 것, 곤란한 의무를 수행한다는 것이었습니다. '불장난을 해서는 안 됩니다.'라고 했던 가긴의 말이 화살처럼 내 가슴 속에 와 박혔습니다.

……그끄저께만 해도 물결에 흘러내리는 배 안에서 행복을 갈망하는 마음으로 가슴 태우지 않았던가? 그것이 가능한 일인데도, 나는 동요하고 있다. 나는 그 행복을 피하려고 한다. 그리고 피해야만 하는 것이

다……그러한 행복이 갑작스레 눈앞에 다가오자 나는 당황하게 되었던 것입니다. 아샤, 불덩이처럼 열정적인 머리를 가지고, 그러한 과거, 그 러한 교육을 받은 아샤, 매혹적이면서도 어딘지 색다른 그녀의 존재── ── 솔직히 말씀드려서 이 모든 것이 나를 위협했습니다. 나의 마음 속 에서는 한참 동안 두 가지의 감정이 싸우고 있었습니다. 정해진 시각이 다가왔습니다. 나는 아샤와 결혼할 순 없다. 드디어 나는 결심했습니 다. 그녀는 나도 자기를 사랑하고 있었다는 것을 알지는 못하리라.

나는 일어나서 가엾은 한헨의 손에 1탈레르를 쥐어 주고── 그녀는 나에게 감사하다는 이야기도 하지 않았습니다.── 루이제 부인의 집을 향해 걸어갔습니다. 대기 속엔 벌써 밤의 어둠이 깃들기 시작하고, 어 두컴컴한 한길 위에 보이는 한 폭의 좁다란 하늘은 저녁놀의 반사를 받 아 붉게 물들어 있었습니다. 내가 가만히 노크하자 곧 문이 열렸습니 다. 문지방을 넘어서니 안은 지척을 분간할 수 없도록 캄캄했습니다.

"이리로!"하는 노파의 목소리가 들렸습니다.

"기다리고 있습니다."

손을 더듬어 두어 걸음 걸어가니, 뼈만 남은 앙상한 손이 내 손을 잡 았습니다.

"당신이 루이제 부인입니까?"

나는 물었습니다.

"그렇다오."하고 같은 목소리가 대답했습니다.

"나요, 젊은 미남자 양반."

노파는 나를 가파른 층계 위로 안내하여 3층 입구에서 발을 멈추었습 니다. 조그마한 창문에서 새어 나오는 희미한 빛으로 나는 주름투성이 인 시장 미망인의 얼굴을 보았습니다. 달콤하고 능글맞은 미소가 우묵

들어간 노파의 입술을 늘어나게 하고, 흐릿한 눈을 오그라들게 했습니다. 노파는 나에게 자그마한 문을 가리켜 주었습니다. 나는 떨리는 손으로 문을 열고 들어가서는 '쾅' 하고 닫아 버렸습니다.

16

내가 들어간 자그마한 방은 너무나 어두컴컴해서 금방 아샤의 모습을 발견할 수는 없었습니다. 기다란 숄로 몸을 감싼 그녀는 마치 겁에 질린 작은 새처럼 얼굴을 돌렸다기보다는 머리를 감추다시피하고 창가 의자에 앉아 있었습니다. 그녀는 가쁘게 숨을 몰아쉬며 온몸을 떨고 있었습니다. 나는 말할 수 없이 애처로운 생각이 들었습니다. 옆으로 다가서니, 아샤는 더욱 얼굴을 돌리는 것이었습니다.

"안나 니콜라예브나."

하고 나는 말했습니다.

아샤는 갑자기 몸을 일으켜 세우며 나를 바라보려고 했으나——그녀는 그럴 수도 없었습니다. 나는 아샤의 손을 잡았습니다. 죽은 듯이 싸늘한 그녀의 손은 내 손바닥 위에서 움직이지 않았습니다.

"전……"

아샤는 웃음을 띠려고 애쓰면서 말문을 열었습니다. 그러나 그녀의 창백한 입술은 말을 듣지 않았습니다.

"전 원했어요……아녜요, 그럴 수 없어요."

하고 말하며 그녀는 입을 다물고 말았습니다. 그녀의 목소리는 마디마디 끊어져 나왔습니다.

나는 아샤 옆에 앉았습니다.

"안나 니콜라예브나."

하고 나는 되풀이했습니다만, 나 역시 아무 말도 덧붙일 수가 없었습니다.

침묵이 흘렀습니다. 나는 여전히 아샤의 손을 잡은 채 그녀의 얼굴을 바라보고 있었습니다. 아샤는 여전히 몸을 웅크리고 숨을 거칠게 내쉬며, 울지 않으려고 복받쳐오르는 눈물을 억누르기 위해 아랫입술을 꼭 깨물고 있었습니다. 나는 물끄러미 바라보고 있었습니다만, 그 겁에 질려 움직이지 않는 그녀의 모습은 어쩐지 애처로울 정도로 가엾게 보였습니다. 마치 피로에 지쳐 간신히 의자까지 와서는 털썩 주저앉은 것 같았습니다. 나는 심장이 녹아내리는 듯한 느낌이었습니다.

"아샤."

나는 들릴락말락한 목소리로 말했습니다.

아샤는 천천히 눈을 들었습니다. 오, 사랑하는 여자의 눈초리란——아무도 그 눈을 형용할 수는 없을 것입니다. 그것은, 그 눈은 바라고 있었고, 믿고 있었습니다. 묻고 있었습니다. 몸도 마음도 내맡기고 있었습니다. 나는 그 매력에 항거할 수가 없었습니다. 한 줄기 가냘픈 불길이 따가운 바늘처럼 온몸의 혈관을 줄달음질쳤습니다. 나는 허리를 굽혀 아샤의 손에 입맞추었습니다.

숨막힐 듯한 거친 숨소리가 들리고, 나뭇잎처럼 바르르 떠는 손이 내 머리 위에 닿는 것을 느꼈습니다. 나는 머리를 들어 아샤의 얼굴을 보았습니다. 그 얼굴은 어느 새 그렇게 변했을까요! 공포의 빛은 사라지고 눈초리는 어딘지 먼 곳을 방황하면서 나까지 끌고 가는 것이었습니다. 입술은 방긋이 열리고, 이마는 대리석처럼 창백하며, 머리카락은 마치 바람에 나부껴 흩어진 듯 뒤로 늘어져 있었습니다. 나는 모든 것을 잊어버리고 그녀를 내 곁으로 끌어당겼습니다. 그녀의 손은 순순히 말을 들어 몸 전체가 그 손을 따라 쫓아오는 것이었습니다. 숄이 어깨에서 벗겨지고 그녀의 머리는 살그머니 내 가슴 위, 내 뜨거운 입술 위에 기대어 졌습니다.

“당신 거예요⋯⋯”

하고 아샤는 나직한 목소리로 소곤거렸습니다.

이미 내 손은 그녀의 몸 위를 미끄러지고 있었습니다. 그때 갑자기 가긴의 말이 번개처럼 내 가슴을 찔렀습니다.

“우린 무엇을 하고 있지！”

나는 외치고 몸부림치며 뒤로 물러났습니다.

“당신 오빠는⋯⋯오빠는 모든 것을 알고 있습니다. ⋯⋯우리들이 여기서 만나는 것까지 알고 있습니다.”

아샤는 의자에 주저앉았습니다.

“그렇습니다.”

나는 일어서서 방 반대쪽 구석으로 걸어가며 말을 이었습니다.

“오빠는 알고 계십니다. 전 그 분에게 모든 것을 말하지 않을 수 없었습니다.”

“말하지 않을 수 없었다고요？”

하고 아샤는 분명치 않은 어조로 물었습니다. 그녀는 아직껏 제정신으로 돌아오지 않아 내가 무슨 말을 했는지 똑똑히 모르는 것 같았습니다.

“그렇습니다, 그렇습니다.”

나는 냉정한 태도로 되풀이했습니다.

“그리고 이것은 당신 혼자만의 책임입니다. 당신 혼자만의 책임이란 말입니다. 당신은 어째서 자신의 비밀을 오빠한테 고백했습니까? 모든 것을 오빠한테 말해 버리라고 누가 강요하던가요? 그분은 오늘 저를 찾아와서 당신하고 한 말을 제게 들려 주었습니다.”

나는 아샤를 보지 않으려고 애쓰면서 커다란 걸음걸이로 방 안을 거닐었습니다.

“이젠 모든 것이 끝났습니다, 모든 것이.”

아샤는 의자에서 몸을 일으키려 했습니다.

“가만히 계십시오.”하고 나는 외쳤습니다.

“제발 그대로 있어 주십시오. 저는 결백한 사람입니다.── 네, 결백하고말고요. 그런데 제발 부탁이니 말해 주십시오. 당신은 무엇 때문에 그렇게 흥분하셨습니까? 혹시 제게서 무슨 변화라도 발견했던가요? 그러나 저는 당신 오빠가 집으로 찾아왔을 때, 저는 그분 앞에서 숨길 수가 없었습니다.”

내가 무슨 말을 하고 있는 걸까? 하고 나는 생각했습니다. 그리고 나는 철면피한 기만자다, 가긴은 밀회를 알고 있다. 모든 것은 틀려지고 폭로되고 말았다.── 이러한 생각들이 머릿속에서 울리고 있었습니다.

“제가 오빠를 부른 것은 아녜요.”

하고 겁에 질린 듯이 말하는 아샤의 나직한 목소리가 들려왔습니다.

“오빠 자신이 온 거예요.”

“생각해 보십시오. 당신이 무슨 일을 저질렀는가를.”

나는 말을 이었습니다.

“아샤, 당신은 이제 떠나실 작정이신가요?”

"네, 떠나겠어요."

하고 그녀는 여전히 나직한 목소리로 대답했습니다.

"제가 당신을 이리로 오시라고 한 것도 다만 작별 인사를 드리기 위해서였어요."

"아니, 당신은."하고 나는 대꾸했습니다.

"제가 그렇게 간단히 당신과 헤어질 수 있다고 생각하십니까?"

"그러시다면 어째서 오빠에게 말씀하셨어요?"

하고 아샤는 미덥지 못한 표정으로 물어 보았습니다.

"제겐 그 밖의 다른 방법이 없었습니다. 만일 당신 쪽에서 먼저 얘기하시지 않았던들……"

"전 제 방에 열쇠를 잠가 두었어요."

하고 아샤는 순진하게 고백했습니다.

"그런데 주인 아주머니가 다른 열쇠를 가지고 있다는 걸 미처 몰랐어요."

이 순간 그녀의 입을 통해서 이와 같은 천진난만한 고백을 들었을 때, 나는 하마터면 화가 치밀어오를 뻔했습니다. 그러나 지금은 무한한 동감을 느끼면서 그 말을 회상하게 됩니다. 그만큼 아샤는 가련하고 순진한 어린아이였던 것입니다.

"이젠 모든 것이 끝났습니다 !"하고 나는 다시 말하기 시작했습니다.

"모든 것이, 이젠 우리도 헤어져야 하는군요."

그때 살짝 아샤를 곁눈질해 보니…… 그녀의 얼굴은 갑자기 빨갛게 물들기 시작했습니다. 그녀는 부끄럽기도 하고 무섭기도 했을 것입니다. 나는 그것을 느낄 수 있었습니다. 나 자신도 마치 열병에라도 걸린 듯 방 안을 거닐며 흥분한 어조로 말을 이었습니다.

“당신은 무르익어 가는 우리들의 감정을 죽여 버렸습니다. 당신은 스스로 우리들의 관계를 끊어 버리고 만 것입니다. 당신은 저를 의심했습니다.”

내가 이런 말을 하고 있는 동안 아샤는 차츰 앞으로 몸을 숙이더니 갑자기 무릎 위에 쓰러져 두 손 위에 머리를 떨어뜨리고 흐느껴 울기 시작했습니다. 나는 옆으로 달려가서 일으키려고 했으나 그녀는 말을 듣지 않았습니다. 나는 여자의 눈물에는 아주 약한 편이어서, 우는 것을 보기만 하면 이내 어쩔 줄 모릅니다.

“안나 니콜라예브나, 아샤.”

나는 나직이 말했습니다.

“제발 부탁입니다. 그쳐 주십시오.……”

나는 다시 그녀의 손을 잡았습니다. 그러나 놀랍게도, 아샤는 벌떡 일어나더니 번개처럼 문으로 달려나가 그대로 사라지고 말았습니다.

잠시 후 루이제 부인이 방으로 들어왔을 때, 나는 여전히 벼락맞은 사람처럼 멍청히 방 한복판에 서 있었습니다. 이 만남이 어째서 이렇듯 빨리, 이렇듯 덧없이 끝나 버렸는지 도무지 이해할 수가 없었습니다. 나는 자신이 원했던 것, 마땅히 얘기하지 않으면 안 되었던 것을 백분의 일도 말하지 못하고, 또 이 일이 앞으로 어떻게 해결될 것인지 스스로 아직 알지 못하면서도 이대로 끝장을 보고 만 것이었습니다.

“안네트 양은 돌아가셨나요?”

하고 루이제 부인은 샛노란 눈썹을 머리카락이 드리워진 이마 위까지 치켜올리며 물었습니다.

나는 얼빠진 사람처럼 멍청히 그녀의 얼굴을 바라보다가——— 밖으로 나와 버렸습니다.

17

나는 거리에서 빠져나와 곧장 들로 향했습니다. 울분, 미칠 정도의 울분이 내 가슴을 짓눌렀습니다. 나는 자신을 꾸짖었습니다. 아샤가 우리들의 밀회 장소를 변경하지 않으면 안 되었던 까닭을 나는 어째서 이해하려고도 하지 않고 고맙다고도 생각지 않았던 것인가?

그녀가 그 노파 집을 찾는데는 얼마만한 용기와 결심이 필요했을까? 어째서 나는 아샤를 붙잡지 않았을까? 그녀와 단둘이 그 어둠침침하고 으슥한 방 안에 있을 때는 힘과 용기가 넘쳐 흘러 그녀를 떨쳐 버리고 그녀에게 핀잔을 줄 수도 있었는데…… 지금은 그녀의 모습이 나를 따라 다니는 것이었습니다. 나는 그녀에게 용서를 빌었습니다.

그 파리한 얼굴, 그 눈물어린 겁에 질린 눈, 기울어진 목덜미에 흩어진 머리카락, 살며시 내 가슴에 안겼던 그녀의 머리 등을 회상하니 내 가슴은 타는 듯했습니다. "당신 거예요.……"라고 말하던 그녀의 속삭임이 들려오는 듯했습니다.

'양심의 명령에 따라 행동한 것이다' 하고 나는 자신을 설복하려 했습니다만…… 거짓말이다! 나는 정말 그러한 결말을 원했던 것일까? 바보 같으니 하고 울분에 싸여 마음 속으로 되뇌는 것이었습니다.

그러는 사이에 밤이 다가와서, 나는 아샤가 살고 있는 집을 향해 걸음을 서둘렀습니다.

18

가긴이 마중을 나왔습니다.

“동생을 만났습니까?”

하고 그는 멀리서부터 외쳤습니다.

“아니, 집에 있지 않습니까?”

하고 나는 물었습니다.

“없습니다.”

“돌아오지 않았나요?”

“돌아오지 않았는데요.”하며 가긴은 말을 이었습니다.

“저는 참을 수가 없어서, 우리들의 약속과는 어긋나지만 예배당까지 가 보았습니다. 그런데 그 애가 없지 않겠습니까? 그 앤 오지 않았던가요?”

“동생은 예배당에 가지 않았습니다.”

“그래, 당신도 못 만났습니까?”

나는 만났다고 고백하지 않을 수 없었습니다.

“어디서요?”

“루이제 부인의 집에서요. 우린 한 시간 전에 헤어졌기 때문에.”

하고 나는 덧붙였습니다.

“동생은 돌아왔으리라 생각하고 있었는데요.”

“기다립시다.”

하고 가긴이 말했습니다.

우리는 집 안으로 들어가 서로 마주앉은 채 아무 말도 주고받지 않았습니다. 우리 두 사람은 몹시도 기분이 언짢았습니다. 우리는 연방 문 쪽을 돌아보며 귀를 기울였습니다.

드디어 가긴은 참을 수 없다는 듯이 벌떡 일어서며 외쳤습니다.

"무슨 애가 그럴까! 난 심장이 제자리에 붙어 있지 않습니다. 그 앤 저를 녹초로 만들지요, 정말입니다.……우리 함께 찾으러 갑시다."

우리는 밖으로 나왔습니다. 밖은 벌써 완전히 어둠에 잠겼습니다.

"당신은 동생하고 무슨 말을 했습니까?"

하고 가긴은 모자를 눈 밑으로 내려쓰며 물었습니다.

"제가 아샤하고 얘기한 것은 모두 합해서 5분밖에 안 됩니다."

하고 나는 대답했습니다.

"전 약속한 대로 얘기했습니다."

"어떻겠습니까?"하고 가긴은 물었습니다. "서로 갈라져서 찾는 편이 더 나을 것 같은데요. 그쪽이 더 빨리 찾을 수 있을 겁니다. 만나든 못 만나든 한 시간 후에 이리로 와 주십시오."

19

나는 빠른 걸음으로 포도밭을 내려가서 거리로 내달았습니다. 순식간에 거리를 두루 돌아보고 이곳 저곳, 심지어 루이제 부인의 창문까지 들여다보고는 다시 라인 강으로 돌아와서 강변을 끼고 달렸습니다. 때때로 여자의 모습이 눈에 띄긴 했지만 아샤의 모습은 아무 데도 보이지 않았습니다. 이미 화가 머리끝까지 난 정도를 넘어서 알지 못할 공포가 나를 괴롭혔습니다. 그러나 내가 느낀 것은 공포뿐이 아니었습니다.……
… 아니, 나는 후회와 타는 듯한 애련과, 그리고 애정을 느꼈습니다.
그렇습니다 ! 한없이 상냥스러운 애정이었습니다. 나는 손을 비틀며,
다가오는 밤의 어둠 속에서 아샤를 불렀습니다. 처음엔 작은 목소리였
지만 다음엔 차츰 높아갔습니다. 나는 아샤를 사랑한다고 수없이 되풀
이하고, 절대로 그녀와 헤어지지 않겠다고 나 자신에게 다짐했습니다.
나는 다시 한 번 그녀의 싸늘한 손을 잡고, 다시 한 번 그 나직한 목소
리를 듣고, 다시 한 번 그녀의 모습을 눈앞에 보기 위해서라면 이 세상
의 어떤 것을 희생해도 아깝지 않을 정도였습니다.

　……그녀는 그렇게도 가까이 서 있었다. 그녀는 확고한 결심을 안고
서 천진난만한 심정으로 나를 찾아왔던 것이다. 아직 누구의 손에도 더
럽혀지지 않은 청춘을 맡기려고 온 것이다. 그런데도 나는 그녀를 내
품에 안아 주지도 않았다. 그 귀여운 얼굴이 고요한 환희와 기쁨 속에
꽃피는 모습을 바라볼 수도 있었는데, 나는 스스로 그 행복을 버리고
만 것이다.…… 이런 생각을 하니 나는 미칠 것만 같았습니다.

　"도대체 어디로 간 것일까? 어떻게 된 것일까?"

　나는 무력한 절망 속에서 애달프게 외쳐 보는 것이었습니다. 무엇인
지 하얀 것이 갑자기 바로 강변에서 어른거렸습니다. 나는 그 장소를
알고 있었습니다. 거기는 17년 전에 익사한 사람의 무덤이 있고, 그 위
에는 옛날의 비문이 새겨진 돌십자가가 반쯤 땅 속에 파묻힌 채 서 있
는 곳입니다. 나는 심장이 멎는 것 같았습니다. 돌십자가 옆까지 달려
가 보니 하얀 모습은 사라지고 없었습니다.

　나는 "아샤!"하고 불렀습니다만 그 거친 목소리는 나 자신을 놀라게
했을 뿐 아무도 대답하는 사람이 없었습니다.

나는 가긴이 아샤를 찾았는지 알아보기 위해 돌아가기로 결심했습니다.

20

포도밭 오솔길을 서두르며 올라가고 있을 때, 나는 아샤의 방에 불이 켜져 있는 것을 보았습니다. 이것이 어느 정도 내 마음을 안정시켜 주었습니다.

집으로 다가가니, 아랫문은 잠겨 있었습니다. 노크하자 아래층의 캄캄한 창문이 조심스럽게 열리고 가긴의 머리가 나타났습니다.

"찾았습니까?"

하고 나는 물었습니다.

"혼자서 돌아왔습니다."

하고 가긴은 속삭이는 듯한 목소리로 대답했습니다.

"자기 방에서 옷을 갈아입고 있습니다. 아무렇지도 않습니다."

"다행이군요!"

나는 형용할 수 없는 기쁨을 느끼며 이렇게 외쳤습니다.

"정말 다행이군요. 이젠 만사 해결입니다. 그런데 좀더 의논할 문제가 있습니다."

"내일로 미룹시다."

하고 가긴은 창문을 닫으며 대답했습니다.

"내일로 미루고 오늘은 이만 헤어집시다."

"그럼, 내일 다시 만납시다."하고 나는 말했습니다.

“내일은 만사가 해결될 것입니다.”

“안녕히 가십시오.”

가긴은 문을 닫았습니다.

나는 문을 두드려서 지금 당장이라도 동생하고 결혼하겠다는 것을 가긴에게 말하고 싶었습니다. 그러나 이런 때 그런 말을 한다는 것은…… 내일까지 기다리자. 내일이면 나도 행복해진다 하고 나는 생각했습니다.

내일이면 나도 행복해진다! 그러나 행복에는 내일이란 것이 없습니다. 어제라는 것도 없습니다. 행복은 과거의 일을 기억하지도 못하거니와 미래를 생각지도 않습니다. 행복에는 현재만이 있습니다.—— 그것도 오늘이 아니라 다만 순간적인 것입니다.

어떻게 해서 거리까지 왔는지 나는 기억하지 못합니다. 발이 나를 날라다 준 것도 아니고, 배가 건네 준 것도 아닙니다. 무언지 모를 커다란, 힘센 날개가 나를 날게 한 것입니다. 꾀꼬리가 울고 있는 관목 숲을 지나갈 때, 나는 걸음을 멈추고 오랫동안 귀를 기울였습니다. 그건 마치 내 사랑과 내 행복을 노래하고 있는 듯 느껴졌습니다.

<h1 style="text-align:center">21</h1>

이튿날 아침 내가 낯익은 집으로 가까이 갔을 때, 한 가지 광경이 나를 놀라게 했습니다. 창문이라는 창문은 모두 열려져 있고, 현관문까지도 활짝 열려 있었습니다. 문지방 앞에는 조그만 종이조각들이 뒹굴고 있었습니다. 비를 든 하녀가 문 밖으로 나왔습니다.

나는 하녀에게로 다가갔습니다.

"떠나셨어요!"

내가 미처 물어 보기도 전에 하녀는 말했습니다.

"떠났다고요?"하고 나는 되받았습니다.

"아니, 어디로?"

"오늘 아침 6시에 떠나셨는데, 어디라고는 말씀하시지 않으셨어요. 잠깐 기다리세요. 당신은 N씨가 아니신가요?"

"그렇소, N이오."

"주인 마님이 당신에게 드릴 편지를 가지고 계십니다."

하녀는 2층으로 올라가더니 편지를 한 통 가지고 내려왔습니다.

"이것입니다."

"그럴 리가 없는데…… 어찌 된 영문일까?"하고 나는 말하려 했습니다. 하녀는 흐릿한 눈초리로 내 얼굴을 바라보더니, 이윽고 청소를 하기 시작했습니다.

나는 편지를 펼쳤습니다. 그것은 가긴이 나에게 쓴 편지로서, 아샤로부터는 한 마디도 씌어 있지 않았습니다. 가긴은 먼저, 제발 이 당돌한 출발에 화를 내지 말아 달라는 것, 그러나 잘 생각하시면 노형께서도 자기 결심에 찬성해 주실 것으로 확신한다며, 곤란하고 위태롭기까지 한 이 상태에서 빠져나가기 위해서는 이 밖에 다른 방법을 발견할 수 없었다는 취지를 말하고, '어젯밤에 당신과 함께 말없이 아샤를 기다리고 있는 동안 저는 이 이별이 절대적으로 필요하다는 것을 확신했습니다. 세상에는 저의 존경을 받는 선입감도 있는가 봅니다. 따라서 노형께서 아샤하고 결혼할 처지가 되지 못한다는 것도 알게 된 것입니다. 동생은 저에게 모든 것을 이야기했습니다. 동생의 안정을 위해서는 저

도 그 아이의 끈기 있는 강력한 청에 양보하지 않을 수 없었습니다.'라
고 쓰고, 끝으로 서로의 교제가 이렇게 덧없이 끝나게 된 것을 몹시 유
감스럽게 생각한다고 말하고, 당신의 행복을 빌며 친우로서의 악수를
보내지만, 부디 우리를 찾으려는 생각은 하지 말아 달라고 씌어 있었습
니다.

"선입감이란 건 뭐야?"
하고 나는 마치 상대편이 내 말을 듣기라도 하는 듯이 큰 소리로 외쳤
습니다.

"에잇, 바보 자식! 그 앨 내게서 빼앗아 가다니, 도대체 누가 그런
권리를 줬어!"
　나는 내 머리카락을 쥐어뜯었습니다.
　하녀가 앙칼진 목소리로 주인 마님을 부르기 시작했으므로 그 소리에
나는 제정신으로 돌아왔습니다. 오직 한 가지 생각만이 마음 속에 불타
올랐습니다. 그것은 다른 것이 아닙니다. 그 오누이를 찾겠다는 것입니
다. 무슨 일이 있어도 찾아 내겠다는 것입니다. 이러한 타격을 감수하
고, 이러한 결과와 타협한다는 것은 도저히 나로서는 불가능한 일이었
습니다. 나는 주인 아주머니로부터 두 사람이 아침 6시에 기선을 타고
라인 강을 내려갔다는 걸 알았습니다. 기선 사무소로 가서 물어 본즉
두 사람은 쾰른까지 표를 끊었다는 것이었습니다. 나는 곧 짐을 꾸려서
두 사람의 뒤를 따라 배를 타기로 결심하고 집으로 향했습니다. 나는
루이제 부인의 집 옆을 지나가야 했는데…… 갑자기 누군가가 나를 부
르는 소리가 들려왔습니다. 머리를 들어서 보니 어젯밤 아샤와 만난 그
방 창문에서 시장 미망인이 얼굴을 내밀고, 그 능글맞은 미소를 띠고서
나를 부르는 것이었습니다. 나는 얼굴을 돌리고 그대로 지나가려 했습

니다만, 노파는 내게 전할 것이 있다고 뒤에서 외치는 것이었습니다. 이 말에 걸음을 멈추고 나는 집 안으로 들어갔습니다.

다시 그 방을 보았을 때의 내 심정을 뭐라고 형용해야 좋을까요.

"사실은."하고 노파는 조그마한 쪽지를 보이면서 말했습니다.

"당신이 스스로 찾아오지 않는다면 이것을 드리지 말라는 부탁이었습니다만, 당신이 하도 훌륭한 분이시기에 드리는 겁니다."

나는 쪽지를 받아들었습니다.

자그마한 종이조각에는 성급한 연필 글씨로 다음과 같이 적혀 있었습니다.

안녕히 계세요. 우리는 두번 다시 만나지 못할 거예요. 제가 떠나는 것은 거만한 기분에서가 아닙니다. 아니에요. 제게는 그 밖의 다른 길이 없었기 때문이에요. 어제 제가 당신 앞에서 눈물을 흘렸을 때, 만일 당신께서 단 한 마디라도 말씀해 주셨더라면 저도 여기에 남아 있었을지 모르지만, 당신은 아무 말씀도 없으셨습니다. 짐작컨대 그것이 좋았던 것 같기도 합니다…… 그럼, 영원히 안녕히 계세요!

단 한 마디……아, 나는 바보다! 그 한 마디를…… 나는 어젯밤 눈물을 머금으며 되풀이했고, 불어오는 바람에 날려 보내지 않았던가. 공허한 벌판에서 외쳤던 것이 아닌가! 그러나 나는 그녀에게 그 말을 하지 않았다. "나는 당신을 사랑합니다."라고는 말하지 않았다. ……그리고 그때는 그 말을 입 밖에 낼 수도 없었던 것입니다. 그 숙명적인 방에서 그녀와 만났을 때, 내 마음 속에는 아직 뚜렷한 사랑의 의식이 없었습니다. 가긴과 단둘이 무의미하고 괴로운 침묵 속에 앉아 있을 때조차도 그것은 아직 눈뜨지 않았던 것입니다. 그리고 나서 잠시 후, 혹시 불행한 일이 일어나지 않을까 하는 불안에 사로잡혀 아샤의 이름을 외치며 그녀를 찾아헤맸을 때…… 그 말은 걷잡을 수 없는 힘으로 불타올랐던 것입니다.

그러나 때는 이미 늦었던 것입니다. "아니, 그런 일은 있을 수 없다!"하고 사람들은 말할 것입니다. 그런 일이 있을 수 있는지 나는 모르겠습니다만── 그것이 사실이라는 것만은 알고 있습니다. 만일 아샤에게 조금이라도 아양을 떨 기분이 있고, 그녀의 신분이 꺼림칙하지 않았던들, 그녀는 결코 떠나지 않았을 것입니다. 다른 여자라면 누구든지 참을 수 있었던 것을 그녀는 참을 수 없었던 것입니다. 나는 그것을 몰랐습니다. 캄캄한 창문 앞에서 마지막으로 가긴과 만났을 때, 나의 좋지 않은 근성이 입 밖으로 나오려는 고백을 가로막아 버렸던 것입니다. 이리하여 아직 잡으려면 잡을 수 있었던 마지막 줄이 내 손으로부터 미끄러져 나갔던 것입니다.

바로 그 날로 나는 트렁크에다 짐을 꾸리고, 거리로 돌아와서 배를 타고 쾰른으로 떠났습니다. 지금도 생각나지만, 기선이 강변을 막 떠나려고 할 때, 한평생 잊을 수 없는 거리들이며, 낯익은 모든 곳곳에 마음 속으로 이별을 고하고 있노라니, 그 한헨의 모습이 눈에 띄었습니다. 그녀는 강변의 돌 위에 앉아 있었는데, 그 얼굴은 파리하긴 했지만 슬퍼 보이지는 않았습니다. 그녀 옆엔 잘 생긴 젊은 남자가 서서 싱글벙글 웃으며 그녀에게 무슨 말을 들려 주고 있었습니다. 라인 강 저쪽에서는 내가 좋아하는 조그마한 마돈나가 늙은 오리나무의 짙은 녹음 속에서 여전히 슬픈 표정으로 바라보고 있었습니다.

22

퀼른에서 가긴 오누이의 소식을 알았습니다. 두 사람이 런던으로 간다고 들었으므로 나는 곧 그 뒤를 따랐습니다.

그러나 런던에서 갖은 노력을 다해 봤지만 모두 헛수고였습니다. 나는 오랫동안 단념하지 않고 꽤 고집을 부렸습니다만, 결국에는 그들을 찾겠다는 희망을 버리지 않을 수 없게 되었습니다.

그리고는 두번 다시 그들을 만나지 못했습니다.── 아샤를 보지 못했습니다. 가긴의 소식은 어렴풋이 풍문에 들은 적이 있습니다만, 아샤는 내게 있어서 영원히 사라지고 말았습니다. 아직 그녀가 살아 있는지 그것조차 모를 정도입니다.

몇 해가 지나서, 어느 날 나는 외국의 어느 기차 안에서 한 부인을 보았습니다. 그 얼굴은 잊을 수 없는 그녀의 얼굴과 너무나도 흡사했습니다. 그러나 나는 우연히 그 비슷함에 속은 것일 겁니다. 아샤는 내 기억속에, 아직 내가 행복했던 시절에 알고 있던 처녀의 모습대로── 나직한 나무 의자에 등을 기대고 있던 그 마지막 모습대로 남아 있습니다.

그런데 한 가지 고백해야 할 것은, 나는 그 뒤 오랫동안 아샤의 일을 생각하며 슬퍼하지는 않았습니다. 오히려 운명이 나하고 아샤를 결합시키지 않은 것은 잘된 일이라고까지 생각했던 것입니다. 그런 여자를 아내로 맞았다면 틀림없이 행복하게 될 수는 없었으리라는 생각으로 자신을 위로하고 있었습니다. 그땐 나도 젊었으며, 미래── 그 짧은 번개처럼 빠른 미래가 한없이 긴 것으로 생각되었던 것입니다. 앞에 있었던 일, 뿐만 아니라 그것보다 더 좋고 멋있는 일이 다시 반복되지 않는다고 누가 장담할 수 있겠는가?……나는 이렇게 생각했던 것입니다.

그 후 나는 많은 여자들을 알았습니다만——아샤에게서 느꼈던 타는 듯하면서도 부드럽고 깊은 감정을 이미 두번 다시 경험할 수가 없었습니다. 그렇습니다! 어떤 여자의 눈이건 언젠가 애정이 깃든 눈초리로 나를 바라보던 그녀의 눈에 비할 수는 없었고, 그 누구가 내 가슴 위에 안겨도 내 가슴은 그렇게 기쁘고 숨막힐 듯한 달콤한 기분으로 뛴 적이 없습니다! 가족이 없는 쓸쓸한 고독의 운명을 지닌 나는 지루한 나날을 보내고 있습니다. 아샤의 편지와 시들어 버린 제라늄 꽃, 언젠가 그녀가 창문에서 던져 준 그 꽃만은 귀하게 보존하고 있습니다. 꽃은 아직까지 희미한 향기를 풍겨 주지만, 그것을 내게 던져 준 손, 내가 단 한 번 입맞출 수 있었던 손은 이미 오래 전에 무덤 속에서 썩고 말았을지도 모릅니다.

그리고 나 자신도——나는 어떻게 되었겠습니까? 나라는 인간, 그 행복하고 어수선하던 시절, 날개가 돋친 듯한 그 희망과 동경, 이런 것에도 도대체 무엇이 남아 있을까요? 이렇게 보잘것없는 화초의 희미한 향기라도 인간의 온갖 기쁨과 슬픔보다는 수명이 깁니다.—— 인간 자신보다도 수명이 긴 것입니다.

사랑의 개가

달은 방패처럼 둥글고
강은 별처럼 반짝이노라.
친구는 눈뜨고 적은 잠잔다.
독수리는 병아리를 낚아챈다.
살려 다오!

무츠이는 마치 실성한 사람처럼
느릿느릿 중얼거렸다.

사랑의 개가

다음 이야기는 내가 이탈리아의 옛 기록에서 읽은 것이다.

1

16세기 중엽 무렵, 이탈리아의 페르라라—— 그때 이 도시는 문학과 예술 애호가인 유명한 공후(公侯)들의 통치 아래 번영하고 있었다.—— 에 파비와 무츠이라는 두 젊은이가 살고 있었다. 나이가 비슷한데다 가까운 친척 사이인 그들은 지금까지 한 번도 떨어져 지낸 적이 없었다. 진정한 우정은 어릴 때부터 그들을 결속시켜 주었다. 그리고 동일한 운명은 그 결속을 한층 더 굳게 만들어 주었던 것이다. 두 사람 모두 명문가(名門家)에 태어난 재산가로, 남의 구속이라는 것을 모르는 자유로운 젊은이들이었고, 게다가 그들에게는 가족이라는 연줄이 없었다. 그리고 취미, 환경마저 비슷했다. 무츠이는 음악을 공부하고, 파비는 그림을 그렸다.

그리하여 두 청년은 궁전, 사회, 도시의 비할 바 없는 총아(寵兒)로서 모든 페르라라 시민의 사랑을 독차지하고 있었다. 두 청년은 균형잡힌 미남자로 나무랄 데가 없었으나, 서로의 용모만은 많이 달랐다. 파비는 후리후리한 키에 얼굴이 희고 머리카락은 아맛빛이었으며, 파란 눈을 하고 있었다. 무츠이는 그와 달리 거무스름한 얼굴에 까만 머리카락으로, 그의 암갈색 눈에는 파비에게서 볼 수 있는 것 같은 즐거움이 없었고, 그의 입술에는 상냥한 미소도 없었다. 게다가 좁다란 눈까풀을 뒤덮을 듯한 눈썹은 깨끗하고 넓은 이마에 가느다란 반원을 그린 파비의 금빛 눈썹과 조금도 닮지 않았다. 이야기할 때에도 무츠이는 그다지 활기가 없었다. 그렇지만 두 청년은 기사도의 겸손과 호사(豪奢)를 지니고 있었으므로, 모두 한결같이 귀부인들의 사랑을 받고 있었다.

그 당시, 같은 페르라라 시에 발레리야라는 한 처녀가 살고 있었다. 그 처녀는 교회에 갈 때에만 외출하고, 대제(大祭)가 와야 산책을 할 정도로 무척 고독한 생활을 즐기는 여자였다. 그래서 사람 눈에 띄는 일이 거의 없었으나, 도시에서는 그 처녀가 뛰어난 미인 가운데 한 사람이라는 소문이 나돌고 있었다. 그녀는 어머니와 함께 살고 있었다. 어머니는 미망인으로 그다지 부자는 아니었지만 훌륭한 가문의 출신이었고, 발레리야는 그녀의 외딸이었다. 발레리야를 만나는 사람이면 누구든지 자기도 모르는 놀라움에 사로잡혀, 문득 부러운 존경심이 일어나는 것이었다. 그러나 그녀 자신은 자기의 아름다움을 조금도 마음에 두는 기색이 없었다. 그만큼 그녀는 겸손한 처녀였다. 물론 어떤 사람은 그녀의 얼굴빛이 약간 창백하다는 것을 알고 있었다. 언제나 살며시 내리깐 그녀의 시선은 그 어떤 내적인 성격이라기보다는 뭔가 두려움을 말해 주는 것 같았다. 이따금 그녀의 입술이 방긋 웃을 때가 있지만, 그것도 살짝 짓는 웃음일 뿐이며, 그녀의 목소리를 들어 본 사람은 아무도 없었다. 그렇지만 그녀의 목소리가 아름답다는 소문만은 떠돌고 있었다. 이른 아침 온 도시 사람들이 고요히 잠들어 있을 때, 그녀는 자물쇠를 채운 방에 홀로 들어앉아서 칠현금(七絃琴)을 켜며 옛 노래를 부르는 것을 즐거움으로 삼고 있다는 것이었다. 발레리야의 얼굴은 창백했으나, 그녀의 몸에서는 건강이 넘쳐흘렀다. 그래서 노인들까지도 그녀를 보면, "아, 사람 손이 닿지 않은 꽃봉오리, 이것을 꺾는 젊은이는 얼마나 행복하랴!"하고 감탄을 아끼지 않는 것이었다.

2

파비와 무츠이가 처음으로 발레리야를 본 것은 호화로운 대제전(大祭典) 때였다. 이 제전은 유명한 루크레츠이 보르지아의 아들인, 그 무렵의 페르라라 공후 에르코르의 명령에 의해서 베풀어진 것으로, 그것은 프랑스 왕 루이 12세의 왕녀인 에르코르 공후 부인의 초대에 따라 멀리 파리에서 도착하는 유명한 귀족들을 환영하기 위해서였다. 팔라지에 의해서 페르라라 대광장에는 화려한 귀부인석이 마련되었는데, 발레리야는 어머니와 나란히 그 가운데 자리잡고 있었다. 파비와 무츠이는 바로 그날부터 발레리야에게 반하고 말았다. 두 젊은이는 서로 아무것도 감추는 일이 없었으므로, 곧 상대편 마음 속에 무슨 일이 일어나고 있는지를 알 수 있었다. 그래서 두 청년은 함께 발레리야를 사귀도록 애써서 만일 그녀가 두 사람 중 누구 하나를 택한다면, 다른 한 사람은 아무 이의 없이 그 선택에 따르기로 하자고 서로 약속을 했다.

몇 주일 지난 후 두 청년은 정당한 방법으로 얻은 어떤 좋은 기회를 이용하여 잘 들여보내 주지 않는 미망인 집에 들어갈 수 있었다. 어머니는 그들에게 딸을 방문해도 좋다고 허락했던 것이다. 그때부터 그들은 매일같이 발레리야를 만나 이야기를 주고받았다. 두 청년의 가슴 속에 타오르기 시작한 불길은 날이 갈수록 차츰 더해 갈 뿐이었다. 발레리야도 그들의 방문을 꺼리는 것 같지는 않았다. 그녀는 무츠이와 함께 음악을 즐기기는 했으나, 파비하고 더 많은 이야기를 주고받았다. 다시 말해서, 파비에게는 더 많은 것을 털어놓을 수 있었던 것이다. 마침내 두 청년은 각자의 최후 운명을 알기로 결심하고, 발레리야에게 편지를 보냈다. 거기에는 누구의 청혼을 받아들일 것인지 하루 바삐 말해 주기 부탁한다고 씌어 있었다. 발레리야는 그 편지를 어머니에게 보이고, 자기는 언제까지나 처녀로 살고 싶다고 말했다. 그러나 어머니께서 반드시 시집을 가야 한다고 말씀하신다면, 누구든지 어머니의 마음에 드는 분하고 결혼하겠다고 덧붙였다. 마음이 어진 미망인은 사랑하는 딸과 헤어져야 한다는 생각을 하고 잠시 눈물에 젖었다. 그렇다고 해서 구혼자들을 거절할 만한 구실도 없었다. 그것은 두 젊은이가 모두 사윗감으로서는 적당한 인물이라고 생각됐기 때문이었다. 그러면서도 마음 한구석으로는 파비 쪽을 좋아하여, 그 젊은이라면 발레리야도 무척 마음에 들리라 생각하고 결국 어머니는 파비를 선택해 주었다. 이튿날 파비는 그 기쁜 소식을 받았다.

한편, 무츠이는 약속에 따라 그 선고에 동의하지 않을 수 없었다.

그는 약속대로 했다. 하지만 무츠이는 자기 경쟁자의 승리를 눈앞에 보면서 그 증인으로 남아 있을 수는 없었다. 그는 재빨리 대부분 재산을 정리하여 수천 두카트(이탈리아에서 사용되던 금화)를 만들어서 먼 동쪽 나라를 향하여 기나긴 여정(旅程)에 올랐다. 무츠이는 파비하고 헤어지면서, 자기 정열의 마지막 흔적이 사라졌다고 느끼기 전에는 절대로 귀국하지 않겠다고 맹세했다. 어릴 때부터 청년 시절에 이르기까지 한 번도 떨어져 지낸 적이 없는 친구와 헤어진다는 것은 파비로서도 여간 고통스러운 일이 아니었다. 그렇지만 가까운 행운에 대한 즐거운 기대는 순식간에 다른 모든 감정을 집어삼키고 말았다. 그는 성공한 사람의 기쁨 속에 온몸을 내맡겼던 것이다.

얼마 뒤에 파비는 발레리야와 결혼했다. 그리고 결혼했을 때 그는 비로소 자기 손에 들어온 보물의 가치를 깨닫게 되었다. 파비는 페르라라에서 가까운 곳에 녹음이 우거진 정원으로 둘러싸인 훌륭한 별장을 가지고 있었다. 그는 아내와 장모와 함께 그 곳으로 옮겨 갔다. 그 때야말로 그들에게는 가장 즐거운 시절이었다. 신혼 생활의 새롭게 빛나는 광채 속에서 발레리야는 많은 미덕들을 발휘했다. 파비는 저명한 화가가 되었다.—— 이미 단순한 애호가가 아니라 당당한 중진이 된 것이다. 발레리야의 어머니는 두 사람의 행복스러운 배필을 보고 무척 기뻐하며 하느님께 감사를 드렸다. 어느 새 4년이란 세월이 달콤한 꿈 속에 흘러가 버렸다. 만일 신혼 부부에게 한 가지의 부족, 한 가지의 슬픔이 있었다면, 그것은 그들 사이에 자식이 없다는 것이었다…… 그러나 그들은 희망을 버리지 않았다. 4년째 마지막 고비에 들어서자 이번에는 정말로 커다란 슬픔이 그들 위에 떨어지고 말았다. 발레리야의 어머니가 며칠 동안 앓다가 그만 세상을 떠나고 만 것이다.

발레리야는 하염없이 울었다. 그녀는 한동안 이 불행에 익숙해질 수 없었다. 그러나 한 해가 지나자 생활은 다시 그 전의 모습으로 되돌아와서 예전의 물줄기를 따라 흘렀다. 그런데 어느 아름다운 여름날 저녁, 무츠이는 아무에게도 알리지 않고 살며시 페르라라로 돌아왔다.

3

페르라라를 떠난 지 5년 동안, 아무도 무츠이에 대해서 아는 사람이 없었다. 마치 땅 위에서 꺼지기라도 한 듯 그에 대한 소식은 뚝 끊어져 버리고 말았다. 그래서 파비는 페르라라의 어느 거리에서 옛 친구를 만났을 때, 처음에는 놀랐으나 너무 기쁜 나머지 하마터면 함성을 지를 뻔 했다.—— 그는 즉시 무츠이를 자기 별장으로 초대했다. 별장 정원에는 따로 떨어진 별관이 있었다. 파비는 친구에게 이 별관을 숙소로써 주기를 권했다. 무츠이는 친구의 호의를 달갑게 여겨, 그 날로 자기 하인을 데리고 그 곳으로 옮겨 왔다. 하인은 말레이시아 인인 벙어리로 —— 벙어리이기는 했지만 귀머거리는 아니었다. 게다가 그의 또렷또렷한 눈초리로 보아서 무척 영리한 사람인 것 같았다. 그의 혀는 잘려 있었다. 무츠이는 수십 개의 트렁크를 가지고 왔는데, 그 속에는 여러 해를 여행하는 동안에 수집한 가지각색의 보물이 가득 차 있었다. 발레리야도 무츠이의 귀국을 기뻐했으며, 무츠이도 반갑고 다정한 인사를 했다. 그렇지만 무츠이의 태도는 매우 침착했다. 그리고 어느 모로 보나 파비와의 약속을 이행한 듯이 보였다. 그는 낮 동안에 하인과 함께 자기의 별관을 정리하고, 가지고 온 진기한 물건들을 정돈했다. 카펫, 비단, 찻잔, 접시, 에나멜을 칠한 쟁반, 진주와 보석을 박은 금은 장식품, 호박(琥珀)과 상아(象牙)로 조각된 상자, 반짝반짝 빛나는 병, 향료, 약, 짐승 가죽, 이상한 새털, 그 밖에도 여러 가지 있었지만, 어느 것이나 그 사용법을 알 수 없는 신비로운 것들뿐이었다. 금은 보석 가운데 진주 목걸이가 있었는데, 그것은 어느 날 무츠이가 멋지고 신기한 재주를 보여 준데 대해서 페르시아 왕이 기증한 목걸이라고 했다. 그는 손수 그 목걸이를 발레리야의 목에 걸게 해 달라고 부탁했다. 목걸이는 묵직하면서도 그 어떤 이상한 온기가 스며 있는 듯이 느껴졌다…… 이윽고 목걸이는 발레리야의 목에 걸려졌다.

점심을 마치고 저녁녘에 별장 테라스의 올레안도르와 계수나무 그늘에 앉아 무츠이는 마침내 자기의 여행담을 이야기하기 시작했다. 그는 자기가 본 먼 나라들이며, 구름을 찌를 듯한 높은 산이며, 물 없는 사막, 바다와 같은 대하(大河)들을 말하고 나서 큰 건축물과 대사원들, 천년 묵은 고목, 무지갯빛과 새 이야기, 그리고는 자기가 찾아갔던 도시라는 도시며, 민족이란 민족을 일일이 세어 보이는 것이었다…… 그 이름을 듣는 것만으로도 어떤 동화 세계가 연상되었다. 무츠이는 동방에 있는 나라들을 골고루 잘 알고 있었다. 그는 페르시아와 아라비아를 지나갔는데, 그 곳에서는 다른 어떤 동물보다도 말을 가장 귀하고 훌륭한 것으로 여기고 있었으며, 인도의 내륙 지방으로 들어가니 거기에는 사람이 거목과 흡사했고, 그 다음 중국과 티베트 경계선에 이르니 그 곳에서는 달라이 라마라고 불리는 생불(生佛)이 눈을 감고 묵상하고 있는 인간의 모습으로 지상에 살고 있더라는 것이었다.

어쨌든 들으면 들을수록 신기한 이야기들이었다. 파비와 발레리야는 얼빠진 사람처럼 그의 말을 듣고 있었다. 무츠이의 용모 자체는 그다지 변한 것 같지 않았다. 다만, 어릴 때부터 거무스름하던 얼굴이 강한 햇볕에 그을려서 한층 더 검어지고, 눈이 예전보다 우묵 들어간 것같이 보일 정도였으나, 단 한 가지 그의 얼굴 표정만은 완전히 달라져 있었다. 빈틈없이 긴장되고 장중한 표정은 여러 가지 위험, 그 중에서도 캄캄한 밤에 호랑이의 으르렁대는 소리에 놀라고, 낮에는 한적한 산길에서 악신(惡神)의 희생물로 삼기 위하여 길을 가는 나그네를 노리고 있는 산적을 만났다는 이야기를 할 때에도 조금도 놀라운 기색이라고는 없었다. 목소리는 나직하면서도 단조로웠고, 손놀림을 비롯하여 온몸의 동작까지도 이탈리아 민족의 특유성을 잃고 있었다. 무츠이는 온순하고 민첩한 말레이시아 하인의 도움으로 인도의 바라문(婆羅門)한테서 배운 몇 가지의 요술을 파비와 발레리야에게 보여 주었다. 한 가지 예를 들면, 그는 먼저 자기 몸을 휘장으로 가리자마자 갑자기 수직으로 세운 대나무 지팡이에 손끝을 가볍게 의지하면서 공중에 책상다리를 하고 앉은 모습으로 나타났다. 파비도 놀랐지만, 발레리야의 놀라움은 이루 말할 수가 없었다.

아니, 저분은 마법사가 된 게 아닐까 하고 그녀는 마음 속으로 생각했다.

그리고 무츠이가 가느다란 퉁소를 불어 길든 뱀을 불러 냈을 때, 그리고 그 뱀이 혀를 날름거리며 얼룩무늬 천 밑에서부터 까맣고 납작한 대가리를 도사렸을 때, 발레리야는 무서워서 그 기분 나쁜 뱀을 치워 달라고 무츠이에게 애원했다. 저녁 식사가 끝난 뒤, 무츠이는 목이 긴 둥근 병에 든 시라즈의 술을 파비 부부에게 대접했다. 술은 아주 향기 높고 짙었으며, 파르스름한 금빛으로 빛나고 있었다. 게다가 자그마한 벽옥(碧玉)으로 만든 잔에 부어서인지 더욱 이채로운 빛을 발하고 있었다. 술맛은 유럽 술과 달리 몹시 달고 향기가 높아서, 천천히 몇 모금만 들이켜도 온몸이 달콤한 잠에 취하는 듯한 느낌을 주었다. 무츠이는 파비와 발레리야에게 다시 한 잔씩 권하고 자기도 마셨다. 그때 무츠이는 발레리야의 잔으로 몸을 숙이고 손가락을 떨면서 무엇인지 중얼거렸다. 발레리야도 그것을 알고는 있었으나, 그의 태도와 행동이 전과는 너무도 달랐으므로 그다지 마음에 두지 않고, 이 분은 인도에서 어떤 새로운 종교를 받아들인 게 아닐까, 그렇지 않으면 그 곳의 풍속이 저런 것일까 하고 생각했을 따름이었다.

잠시 아무 말이 없다가 발레리야가 무츠이에게 물었다.

"당신은 여행 도중에도 여전히 음악을 하셨나요?"

무츠이는 대답 대신 말레이시아 인에게 인도의 바이올린을 가져오라고 명령했다. 바이올린은 요즈음 것과 다름없었다. 단지 현(絃)이 네 개가 아니라 셋이었고, 위에는 푸릇푸릇한 뱀가죽이 덮여 있었으며, 거기에 삼으로 만든 가늘고 긴 반원형 활이 달려 있고, 그 끄트머리에 뾰족한 보석이 반짝이고 있었다.

무츠이는 먼저 몇 개의 비곡(悲曲)을 켰다. 그의 말에 의하면 민요라는 것으로, 이탈리아 인의 귀에는 이상하다기보다는 오히려 조잡한 느낌을 주었다. 금속으로 만든 현의 음향은 나직하고 구슬펐다. 그러나 무츠이가 마지막 노래를 시작했을 때, 그 음향은 갑자기 높아져서 힘차게 울리기 시작했다. 힘있게 활을 올리고 내릴 때마다 그 밑에서 타는 듯한 정열의 곡조가 흘러 나왔다. 그것이 마치 바이올린 가죽을 덮고 있는 뱀처럼 아름다운 굴곡을 보여 주어 한결 정서를 더해 주는 것이었다. 파비와 발레리야는 가슴이 벅차올라 눈에 눈물이 괴었다. 그만큼 이 멜로디는 정열과 환희에 불타고 있었다. 그러나 한편, 무츠이는 아래로 몸을 굽혀 바이올린에다 머리를 가져다 댄 채 뺨은 차츰 파리해지고, 두 눈썹은 한일자로 굳게 굳어졌다. 그의 표정은 긴장될 대로 긴장되어 한층 더 엄숙해 보였다. 활 끄트머리의 보석은 그 신기한 음악의 불길에 타오르기라도 하듯 시종 광선 모양의 불꽃으로 반짝이고 있었다.

　무츠이가 음악을 끝마치고 이어 바이올린을 턱과 어깨 사이로 힘있게 틀어넣으며 활을 쥐고 있는 손을 내렸을 때,

　"도대체 그건 뭔가? 자넨 무슨 곡을 켰나?"

하고 파비는 외쳤다.

　발레리야는 어안이 벙벙해서 아무 말도 하지 않았지만, 그녀의 모습은 역시 남편의 물음을 되풀이하고 있는 것 같았다. 무츠이는 바이올린을 책상 위에 놓고 가볍게 머리를 흔들고 정다운 미소를 지으며 말했다.

　"이거 말인가? 이 곡은…… 이 노래는 실론 섬에서 한 번 들은 일이 있지. 그 곳에선 이 노래가 행복하고 만족스러운 '사랑의 개가'라고 해서 많이 유행되고 있다네."

　"한 번 더 들려 주게."

하고 파비는 속삭였다.

　"안돼, 이건 되풀이할 순 없는 거야. 벌써 늦었으니 발레리야께서도 주무셔야 할 거고, 나도 잘 때가 됐어. 몹시 고단하군."

하고 무츠이는 대답했다.

　이날 하루 동안 무츠이가 발레리야를 대하는 태도는, 다만 옛 친구로서 어디까지나 정중한 것이었다. 그렇지만 헤어지게 되었을 때, 그는 힘있게 발레리야의 손을 잡고 얼굴이 닿을 정도로 뚫어지게 바라보면서 그녀의 손바닥을 손가락으로 꼭 눌러 주었다. 그때 발레리야는 얼굴을 들 수 없었지만 확 타오르는 자기 볼 근처에서 무츠이의 시선을 느꼈다. 그녀는 아무 말 없이 손을 빼냈지만, 그래도 무츠이가 밖으로 나갔을 때 그녀는 그가 걸어나간 문 쪽을 바라보았다. 그녀는 그 전에 무츠

이가 얼마나 무서웠던가를 상상해 보았다. 그리고 지금도 그녀는 못 미더워하는 눈치였다. 무츠이는 자기 숙소를 돌아가고, 파비 부부는 그들의 침실로 들어갔다.

4

발레리야는 한참 동안 잠을 이룰 수가 없었다. 온몸의 피가 괴로움 속에 잔잔히 물결치고, 머릿속은 종이라도 울리듯 뒤흔들렸다. 이것은 발레리야가 추측한 대로 이상한 술 때문이기도 했지만, 무츠이의 이야기와 바이올린 연주도 어느 정도 그 원인이 된 듯싶었다. 결국 그녀는 새벽녘에야 잠들었는데, 곧 이상한 꿈을 꾸었다.

발레리야는 먼저, 자기가 천장이 나직하고 널찍한 방 안에 들어와 있다는 것을 느꼈다. 그녀는 지금까지 한 번도 이런 방을 본 적이 없었다. 사방의 벽은 금빛풀이 자란 가느다란 청색 타일로 장식되고, 우아하게 조각된 석고 기둥은 대리석 천장을 떠받들고 있었다. 그 천장은 어렴풋이 투명해 보였다. 연한 분홍빛은 모든 사물을 같은 신비로움으로 물들이면서 사방에서 방 안에 비쳐 내리고 있었다. 거울같이 미끄러운 마루 한복판의 폭 좁은 카펫 위에는 비단 방석이 놓여 있었고, 방구석마다에는 괴물을 상징하는 커다란 향로에서 가느다란 연기가 피어오르고 있었다. 어디를 보나 창문은 없었다. 벨벳 커튼을 드리운 문은 우묵이 들어간 벽 위에서 말없이 검은빛을 발하고 있었다. 그런데 갑자기 커튼이 살랑살랑 흔들리며 움직이더니…… 무츠이가 들어오지 않는가. 그는 인사를 하고 두 손을 벌리며 빙긋이 웃었다…… 이윽고 그의 무

쇠 같은 두 손이 발레리야의 몸을 끌어안으며 메마른 입술로 그녀의 온
몸을 더듬었다…… 그리고 그녀는 방석 위로 쓰러졌다.

  이 무서운 악몽에 사로잡혀 고통스러운 신음을 하다가 발레리야는 간
신히 눈을 떴다. 그녀는 자기 몸이 어디 있는지, 무슨 일이 일어났는지
알 수가 없어서, 침대에서 반쯤 몸을 일으키고 사방을 둘러보았다. 그
녀는 온몸에 오싹 소름이 끼쳤다. 파비는 그녀 옆에 나란히 누워 있었
다. 그는 잠들어 있었는데, 그의 얼굴은 마침 창문으로 비쳐드는 환한
달빛을 받아 죽은 사람같이 파리했다…… 죽은 사람의 얼굴보다 더 슬
퍼 보였다. 발레리야는 남편을 깨웠다.
  잠을 깬 남편은 발레리야를 보자 곧,
  “왜 그러오?”하고 물었다.
  “저…… 전 무서운 꿈을 꾸었어요.”
  아직 부들부들 몸을 떨면서 발레리야는 중얼거렸다.
  그러자 이때, 별관 쪽에서 힘찬 멜로디가 울려 나왔다. 그리고 두 사
람—— 파비도 발레리야도—— 은 이것은 만족스러운 사랑의 개가라
고 하면서 무츠이가 연주하던 그 곡임에 틀림없다는 것을 알았다. 파비
는 이상한 듯 발레리야를 바라보았다…… 발레리야는 눈을 감고 얼굴
을 돌렸다. 두 사람은 숨을 죽이고 노래가 끝날 때까지 듣고 있었다.
  마지막 선율이 끊어졌을 때, 달이 구름 속으로 기어들어 방 안은 갑
자기 어두워졌다. 두 부부는 말없이 누웠다.—— 그리고 누가 먼저 잠
들었는지 모르게 두 사람은 잠들어 버렸다.

5

다음날 아침에 무츠이는 아침 식사를 하러 왔다. 그는 무척 만족스러운 표정으로 발레리야에게 즐겁게 인사했다. 발레리야는 말을 더듬으며 그에게 대답하고 살짝 무츠이를 훔쳐보았다.── 그 만족스러운 얼굴이며 날카로운 호기심에 찬 눈초리가 그녀에게 어쩐지 두려움을 주었다. 무츠이는 다시 이야기를 시작하려고 했다. 그러나 파비가 곧 그의 말을 가로챘다.

"잠자리가 바뀌어 자넨 자지 못한 것 같더군 그래? 나는 아내와 함께 어젯밤 자네가 연주하는 노래를 들었다네."

"그래? 자네도 듣고 있었나?"하고 무츠이는 중얼거렸다.

"나는 그 곡을 켰어. 그러나 그 전에 한잠 자다가 굉장한 꿈을 꾸었다네."

발레리야는 솔깃하여 귀를 기울였다.

"어떤 꿈이었나?"

파비가 물었다.

"이런 꿈을 꾸었어."

무츠이는 발레리야를 물끄러미 바라보며 말을 이었다.

"내가 천장이 낮은 동양식으로 꾸며진 어떤 넓은 방에 들어갔어. 조각된 기둥이 천장을 떠받들고 벽은 타일로 붙여졌으며, 창문도 등불도 없었지만, 장밋빛 광선이 방 전체에 넘쳐 흘러서 그 방은 마치 투명석(透明石)으로라도 만든 것 같았어. 방 구석구석에는 중국 향로가 놓이고, 마루 위에는 비단 방석이 폭 좁은 카펫 위에 놓여 있었지. 나는 커튼을 드리운 문을 통해 들어갔지. 그러자 다른 문에서도 갑자기 나를 향하여 부인 한 사람이 걸어오지 않겠나. 그 부인은 한때 내가 사랑했던 여자로, 아주 미인이었어. 나도 예전의 사랑이 불타올랐을 정도였다네."

무츠이는 의미심장하게 입을 다물었다. 발레리야는 옴쭉달싹 않고 앉아 차츰 파랗게 질려 갈 뿐이었다.

"그때."하고 무츠이는 말을 이었다.

"나는 잠을 깨어서 그 곡을 켠거라네."

"그 부인이 누구냐고? 어느 인도인의 마누라야. 나는 그 부인과 델리에서 만났었지. 그런데 그 여자는 이미 이 세상 사람이 아니야. 죽고 말았다네."

"그러면 남편은?"

파비는 까닭도 없이 물었다.

"소문에 의하면, 남편도 역시 죽었다더군. 두 사람 다 너무 빨리 죽고 만 거야."

"이상한데!" 파비는 외쳤다.

"내 아내도 어젯밤 이상한 꿈을 꾸었다더군."

그때 무츠이는 뚫어질 듯이 발레리야를 바라보았다.

"아내에게 꿈 이야기를 듣지는 못했지만."

하고 파비는 덧붙였다.

이때 발레리야는 자리에서 일어나 밖으로 나갔다. 무츠이도 아침 식사를 마치고 페르라라까지 가야 할 일이 있어서 밤에야 돌아오겠다고 말하고는 나가 버렸다.

6

무츠이가 돌아오기 몇 주일 전, 파비는 성녀(聖女) 체치리야의 형식으로 아내의 초상화를 그리기 시작했다. 그의 재능은 현저하게 나아졌다. 레오나르도 다 빈치의 문하생으로, 유명한 화가인 루이니는 자주 파비를 찾아 페르라라로 와서는 개인적인 조언으로 파비를 도와 주면서 대선생의 교훈을 전달하는 것이었다. 초상화는 거의 완성되어 가고 있었으나, 다만 얼굴 몇 군데만이 아직도 완성되지 못한 채 남아 있었다.

이 그림만 완성되는 날이면 파비는 정당하게 자기의 재능을 자랑할 수가 있으리라. 파비는 무츠이를 페르라라로 떠나 보내고, 자기 화실(畫室)로 발을 옮겼다. 거기에서 언제나 발레리야가 자기를 기다리고 있었던 것이다. 그런데 오늘 그는 발레리야를 찾을 수가 없었다. 소리쳐 불러 보았으나 대답이 없었다. 그는 이상한 불안에 사로잡혔다. 그는 발레리야를 찾기 시작했다. 집에는 없었다. 파비는 정원으로 뛰어나갔다.── 그리고 멀리 떨어진 가로수 길에서 발레리야를 찾아 냈다. 그녀는 머리카락을 가슴 위로 늘어뜨리고, 두 손을 열십자 모양으로 무릎 위에 올려 놓은 채 벤치에 앉아 있었다. 그녀 뒤에서는 험상궂은 비웃음으로 얼굴을 찡그린 대리석 괴물이 암록색의 기파리스(녹색 식물의 일종) 속에서 튀어나와, 그 까부러진 입술을 갈대 피리에 갖다 대고 있었다. 발레리야는 남편을 보고 무척 기뻐했다. 그리고 남편의 장황한 질문에 대해서 머리가 좀 아프기는 하지만 아무렇지도 않다고 말하고는 화실로 가고 싶다고 대답했다. 파비는 그녀를 화실로 데려다가 앉힌 다

음 붓을 들었다. 그러나 유감스럽게도 자기가 바라는 대로의 얼굴을 완
성시킬 수가 없었다. 그것은 그녀의 얼굴이 조금 파리하고 피곤해 보였
기 때문만은 아니었다…… 그렇지는 않았다. 그러나 그가 예전에 마음
에 들어했던 얼굴, 그로 하여금 성녀 체치리야의 모습으로 표현해 보겠
다는 마음을 일으키게 했던 그 깨끗하고 거룩한 표정을 그는 오늘 발레
리야에게서 찾아볼 수가 없었던 것이다. 그는 결국 붓을 던지고, 그림
을 그릴 기분이 나지 않는다면서, 발레리야에게 안색이 좋지 않은 것
같으니 자리에 누워서 쉬는 게 좋겠다고 말했다.── 그리고 나서 그는
초상화를 벽 위에다 세워 놓았다. 발레리야는 쉬도록 하라는 남편의 의
견을 쫓아서, 정말 머리가 아프다고 되풀이 말하고는 침실로 사라졌다.
　파비는 혼자 화실에 남았다. 자기 자신도 모를 이상한 동요가 느껴졌
다. 파비는 자진해서 무츠이를 자기 집에 머무르게 했지만, 이제 와서
는 오히려 화근이 되고 말았다. 그는 질투하고 있는 것은 아니었다. 어
떻게 발레리야에게 질투할 수 있으랴. 그러나 그는 자기의 친구가 예전
의 친구가 아니라는 것을 알았던 것이다. 무츠이가 머나먼 나라에서 가
지고 온 여러 가지 신기한 것, 알지 못할 것── 그의 피와 살에 깊이
아로새겨진 것── 그러한 모든 요술, 가곡, 이상한 술, 벙어리 말레
이시아 인, 게다가 무츠이의 옷이며 머리카락이며, 숨을 쉴 때 내뿜는
향기── 이 모든 것은 파비의 마음에 의혹이라기보다는 오히려 불안
스러운 감정을 일으키게 했다. 그러나 어째서 말레이시아 인은 책상 뒤
에서 일하면서 그렇게도 불쾌한 눈초리로 자기를 노려보는 것일까? 물
론 다른 사람은 그가 이탈리아 어를 이해한다고 생각할는지도 모르리
라. 무츠이가 말한 바에 의하면, 이 말레이시아 인은 혀를 대가로 해서
막대한 희생을 치렀으며, 그 때문에 지금은 굉장한 힘을 가지고 있다는

것이었다. 그렇지만 어떤 힘으로, 또 어떻게 그는 혀의 대가로 그것을 얻을 수 있었을까. 그 점이 매우 이상했다! 정말 모를 일이었다! 파비는 아내의 침실로 갔다. 발레리야는 옷을 입은 채로 침대에 누워 있었다.── 그러나 자고 있지는 않았다. 파비의 발자국 소리를 듣고 그녀는 몸을 떨었으나, 곧 정원에서 만났을 때와 같이 기뻐했다. 파비는 침대 밑에 앉아 발레리야의 손을 잡은 채, 잠시 아무 말이 없다가 물었다.

"어젯밤의 이상한 꿈이 몹시 당신을 놀라게 한 모양이구료. 그래, 그 꿈은 무츠이가 이야기한 것과 같은 것이었소?"

발레리야는 얼굴을 붉히며 황급히 중얼거렸다.

"오, 아니에요! 아니에요! 제가 본 것은…… 어떤 이상한 괴물이 저를 잡아 먹으려고 하는 것이었어요."

"괴물이라니? 그건 사람의 탈을 쓰고 있었소?"

파비는 물었다.

"아니에요, 짐승…… 짐승이었어요."

발레리야는 대답하고 나서 갑자기 돌아 눕더니 빨갛게 상기된 얼굴을 베개 속에 파묻었다. 파비는 잠시 동안 아내의 손을 잡고 있다가 말없이 그 손을 자기 입술에 갖다 대고는 밖으로 나갔다.

두 부부는 불쾌한 기분으로 이날 하루를 보냈다. 그들의 머리 위에는 갑자기 무엇인지 검은 것이 걸려 있는 듯이 느껴졌다…… 그렇지만 그것이 무엇인지 그들은 알 수 없었다. 그들은 서로 떨어지고 싶지 않았다. 마치 어떤 위험이 그들을 위협하기라도 하듯이. 그러나 무슨 말을 해야할지 갈피를 잡을 수 없었다. 파비는 초상화를 그려 보기도 하고, 요즈음 페르라라에서 출판되어 이미 온 이탈리아를 휩쓴 아리오스토의 서사시를 읽어 보려고도 했으나 아무 소용이 없었다. 무츠이는 밤늦게 저녁 식사를 할 무렵이 되어서야 집으로 돌아왔다.

7

무츠이는 변함 없이 침착하고 만족스러워 보였다.── 그러나 이야기는 많이 하지 않았다. 그는 파비에게 옛 친구들 소식이며, 독일 원정(遠征)이며, 대제(大帝)의 일들을 물어 보았다. 그런가 하면 신임 교황을 알현하기 위해서 로마로 가고 싶다는 자기의 희망을 말하기도 했다. 무츠이는 또다시 시라즈의 술을 발레리야에게 권했지만, 그녀로부터 거절당하자 "이젠 필요가 없군."하고 혼잣말을 중얼거렸다. 파비는 아내와 함께 침실로 돌아와서 잠시 뒤 잠들어 버렸다. 한 시간 가량 지나서 눈을 떠 보니, 자기 옆에 아무도 누워 있지 않았다. 발레리야가 없었던 것이다. 파비는 황급히 몸을 일으켰다.── 바로 그 순간, 잠옷 차림인 발레리야가 정원 쪽에서 방으로 들어오고 있는 것을 보았다. 조금 전만 해도 보슬비가 내리는 것 같았으나, 이미 달이 환히 빛나고 있었다. 발레리야는 눈을 내리깔고 죽은 듯이 움직이지 않는 얼굴에 이상한 공포의 빛을 떠올리면서 침대로 다가왔다. 그녀는 앞으로 손을 내밀어 침대를 더듬더니 털썩 침대 위에 누워 버린 채 말이 없었다. 파비는 그녀에게 한두 마디 질문을 던졌으나 아무 반응이 없었다. 아마 잠든 듯싶었다. 파비는 그녀를 만져 보았다.── 그녀의 잠옷이며 머리카락은 빗방울에 젖고, 맨발의 발바닥에는 모래가 묻어 있었다. 깜짝 놀란 파비는 벌떡 일어나 반쯤 열린 문을 박차고 정원으로 달려갔다. 무서울 정도로 밝은 달빛이 만물을 비춰 주고 있었다. 파비는 사방을 둘러보았다. 그 순간 좁다란 모랫길 위에 두 사람의 발자국이 남아 있는 것을 발견했다.── 한 사람은 맨발이었다. 그 발자국을 따라가니, 그 곳은 별관과 본관과의 중간쯤 되는 재스민이 가득한 정자였다. 파비는 어리둥절하여 걸음을 멈췄다. 그러자 갑자기 어젯밤 들은 것과 같은 곡이 다시 울려 나오지 않는가!

파비는 부르르 몸을 떨고는 별관 안으로 뛰어들었다. 무츠이는 방 한복판에 서서 바이올린을 연주하고 있었다. 파비는 그에게 달려들었다.

"자네 정원에 나갔었지, 밖에 나갔었지? 자네 옷은 비에 젖어 있어."

"아니 모르겠는데…… 나가지 않은 것 같은데……"

파비의 뜻하지 않은 방문과 그의 흥분에 놀란 무츠이는 더듬더듬 대답했다.

파비는 그의 한쪽 손을 잡으면서 물었다.

"왜 자넨 그 곡을 켜고 있지? 또, 그 꿈을 꾸었나?"

무츠이는 여전히 놀라움에 사로잡혀 파비를 바라볼 뿐 말이 없었다.

"자, 대답해!"

달은 방패처럼 둥글고
강은 별처럼 반짝이노라.
친구는 눈뜨고 적은 잠잔다.
독수리는 병아리를 낚아챈다.
살려 다오!

무츠이는 마치 실성한 사람처럼 느릿느릿 중얼거렸다. 파비는 두어 걸음 물러나서, 무츠이를 뚫어질 듯 바라보며 생각에 잠겼다. 이윽고 그는 침실로 되돌아왔다.

발레리야는 머리채를 어깨 위에 늘어뜨리고, 힘없이 두 손을 벌린 채 괴로운 꿈 속에 잠겨 있었다. 파비는 잠시 뒤 그녀를 깨웠다. 파비의 모습을 보자 그녀는 남편의 가슴에 몸을 던지고 힘껏 파비의 목을 끌어안았는데, 온몸이 부들부들 떨리고 있었다.

"아니, 당신 왜 그러오! 무슨 일이라도 있었소?"

파비는 그녀의 마음을 진정시키려고 두 번 되풀이해서 물었다. 그러나 그녀는 파비의 가슴에 안긴 채 차츰 정신을 잃어가는 것이었다.

"아, 굉장히 무서운 꿈을 꾸었어요."

그녀는 파비의 가슴에 얼굴을 파묻으며 중얼거렸다. 파비는 그녀에게 물어 보고 싶은 말이 많았다. 그러나 그녀는 여전히 덜덜 떨고 있을 뿐이었다.

발레리야가 파비의 팔에 안겨 간신히 잠들 수 있었을 때는 이미 아침놀에 창문이 빨갛게 물들 무렵이었다.

8

이튿날 무츠이는 아침부터 어디 갔는지 보이지 않았다. 발레리야는 이웃 수도원에 다녀오겠다고 남편에게 말했다.

그 수도원에는 그녀의 교부(敎父)로서, 예전부터 그녀가 매우 존경하고 있는 근엄한 사제가 살고 있었다. 파비에게 그녀는 이 기회에 모든 것을 교부에게 고백하고, 요즈음 이상한 인상 때문에 고통을 받고 있는 마음의 무거운 짐을 털어 내고 싶다고 말했다. 파비는 아내의 수척해진 얼굴과 목멘 소리를 듣고는 자진해서 아내의 의견을 승낙해 주었다. 특히 존경하는 교부 로렌초라면 그녀에게 유익한 충고를 해 줄 것이며, 그녀의 의심을 풀어 줄 수 있으리라고 믿었기 때문이었다. 발레리야는 네 사람의 하인을 거느리고 수도원으로 떠났다. 한편, 파비는 혼자 집에 남았다. 그는 발레리야가 돌아올 때까지 정원을 거닐면서 그녀에게 어떤 일이 있었는가를 끈기 있게 생각해 보았다. 그러노라니 여느때의 공포와 분노가 치밀어오르기도 하고, 그 어떤 것을 의심하는 고통도 느껴졌다.

그는 여러 번 별관에 들러 보았으나 무츠이는 돌아와 있지 않았다. 그러나 말레이시아 인 하인은 우상(偶像)에게라도 비는 듯 비굴하게 머리를 숙이고―― 파비로서는 그렇게밖에 생각되지 않았다.―― 청동색 얼굴에 능글맞은 비웃음을 띠며 멀리서 파비를 노려보고 있었다.

그 동안 발레리야는 부끄럽다기보다는, 오히려 공포에 떨면서 모든 것을 숨기지 않고 교부에게 고백했다. 교부는 주의깊게 그것을 듣고는 그녀를 축복하고, 자기도 모르게 저지른 죄를 용서해 주었다. 그러나 교부는 마법, 요술…… 이런 것들을 그대로 내버려 둘 수는 없다고 마음속으로 느끼고, 발레리야와 함께 그녀의 집으로 돌아왔다. 아마 끝까지 발레리야를 안심시키고 위로해 주기 위해서였으리라.―― 파비는 교부를 보자 어쩔 줄 몰랐다. 그러나 경험이 많은 노사제는 파비가 어떻게 행동해야 할 것인가를 미리 생각하고 있었다. 파비와 단둘이 되어서도 그는 물론 발레리야가 고백한 비밀을 이야기하지는 않았지만, 될 수 있는 대로 빨리 초대한 손님을 멀리하라는 충고를 주었다. 그 손님의 이야기며, 노래며, 그 밖의 여러 가지 행위로써 발레리야의 상상이 혼란을 일으키고 있다는 것이었다. 게다가 노사제의 생각에 의하면, 무츠이는 예전부터 신앙이 건실하지 못한데다가 오랫동안 그리스도교의 빛을 받지 못하는 여러 나라를 돌아다녀서 가지각색의 이단 사설(異端邪說)의 병독을 가져올 수도 있고, 마법의 도를 닦았을지도 모른다고 했다.

그러니 오랜 우정을 끊기는 힘들지만, 총명한 이성은 이별이 불가피하다는 것을 말해 준다는 것이었다. 파비는 존경하는 교부의 의견에 완전히 동의하고, 발레리야도 남편에게서 교부의 권고를 듣고 무척 기뻐했다. 이윽고 로렌초 교부는 두 부부로부터 수도원과 가난한 사람들을 위한 많은 선물과 마음 속에서 우러나오는 축복을 받으며 별장을 떠났다.

파비는 저녁 식사가 끝나면 곧 무츠이에게 이야기하려고 했으나, 이상한 손님은 저녁때가 되어도 돌아오지 않았다. 그래서 파비는 무츠이하고의 이야기를 내일로 미루기로 하고, 두 사람은 침실로 들어갔다.

9

발레리야는 눕자마자 잠들어 버렸으나, 파비는 잠을 이룰 수가 없었다. 지금까지 보고 느낀 모든 것이 고요한 밤의 정적을 통해서 생생하게 머리에 떠올랐다. 그는 아직까지 대답을 얻을 수 없었던 여러 가지 문제를 다시 한 번 끈기 있게 자신에게 물어 보고 있었다.

무츠이는 정말로 마법사가 된 것일까? 그가 벌써 발레리야를 해치지나 않았을까? 발레리야는 앓고 있다. 그런데 어떤 병일까? 파비가 머리에 손을 얹고 거친 호흡을 억제하며 괴로운 사색에 잠겨 있는 사이에 달은 다시 맑게 갠 하늘 위에 떠올라 왔다. 그리고 달빛과 함께 반투명한 창문을 통하여 향기 높은 흐름과도 같은 숨결이 별관 쪽에서 흘러들어오고 있었다.—— 아니, 파비에게는 그렇게 느껴졌다.—— 거기다가 시끄러운 정열의 속삭임까지 들려오지 않는가. 바로 그 순간, 파비는 발레리야가 조금씩 움직이는 것을 보고 오싹 소름이 끼쳤다. 자세히 바라보니, 발레리야는 반쯤 몸을 일으키고, 먼저 오른쪽 다리, 다음엔 왼쪽 다리를 침대에서 내려놓았다. 그리고 몽유병자와 같이 흐리멍덩한 눈으로 앞을 바라보면서, 두 손을 뻗친 채 정원으로 나가는 문을 향해 걸어가는 것이었다. 파비는 재빨리 침실의 다른 문으로 뛰어나가 날쌔게 집 모퉁이를 돌아가서 정원으로 나가는 문을 밖에서 잠가 버렸다. 그가 간신히 자물쇠를 채우고 나니, 누군가가 안에서 문을 열려고 애쓰는 기색이 느껴졌다. 계속해서 문을 떠미는 것 같았다. 나중에는 떨리는 신음소리까지 들려왔다.

그런데 무츠이는 아직 돌아오지 않았을까? 얼른 생각이 여기에 미치자 파비는 별관으로 달음질쳤다.

이때 그는 무엇을 보았을까?

달빛을 가득 안은 정원 길을, 파비 쪽을 향하여 역시 몽유병자와 같이 두 손을 앞으로 뻗친 채 흐리멍덩한 눈을 하고 어슬렁어슬렁 걸어오는 것은 바로 그 무츠이가 아니겠는가…… 파비는 무츠이 쪽으로 달려갔으나 무츠이는 파비를 알아보지 못하고 한 걸음 두 걸음 절도 있게 발을 옮기고 있었다. 달빛을 받은 그의 움직이지 않는 얼굴은 말레이시아 인과 마찬가지로 웃고 있었다. 파비는 소리쳐서 그의 이름을 부르려고 했다. 그러나 그 순간, 그는 자기 뒤의 집 안에서 창문을 두드리는 소리를 들었다. 그는 뒤돌아보았다.

침실의 창문이 아래에서 위까지 활짝 열려 있었다.── 그리고 발레리야는 문턱을 넘어서 창문 안에 서 있었다. 그녀의 손은 마치 무츠이를 부르는 듯…… 그녀의 온몸은 무츠이에게로 끌리고 있었다.

말할 수 없는 분노의 불길은 별안간 휘몰아친 파도처럼 파비의 가슴을 뒤흔들어 놓았다.

"이 저주받을 마법사 녀석!"

그는 미친 듯이 외쳤다. 그리고는 한손으로 무츠이의 목덜미를 붙잡고, 다른 손으로 허리띠에서 단검을 더듬어서 바로 칼손잡이까지 무츠이의 옆구리를 찔렀다.

무츠이는 찢어질 듯한 비명을 울리며 손바닥으로 상처를 누르고는 비틀거리며 별관 쪽으로 되돌아갔다. 그런데 무츠이를 찌른 바로 그 순간, 발레리야도 역시 째지는 듯한 처참한 소리를 지르며 나뭇단처럼 털썩 땅위로 쓰러지는 것이었다.

파비는 달려가서 그녀를 일으켜 침대로 안고 갔다. 그녀는 침대에 누워서 한참 동안 움직이지 않았으나 잠시 뒤 눈을 떴다. 그녀는 피할 수 없는 죽음에서 방금 깨어난 사람처럼 반색하며 거칠게 한숨을 내쉬었다.── 이윽고 남편이라는 것을 알자 두 손으로 그의 목을 끌어안으며 남편의 가슴에 안겼다.

"여보, 여보, 여보……"

그녀는 말했다. 차츰 그녀의 팔에서 힘이 빠지고 머리가 뒤로 늘어졌다. 그리고 행복스러운 미소를 머금고,

"덕분에 이제 마음이 편안해졌어요. 하지만 무척 고단해요."

하고 소곤거리며 그녀는 깊은 잠에 빠지고 말았다. 그러나 그것은 이미 괴로운 꿈은 아니었다.

10

파비는 그녀의 침대맡에 앉아서 파리하게 여윈, 그러나 지금은 안도의 빛이 감도는 그녀의 얼굴을 물끄러미 바라보며 무슨 일이 일어났는가를 생각하기 시작했다…… 그뿐만이 아니라, 무츠이를 어떻게 처리해야 할 것인가? 만일 무츠이를 죽였다면…… 칼날이 얼마나 깊이 들어갔는지를 상기하고, 그는 이 사실을 의심할 여지가 없었다. 만일 무츠이를 죽였다면…… 도저히 숨길 수는 없는 일이었다! 공후와 재판관에게 신고하지 않으면 안 된다. 그렇지만 이것을 어떻게 설명할 것인가, 이렇게 괴이한 사건을 어떻게 이야기할 것인가? 파비는 자기 집에서, 자기의 친척이며 자기의 둘도 없는 친구를 죽였다! 무엇 때문에? 어떤 동기에서?…… 라고 질문하리라. 그러나 만일 무츠이가 죽지 않았다면? 어쨌든 파비는 그것을 확인하지 않고서는 그대로 있을 수는 없었다. 파비는 발레리야가 잠들어 있는 것을 확인하고 가만히 안락의자에서 일어나 밖으로 나갔다. 그는 별관으로 향했다. 별관 안은 고요했다. 다만, 한 개의 창문에서 불빛이 보일 뿐이었다. 파비는 조마조마한 마음으로 바깥문을 열고—— 문 위에는 피묻은 손가락 자국이 있었고, 모래 깔린 길에는 핏방울이 검게 빛나고 있었다.—— 캄캄한 첫번째 방을 지나자, 그만 소스라치게 놀라 문턱 위에 걸음을 멈추었다.

방 한복판의 페르시아 카펫 위에는 팔다리를 빳빳이 뻗은 무츠이가 비단 베개에 머리를 얹고 검은 테두리를 두른 폭넓은 빨간 숄로 덮고 누워 있었다. 눈은 내리감고, 눈꺼풀은 파랗게 색이 변한 채 황랍처럼 샛노란 얼굴은 천장을 향하고 있었고, 게다가 숨소리도 들리지 않아 마치 죽은 사람 같았다. 그의 발 옆에는 역시 빨간 숄로 몸을 감싼 말레이시아 인이 무릎을 꿇고 앉아 있었다. 말레이시아 인 하인은 양치류인 듯한 알지 못할 식물의 가지를 왼손에 들고 약간 앞으로 몸을 숙인 채 열심히 주인을 바라보고 있었다. 마루에 달린 자그마한 등잔불은 파르스름한 불길로 간신히 방 안을 비추고 있었으나 불길은 잔잔하고 연기도 나지 않았다. 말레이시아 인은 파비가 들어왔을 때 별로 움직이는 기색도 없이 흘끗 쳐다보았을 뿐 다시 무츠이에게로 시선을 돌렸다. 그는 이따금씩 가지를 올렸다내렸다하면서 그것을 공중에서 흔들었다. 말없는 그의 입술은 슬금슬금 열려져서, 마치 소리없는 이야기를 중얼거리듯 씰룩거렸다. 말레이시아 인과 무츠이 사이의 마루 위에는 파비가 친구를 찌른 단검이 놓여 있었다.

말레이시아 인은 피묻은 칼날을 식물의 가지로 한 번 내리쳤다. 1분이 지났다. 그리고 또 1분…… 파비는 말레이시아 인에게 다가서서 몸을 굽히고 나직한 목소리로 "죽었나?"하고 물었다.

말레이시아 인은 아래위로 머리를 끄덕이고는 숄 밑에서 오른손을 꺼내 명령적으로 문을 가리켰다. 파비는 다시 한 번 물어 보고 싶었으나, 한 번 명령한 말레이시아 인의 손은 다시 그 운동을 되풀이하는 것이었다. 그래서 파비는 한편 놀라고 화가 치밀어오르기도 했지만, 그의 명령대로 밖으로 나왔다.

발레리야는 침실에서 여전히 곤하게 잠들어 있었다. 그녀의 얼굴에는 한층 안도의 빛이 감돌고 있었다. 파비는 옷을 입은 채 창가에 턱을 괴고 앉아 다시 생각에 잠겼다. 훤히 밝은 아침 하늘에 떠오르기 시작한 태양이 그를 비춰 주었지만, 파비는 그대로 그 자리에 앉아 있었다. 발레리야도 잠에서 깨어나지 않았다.

11

파비는 발레리야가 일어나는 것을 기다렸다가 함께 페르라라로 떠나리라 생각하고 있었는데, 갑자기 침실문을 두드리는 가벼운 노크 소리가 들려왔다. 나가 보니 별장 관리인인 안토니오 노인이었다.

"나리." 노인은 말했다.

"방금 말레이시아 인이 와서 무츠이 나리께서 앓으시기 때문에 일단 가구와 함께 시내로 옮겨 가고 싶다고 말하고 있습니다. 그래서 짐을 나르기 위해 인부를 보내 달라는 것입니다. 게다가 정오까지는 짐 실을 말과 사람이 탈 말, 그리고 몇 사람의 안내인을 보내 달라고 하는데, 주인님의 의향은 어떠신지요?"

"말레이시아 인이 그런 말을 하던가?" 파비는 물었다.

"어떻게 말할 수 있어? 그는 벙어리인데."

"이 종이를 보십시오, 나리! 그것은 이탈리아 어로 씌어 있는데, 하나도 틀린 데가 없습니다."

"자네 무츠이가 앓는다고 말했지?"

"네, 대단히 중환이신 모양입니다. 그래서 만나뵐 수도 없다고 하더군요."

"의사를 부르러 보냈나?"

"아니오, 말레이시아 인이 안 된다고 합니다."

"그래, 이건 확실히 말레이시아 인이 쓴 건가?"

"네, 그 사람이 쓴 것입니다."

파비는 한동안 말이 없었다.

"그럼 도와 드리도록 해." 그는 마침내 말했다.

안토니오는 물러갔다.

파비는 이상한 눈길로 노인의 뒷모습을 바라보았다. 그럼 죽지 않았구나. 그는 그렇게 생각하고, 이런 경우에 기뻐해야 좋을지 슬퍼해야 좋을지 갈피를 잡을 수가 없었다.

'앓는다니? 바로 몇 시간 전만 해도 그는 분명히 무츠이를 죽은 사람으로 보지 않았던가?'

파비는 발레리야에게로 돌아왔다. 그녀는 눈을 뜨고 머리를 들었다. 두 사람의 의미 깊은 눈초리로 서로를 한참 동안 바라보았다.

"그 분은 안 계세요?"

발레리야는 문득 물었다.

파비는 몸을 부르르 떨었다.

"어때요, 안 계세요? 여보, 그 분은 떠나셨어요?"

그녀는 계속 물었다.

"아니, 아직 있소. 그러나 오늘 떠날 거요."

파비는 안도의 숨을 내쉬며 말했다.

"앞으로 저는 언제까지나, 언제까지나 그 분을 만나지 못할 테지요?"

"그렇소, 언제까지나!"

"다시는 그 꿈도 꾸지 않겠죠?"

"안 꿀 거요!"

발레리야는 기쁜 나머지 다시 깊은 한숨을 몰아쉬었다. 행복스러운 미소가 다시 그녀의 입가에 떠올랐다. 그녀는 남편에게 두 손을 내밀었다.

"우리도 이제부터는 그 분에 대해 절대로 말하지 않기로 해요. 네, 여보? 그리고 전 그 분이 떠날 때까지는 이 방에서 나가지 않겠어요. 제 몸종을 이리 보내 주세요…… 잠깐만! 여보, 저걸 집으세요."

그녀는 무츠이에게서 받은, 화장대 위에 놓여 있는 진주 목걸이를 가리키며 말을 이었다.

"그것을 빨리 깊은 우물 속에 던져 주세요! 여보, 저를 좀 안아 줘요. 전 당신의 발레리야예요. 그리고 여보, 그 분이 떠날 때까지는 저한테 오시지 말아 주세요."

파비는 목걸이를 들고—— 그에게는 진주가 투명해 보이지 않았다. —— 아내의 명령대로 실행했다. 그는 멀리서 별관 쪽을 바라보며 정원을 산책했다. 별관 주위에선 벌써 짐을 꾸리고 있었다. 짐을 나르는 하인도 있고, 마차에 말을 메우는 사람도 있었다. 그러나 그들 속에서 말레이시아 인의 모습은 찾아볼 수 없었다. 파비의 억누르기 힘든 감정은 한 번 더 별관 안의 상태를 살펴보고 싶어졌다. 그는 문득 정자 뒤에 비밀문이 있다는 것을 상기하고, 그 문을 지나면 오늘 아침 무츠이가 누워 있던 방으로 통할 수 있으리라 생각했다. 파비는 살금살금 문으로 걸어갔다. 다행히 문은 잠겨 있지 않았다. 파비는 묵직한 커튼을 젖히고 겁에 질린 시선을 던졌다.

12

무츠이는 이미 카펫 위에 누워 있지 않았다. 그는 값비싼 옷을 입고 안락의자에 앉아 있었다. 그러나 파비가 어제 보았을 때와 같이 무츠이는 송장과 다름없었다. 돌처럼 무거운 머리는 안락의자 뒤로 늘어뜨려지고, 손바닥을 위로 향하여 뻗은 노르스름한 두 손은 무릎 위에서 움직이지 않았다. 가슴은 웅크린 채 들먹이지 않았다. 안락의자 주위며 마른 풀이 흩어진 마루 위에는 액체가 든 몇 개의 납작한 잔이 놓여 있었다. 그 속에서 지독히 독한, 숨막힐 듯한 냄새가 풍겨 나오고 있었다. 모든 잔마다 그 주위에는 자그마한 구릿빛 뱀이 때때로 금빛 눈을 반짝이며 돌돌 말려 있었다. 그리고 무츠이 앞에는 두어 걸음 가량 간격을 두고 말레이시아 인의 기다란 모습이 우뚝 서 있었다. 그는 알록달록한 비단가운 차림으로 뱀 꼬리로 허리띠를 묶고, 머리에는 뿌리가 돋친 관 모양의 높다란 모자를 쓰고 있었다. 정중히 꿇어 엎드려 기도를 드리는가 하면, 온몸을 꼿꼿이 일으켜 발꿈치로 서기도 하고, 혹은 알맞게 손을 벌려서는 열심히 무츠이를 향해서 움직이기도 했다. 그리고는 위협하는 것인지 명령하는 것인지, 눈썹을 찌푸리고 발을 동동 구르기도 했다. 이와 같은 동작은 굉장한 노력과 고통이 필요한 것 같았다. 말레이시아 인의 호흡은 거칠어지고, 그의 얼굴에서는 억수처럼 땀이 흘러내렸다. 별안간 그는 장승처럼 얼어붙더니 가슴 가득히 공기를 들이마시고, 이맛살을 찌푸리며 말고삐라도 쥔 듯이 힘있게 움켜잡은 손을 천천히 자기 쪽으로 끌어당겼다. 그러자 파비는 깜짝 놀랐다.

236

무츠이의 머리가 천천히 안락의자 등받이를 떠나 말레이시아인의 손이 움직이는 대로 끌려오지 않는가. 말레이시아 인이 손을 놓으니 무츠이의 머리는 덜컥 뒤로 자빠지고, 말레이시아 인이 다시 운동을 되풀이하니 온순한 머리도 그에 따라 움직이는 것이었다. 그러는 사이에 잔 속의 검은 액체가 끓어오르고, 잔 그 자체도 가냘픈 소리를 내며 울리기 시작했다. 그리고 구릿빛 뱀들은 잔 주위에서 구불구불 물결쳤다. 그때 말레이시아 인은 한 걸음 앞으로 나서서 눈썹을 높이 치켜올리고 눈을 크게 부릅뜨고는 무츠이의 머리를 흔들었다. 그러자 죽은 사람의 눈까풀이 바르르 떨리면서 서서히 열려지고, 그 밑에서 납처럼 흐릿한 눈동자가 나타났다. 말레이시아 인의 얼굴은 개선 장군처럼 능글맞은 웃음으로 빛났다. 그는 입을 커다랗게 벌리고, 길게 끄는 신음 소리를 간신히 목구멍 속에서 삼켜 버렸다. 무츠이의 입술도 같이 열려졌다. 그리고 짐승 같은 말레이시아 인의 외침에 따라 그의 입술에서는 약한 신음 소리가 새어 나왔다.

파비는 더 이상 참을 수가 없었다. 그는 어떤 악마의 저주 속에 휩쓸려드는 듯한 느낌을 받았다. 그래서 파비도 같이 고함을 지르고는, 뒤돌아보지도 않고서 기도를 드리고 성호를 그으며 쏜살같이 집으로 도망쳐 왔다.

13

약 세 시간 뒤 안토니오가 와서, 모든 준비가 끝나고 짐도 정리해서 무츠이 나리께서 떠날 채비를 하고 있다고 알려 주었다. 파비는 노인에게 아무 말도 하지 않고 테라스로 나왔다. 짐을 실은 말이 몇 필 별관 앞에 모여 있었고, 바로 현관 옆에는 건강한 검은 말이 두 사람을 태울 만한 넓은 안장을 얹은 채 서 있었다. 거기에는 또한 머리에 아무것도 쓰지 않은 몇 명의 하인들과 무장을 한 안내인도 서 있었다. 이윽고 별관 문이 열리고, 다시 평복으로 갈아입은 무츠이가 말레이시아 인의 부축을 받으며 이끌려 나왔다. 그의 얼굴은 죽은 사람과도 같았다. 그리고 손도 송장처럼 힘없이 늘어뜨려져 있었다. 그러나 그는 발을 옮겼다. 그리고 말에 올라 몸을 바로 세웠을 뿐만 아니라, 손을 더듬어 말고삐를 잡았다. 말레이시아 인은 그의 발을 발판에 괴고, 자기는 그의 안장 뒤로 뛰어올라 무츠이의 허리를 안았다.—— 이윽고 행렬이 움직이기 시작했다. 말들이 걸음을 옮겨 바로 집 앞을 돌아가려 할 때, 파비는 무츠이의 까만 얼굴에서 두 개의 하얀 반점이 번쩍이는 것을 보았다. 이것은 틀림없이 무츠이가 그에게 눈동자를 돌린 것이리라…… 말레이시아 인은 파비에게 인사를 했다. 그러나 여전히 비웃는 듯한 태도였다.

발레리야도 이 모든 광경을 보았을까? 그녀의 방문은 닫혀 있었다. 그러나 그녀는 창문 뒤에 서 있었는지도 모른다.

14

점심때 그녀는 식당으로 왔다. 아주 안정되고 명랑한 빛이었다. 하지만 아직도 피곤하다고 불평을 늘어놓았다. 그러나 그녀에게는 불안한 기색이 조금도 없었다. 지금껏 줄곧 느끼던 놀라움도 공포심도 없었다.

무츠이가 떠난 다음날 파비가 다시 그녀의 초상화를 그리기 시작했을 때, 그는 그녀의 모습에서 다시 순결한 표정을 찾을 수 있었다. 그는 한동안 그 모습을 잃어버려서 얼마나 괴로워했던가…… 그런데 지금은 붓도 저절로 화포(畫布)를 따라 가볍게 똑바로 달리는 것이었다.

　두 부부는 다시 예전의 생활로 되돌아왔다. 무츠이는 그들에게 있어서 이 세상에 존재하지 않았던 것처럼 사라지고 말았다. 파비도 발레리야도 무츠이에 대해서 한 마디도 상기하지 않기로 약속했다. 그리고 그의 장래의 운명에 대해서도 결코 묻지 않기로 했다. 그렇지만 무츠이의 운명은 다른 모든 사람에게 있어서도 비밀로 남아 있었다. 무츠이는 땅 속으로 들어간 듯 사실 소멸되고 만 것이다. 어느 날 파비는 그날 밤에 일어났던 숙명적인 사건을 발레리야에게 이야기해야 되겠다고 느꼈다. 그러나 그는 남편의 의향을 알았음인지 숨을 죽이고, 마치 무슨 타격이라도 기다리는 듯 눈을 가늘게 뜨고 있었다. 그래서 파비도 그녀의 마음을 이해하고, 결국 그 타격을 가하지 못하고 말았다.

　어느 아름다운 가을밤, 파비는 성녀 체치리야의 초상화를 완성했다. 발레리야는 오르간 앞에 앉아 있었다. 그녀의 손가락이 건반 위로 미끄러졌다. 그런데 문득 자기도 모르게 손 밑에서 언젠가 무츠이가 들려주던 그 사랑의 개가가 울려 나왔다.── 그리고 그 순간 그녀는 결혼 후 처음으로 새롭게 눈뜨기 시작한 생명의 고동을 마음 속에 느꼈다. 그녀는 몸부림치며 손을 멈추었다.

　"내가 왜 이럴까? 아니, 그렇다면……"

　기록은 이것으로 끝나고 있다. World Best

《첫사랑 *Pervaya Lyubovi* 》 바로 읽기

19세기 러시아 사회를 대변한 진취적인 서구주의자

이반 세르게예비치 투르게네프(Turgenev Ivan Sergeevich, 1818~1883)는 도스토예프스키, 톨스토이와 더불어 러시아의 소설을 지배한 3대 거장(巨匠)의 한 사람으로 러시아 문학 뿐만 아니라 세계 문학에서 그가 차지하는 비중은 매우 크다. 진지한 현실해부(現實解剖), 인생 관찰의 치밀성, 시대상황에 대한 민감한 촉각, 러시아 농민과 자연에 대한 섬세한 서정적 묘사, 러시아 어의 풍부한 활용 등을 통해 19세기 중반 러시아 리얼리즘 문학을 선도(先導)했던 작가요 시인이다. 또한 당대 러시아 민중의 질곡(桎梏)이었던 농노제도에 대해 문학적 비판과 고발을 하고 러시아 농민의 낙관적이고 긍정적인 형상을 창조해냄으로써 사회 변혁에 영향을 주었던 진보적인 지식인이기도 하다.

투르게네프는 톨스토이나 도스토예프스키와 같은 다른 위대한 러시아의 작가들과 비교해 볼 때 매우 서구적이라 할 수 있다. 그는 1850년 이후 생애의 대부분을 독일, 프랑스, 영국 등지를 전전하며 보냈다. 뿐만 아니라 애정 생활도 프랑스의 오페라 가수인 비아르도 부인을 평생 연모하며 독신으로 마쳤고, 교우 관계도 플로베르, 졸라, 모파상, 콩쿠

르 형제 등 프랑스 작가들과 친밀하게 지냈다. 베를린에서의 약 3년 (1838~1841) 동안의 유학 시절에서부터 시작한 투르게네프와 서구문명과의 만남은 투르게네프의 사상의 형성과 예술에 깊은 영향을 미쳤을 뿐만 아니라, 19세기 러시아 문학의 성숙에도, 나아가 세계 문학의 다양화에도 크게 작용을 하였다. 투르게네프는 유럽에 머물며 격변하는 서구의 사상을 러시아에 유입하였다. 당시 문화적 후진국이었던 러시아에서는 유학생들을 중심으로 한 진보적인 서구주의자들에 의해서 개혁의 물결이 일고 있었는데, 그 중에서도 투르게네프는 젊은 지식인들에게 정신적인 지주(支柱)요, 지도자로서 열렬한 신임을 받으며 지대한 영향을 미친 인물이었다.

또한 대외적으로는 투르게네프의 문학이 서구인의 환영을 받아 러시아 문학을 세계에 알리는 확실한 매체 역할을 하였다는 사실은 서구주의자로서의 투르게네프의 위치를 더욱 공고히 해 준다. 그의 명확한 분석과 알기 쉬운 화술은 그를 서구 세계에 대하여 러시아의 특성을 가장 명확하게 알리는 소개자로 삼게 하였던 것이다. 비록 유럽에서의 오랜 체류로 인해 투르게네프의 문학세계가 말년으로 갈수록 러시아 현실로부터 일정하게 멀어지기는 했으나, 혼란스러운 사회 현실에 휩쓸리거나 동요되지 않고 멀찌감치 떨어져서 냉정하게 직시할 수 있는 기회가 있었기에, 정확하고 객관적인 조국의 모습을 묘사하고 미래에의 길을 예견할 수 있지 않았나 싶다.

투르게네프는 항상 사회 문제와 러시아 인텔리겐치아의 문제에 관심을 갖고 이것을 문학 속에 구현시키고자 했다. 그는 사회 현실의 동요에 매우 예민하게 반응을 보였던 작가로, 그의 작품 속에는 감성적인 분위기와 사회적인 주제의식이 완벽하게 조화를 이루어 예술로 승화되어 있다. 특히 초기의 걸작인 《사냥꾼의 수기 *A Sportman's Sketche-s*》와 절정기의 작품인 《아버지와 아들 *Fathers And Sons*》(1862)은 그러한 투르게네프 미학의 최고 형태라 할 수 있다. 투르게네프의 첫 주요 작품인 《사냥꾼의 수기(手記)》는 천대받는 농노들의 비참한 실상을 사실적으로 묘사함으로써 당시 사회적으로 대단한 반향(反響)을 불러일으켰는데, 귀족 출신이면서도 대다수 농노들에게 관심과 애정을 갖고 사회 개혁의 올바른 방향을 제시하기 위해 어려움을 불사했던 그의 문학정신은 이미 창작의 첫단계에서부터 번득이기 시작했던 것이다. 그러나 투르게네프는 자신의 작품 속에서 도스토예프스키처럼 주의(主義)나 주장을 꾀하거나 톨스토이처럼 교화(敎化)를 도모하지는 않았다. 그는 인간과 사회의 진정한 탐구자이기를 원했다. 투르게네프는 사회적으로 중요한 변화와 사건, 현실의 참모습을 솔직하게 제시만 할 뿐이었으며 특정한 결정이나 판단은 내리질 않았다. 이것이 바로 투르게네프 문학의 진정한 가치이다. 이처럼 투르게네프 문학의 지향점이 병든 러시아의 올바른 치유와 개선에 놓여지게 된 것은 그의 독특한 유년 시절의 경험에 그 기반을 두고 있다.

우울한 소년 시대

투르게네프는 1818년 중부 러시아의 오렐 시에서 3형제 중 둘째로 태어났으며, 어머니의 영지(領地)인 스파스코에에서 소년 시절의 대부분을 보냈다. 투르게네프 집안은 이반 대제(大帝) 시대부터 오랜 귀족 가문이었는데 아버지 세르게이 투르게네프의 대(代)에 이르러 파산지경에 허덕이고 있었다. 그러므로 아버지가 부유한 대지주이자 자신보다 연상인 어머니 바르바라 페트로브나와 결혼한 것은 사랑 때문이 아니라

경제적 파탄을 면하기 위해서였다. 그런 결혼 생활이 행복할 리가 없었다. 따라서 투르게네프의 유년 시절도 매우 불행하고 우울했는데 그것은 주로 아버지보다 어머니 쪽에 이유가 있었다.

기병대에 근무했던 아버지는 늠름하고 호남이었으나 우유부단하고 소극적인 성격이었다. 반면 아버지보다 여섯 살이나 연상인 어머니는 약 20개 부락과 5천 여명의 농노를 거느린 여지주로, 성격이 거칠고 신경질적인데다 의심이 많았으며 집안에서나 영지에서 여왕처럼 군림했다. 어머니 바르바라는 어릴 때 아버지를 여의고 계부(繼父) 밑에서 자랐는데, 본래 못생긴 용모에 성격까지 편협한 그녀는 계부의 학대와 모욕에 못이겨 열네 살 때 숙부의 집으로 옮겨 갔다. 그러나 그녀는 여기서도 따스한 애정을 발견할 수 없었다. 그녀는 서른다섯 살까지 마치 죄수와 같은 박해와 곤궁 속에서 살았다. 그러다가 숙부가 급사(急死)함에 따라 5천 명의 농노와 거액의 재산을 상속받고 일약 거부가 되었다. 그리고 수많은 정략 결혼 경쟁자 가운데 가문도 좋고 가장 미남인 세르게이 투르게네프와 결혼하게 되었던 것이다. 하지만 집안에는 애정 없는 남편의 방종으로 풍파가 끊이지 않았고 이것은 그녀의 참을성 없는 히스테리를 더욱 가중시켰을 뿐만 아니라, 가정과 농장의 폭군으로 만들었던 것이다. 그녀의 질투와 격정은 자식들과 농노들에게 부당한 욕설과 체형으로 대치(代置)되었다. 그녀는 아들에게 애착을 갖고 있었지만 아들을 몹시 전제적으로 키웠고, 농노들이나 하인들에게는 매우 잔인했다. 사소한 과실 때문에 하인과 농노들에게 참혹한 체형(體刑)을 가했고, 소년 투르게네프에게조차 회초리를 휘둘렀다. 이러한 거친 어머니 밑에서 자란 그였기에 우울한 소년으로 성장했다. 《첫사랑》(1860)의 모티브는 바로 이런 유년 시절의 자기 가정에서 왔다고 한다.

또한 어머니의 포악함과 학대받는 농노들의 비참한 생활 속에서 투르게네프는 어릴 때부터 농민에 대한 동정심이 싹트기 시작했으며, 부정과 부조리의 근본이 되고 있는 농노제도(農奴制度)에 대한 증오가 그의 감수성에 자리잡게 되었던 것이다.

"나의 둘레에 보이는 것들은 대부분 나를 당황하게 하거나 격분시켰고 마침내는 혐오를 느끼게 했다. 어린 내 가슴에 농노제도에 대한 증오를 심게 한 것은 나를 둘러싼 세계의 추악함이었다."

고 투르게네프는 회상하고 있다. 《사냥꾼의 수기》의 미래의 작가가 가장 나쁜 형태의 농노제도를 목격한 곳은 그의 어머니 집에서였던 것이다.

이처럼 투르게네프는 부모의 불화로 인해 우울한 소년 시절을 보냈지만, 어머니의 영지인 스파스코에에는 자연과 친할 수 있는 기회와 독서라는 즐거운 추억도 있었다.

어머니는 엄격했지만 교육에 열성적이어서 어린 시절부터 투르게네프에게는 여러 사람의 가정교사가 있었다. 투르게네프는 이들에게서 신학, 러시아 어, 라틴 어, 대수, 역사, 지리 등을 배웠다. 그러나 정작 소년 투르게네프가 러시아 문학에 눈을 뜨게 된 것은 때때로 정원의 나무 그늘로 데리고 가서 헨라스코프의 서사시 〈로시아다〉를 읽어 준 늙은 농노에게서였다. 이렇게 독서의 커다란 즐거움에 빠지게 된 투르게네프는 서재에서 먼지투성이의 책을 몰래 가지고 나와 읽곤 하였다. 그 무렵 읽은 책으로는 몰리에르, 샤토 브리앙, 월터 스콧, 그리고 러시아의 카람진, 칸테미르, 주코프스키 등이었다고 한다.

또한 투르게네프는 스파스코에의 정원, 숲이나 연못 근처에 가서 농노 시인들에게 나무며 풀이며 새들의 이름을 배우며 고독한 공상에 잠기기도 하였다. 이리하여 소년 투르게네프는 자연과 친숙해졌을 뿐 아니라 소박한 민중의 마음과도 접촉할 수 있었다.

자유의 바다에 빠져서……

1827년 투르게네프 집안은 두 아들의 대학 시험 준비를 위해 모스크바로 옮겼다. 6년 뒤인 1833년 투르게네프는 15살이라는 어린 나이로 모스크바 대학에 합격했다. 그 무렵 모스크바 대학에는 게르첸, 벨린스키, 스탄케비치, 레르몬토프, 곤차로프 등이 배우고 있었다. 당시 학생들에게는 1825년의 데카브리스트(Dekabrist 1825년 12월, 농노제의 폐지를 목적으로 무장 봉기한 러시아의 청년 장교들)의 봉기 이후 대학에 대한 정부의 탄압으로 어두운 시대였다. 1832년부터 33년에 걸쳐 벨린스키를 포함한 50여 명의 학생이 퇴교당하고 레르몬토프도 자진 퇴교를 강요당했다. 그러나 데카브리스에 의해서 타오르기 시작한 자유 사상의 불은 꺼지지 않고 교실 외의 집회나 토론에 의해 널리 번지고 있었다. 이런 분위기 속에서 투르게네프는 철학에 깊은 관심을 쏟았다. 그리고 1834년 가을, 가족이 페테르스부르크로 이사하게 되자 편입시험을 치르고 페테르스부르크 대학 철학부 언어학과에 편입했다. 이 해에 아버지가 세상을 떠났다.

투르게네프가 페테르스부르크에서 얻은 가장 큰 수확으로는 친구 그라노프스키와 문학 교수 플레트뇨프를 만난 일을 꼽을 수 있다. 나중에 역사학자로 이름을 떨치게 될 그라노프스키는 그 무렵 시를 쓰는 문학 청년이었다. 두 사람은 푸슈킨을 우상으로 삼으면서도 분방한 낭만주의의 시인 베네디크토프에 심취하며 낭만주의적인 시를 썼다. 플레트뇨프 교수는 푸슈킨의 친구이며, 「현대인」지의 편집인이며 문단의 명사였

다. 그는 투르게네프에게 시(詩)적 재능이 있다는 것을 인정하고 낭만
주의에 물든 그의 작품을 과장되고 진실이 없으며 미숙하다고 혹평하면
서도 투르게네프를 사랑하였으므로 문학 살롱에 출입하는 것을 허락했
다. '문단의 상류 인사'와의 이같은 교제는 중요한 일로서 동시대인들
중에서 투르게네프만이 시의 시대와 생생한 관계를 맺고 있다.

　페테르스부르크 대학을 졸업한 투르게네프는 철학 교육을 완수하기
위해 베를린 대학으로 유학했다. 이곳에서의 생활은 그의 문학 인생에
있어서 커다란 계기를 주었다. 베를린은 젊은 세대인 러시아 이상주의
자들의 신(神)이었던 헤겔(Hegel, G. W. 1770~1831)의 거주지였고 여
전히 헤겔의 전당(殿堂)이었다. 투르게네프는 베를린에서 철학, 고전문
학, 역사를 수강하면서, 스탄케비치, 그라노프스키, 바쿠닌, 벨린스키
등 러시아의 신세대인 여러 이상주의자들을 만났고 그후 그는 서구주의
자들의 친구이자 맹우(盟友)가 되었다. 베를린에서의 3년(1838~1841)
동안의 생활은 투르게네프에게 서구 문명과 독일에 대한 평생의 사랑을
불어넣어 주었다. 특히 독일 이상주의 철학을 최초로 러시아에 소개했
던 철학 서클의 핵심 멤버인 스탄케비치와 이 서클의 회원이었던 바쿠
닌과 벨린스키와의 만남은 투르게네프의 사상의 형성과 예술에 깊은 영
향을 끼쳤다. 투르게네프 문학에 있어서 민감한 시대 정신의 반영은 바
로 이런 진보적인 사상과 인물들과의 만남의 소산이었다. 베를린에서의
유학 생활 동안 투르게네프는 풍요하고 드넓은 자유 사상의 바다에 흠
뻑 젖어서 서구의 진보적인 사상과 예술 사조를 섭취하였던 것이다.

시인으로서의 성공과 우정

1841년 투르게네프는 베를린 대학을 마치고 깊은 교양과 자유 정신

을 가진 서구인으로서 러시아에 돌아왔다. 그는 철학 교수가 되려고 학위 논문 준비에 몰두하여 1842년에 학위를 얻었으나, 당시 정부가 대학 철학 강좌를 불온(不穩) 사상의 온상으로 보고 폐쇄했기 때문에 그는 다시 문학의 세계로 돌아갔다. 그는 내무성에서 만 2년을 채운 1845년 이후에는 문학을 제외한 모든 노력을 포기했다.

처음 투르게네프의 작품은 주로 시작(詩作)이었다. 투르게네프가 작가로서의 출발에 있어서 하나의 이정표로 되었던 사건은 이상주의적인 비평가 벨린스키(V. G. Belinsky 1811~1848)와의 만남이다. 1843년 투르게네프는 서사시 《파라샤 Parásha》를 잡지 「조국 잡기」에 발표했다. 마을 지주의 어리석은 생활을 풍자적 수법으로 그린 이 작품은 투르게네프의 낭만주의로부터의 탈피를 알리는 작품인데, 벨린스키의 호평을 얻어 작가 생활로서의 첫발을 내딛게 되었다. 벨린스키의 날카로운 눈은 이미 투르게네프 특유의 재능인 예리한 시대감각을 꿰뚫어보고 있었던 것이다. 이렇게 맺어진 두 사람의 만남은 이후 깊은 우정과 문학적 유대감으로 발전했다. 투르게네프는 진심으로 벨린스키를 좋아했으며 그의 문학적 충고를 기꺼이 받아들였다. 벨린스키 역시 투르게네프의 문학적 재능을 높이 평가하고 가능한 문학적 비평을 통하여 그의 지적 발전에 큰 영향을 주게 되었다. 특히 벨린스키는 농노 제도와 봉건 전제 질서에 대한 강렬한 적대의식을 투르게네프에게 심어 주었다. 이에 따라 투르게네프는 예민한 시대적 문제들과 보다 깊은 관련을 맺게 되었다. 즉 벨린스키는 투르게네프 미학의 토대가 되었던 것이다. 이러한 사실에 대해 투르게네프 자신이 언젠가 "……벨린스키, 그리고 그의 편지, 이 모든 것이 나의 종교였다."고 고백한 바 있다.

투르게네프는 처음엔 시인으로 문단에 나왔으나 벨린스키의 권유에 따라 시인으로 나가는 것을 단념하게 되었다. 그 뒤 그는 극작에 열중했다. 그는 사실적인 희극, 미묘한 심리를 다룬 심리극 등을 썼으나 그 작품들은 시대에 앞선 독창적인 것이어서 비평가들로부터 이해받지 못했다. 투르게네프의 희곡은 복잡한 줄거리를 사용하지 않고 일상적인 생활 속에 평범한 사람들을 그린 것이다. 풍자 대신 살아 있는 대화를 사용하고 유형이 아니라 개인의 미묘한 성격 묘사를 구사한 최초의 러시아 희곡으로서 지금은 러시아 근대극의 선구자로 인정되고 있지만 당시의 비평가들은 그의 희곡이 아무 기복이 없는 지루한 것이라고 비난했다. 세평에 민감했던 투르게네프는 극작을 포기하고 산문으로 옮겼다.

사랑의 열정과 창조의 영감

투르게네프의 생애에서 매우 중요한 사건의 하나는 프랑스의 유명한 여가수인 폴리나 가르시아 비아르도와의 만남이다. 1843년 끝무렵 투르게네프는 페테르스부르크를 공연차 찾아온 오페라 가수 폴리나 비아르도 부인에게 뜨거운 사랑을 느꼈다. 그녀는 미인은 아니었으나 신비스러운 매력이 있었다. 투르게네프는 그녀에게 매혹되고 말았다. 그는 그녀의 남편인 루이 비아르도하고도 친한 벗이 되었다. 비아르도 부인은 오페라 가수로서의 자기 지위와 가극단의 지배인인 남편을 버리지는 않았지만 투르게네프의 헌신적인 사랑을 받아들였다. 이후도 비아르도 부인과의 만남과 사랑은 그의 삶의 가장 중요한 부분이 되었고, 죽을 때까지 그의 그녀에 대한 연모와 사랑은 계속되었다. 투르게네프는 일생을 독신으로 끝마쳤다. 1845년에 투르게네프는 그의 어머니와 사이가 틀어져 그후 어머니가 죽기까지 수년 동안 문단의 보헤미안으로 생활을 영위해야만 했다. 어머니의 불만은 부분적으로 아들이 내무성을 떠나 위험하고 혁명적인 종류의 글을 기고하는 데 있었지만, 무엇보다도 비아르도 부인과의 염문 때문이었다. 이러한 열렬한 사랑은 그의 삶에 대한 애정이 되었다. 1845년 투르게네프는 비아르도 부인을 뒤쫓아 외국으로 떠났다. 그후 어머니의 죽음, 고골리 추도문 사건에 의한 스파스코에의 칩거 등 1850년부터 6년간 공백 기간은 있었지만, 그 외에는 잠시 고국에 들렀을 뿐 죽을 때까지 그녀의 신변을 맴돌며 살았다. 약 40년에 걸친 투르게네프의 사랑은 그에게 행복보다는 굴욕과 질투와 고독의 괴로움을 안겨 주었다.

그 반면에 그 괴로운 체험은 투르게네프에게 창조의 영감(靈感)도 불어 넣어 많은 작품에 영향을 끼쳤고, 특히 《첫사랑》(1860), 《아샤》(1857) 등과 같은 사랑의 의미를 노래한 명작을 낳게 하기도 하였다.

진실한 인간애의 수기(手記)

투르게네프의 본격적인 창작활동의 시작과 작가로서의 명성을 획득하게 해 준 작품은 《사냥꾼의 수기》이다. 이 작품은 잔인하고 부당한 농노제도와 러시아 현실에 대한 비난과 고발을 담고 있으며, 하나의 인간으로서 농노에 대한 따뜻한 애정을 바탕에 깔고 있다. 1847년 1월, 투르게네프는 네크라소프가 주관하는 「현대인」지에 《호리와 칼리니치》라는 단편을 발표하여 벨린스키의 격찬을 받았다. 이후로 1851년까지 그 잡지에 22편의 단편을 발표했고, 이 단편들은 1852년 《사냥꾼의 수기》라는 제목이 붙은 두 권의 단행본으로 간행되었다. 《사냥꾼의 수기》는 이처럼 단편 연작형식으로 구성되어 있지만 전체적으로는 하나의 주제, 즉 전근대적인 농노제도에 대한 도덕적 항의와 긍정적인 민중정서의 표현에 바쳐지고 있다.

농노의 문학적 형상화라는 점에서 《사냥꾼의 수기》는 문학적인 사건일 뿐만 아니라 사회적인 대사건이요 충격이었다. 무지 몽매하고 인간으로 취급되지 않았던 러시아 농민을 따스한 피가 흐르는 인간으로서, 때로는 주인보다 뛰어난 지적, 도덕적 자질을 지닌 인간으로서 러시아 문학에 처음으로 등장시켰던 것이다. 농노제 폐지라는 사회적인 테마가 투르게네프 특유의 시적 서정성이 풍부한 자연묘사와 어우러진 《사냥꾼의 수기》는 가장 훌륭하고 영원한 투르게네프 문학의 성과이며 러시아 리얼리즘의 업적이다. 이 소설은 미래의 황제인 알렉산드르 2세에게 강한 인상을 주어 훗날(1861년) 농노제도의 폐지를 결심케 하였다고 한다. 투르게네프는 이 작품에 의해서 소년 시절의 맹세를 지켰던 것이다. 그리고 1850년 어머니가 세상을 떠나고 대재산의 소유주가 된 투르게네프는 농노를 해방함으로써 실제로 자신의 신념을 실행했다.

민감한 시대정신

《사냥꾼의 수기》에서 보여 준 투르게네프의 대사회적 관심은 정부의 경계와 압력에도 불구하고 더욱 치열해졌다. 매우 열정적인 음조로 씌어진 투르게네프의 고골리(Gogoli, N. V. 1809~1852)에 대한 추도사 때문에 그는 체포되었고 그의 영지로 추방되어 그곳에서 18개월 동안 머물러야 했다(1852~1853). 그가 석방되어 페테르스부르크로 돌아왔을 때는 이미 완전한 성공의 영광 속에 있었다. 이후 수년 동안 투르게네프는 문학계의 지도자였고, 그의 판단과 결정은 법률과도 같은 힘을 지니게 되었다. 투르게네프는 진보와 개혁의 대변자로 추앙받았다.

1855년 알렉산드르 2세가 즉위하자 러시아에서는 자유주의적인 공기가 감돌기 시작했다. 그러자 투르게네프는 민감한 시대감각으로 사회의 흐름과 요구를 느끼고 현대와 과거를 잇는 1840년대의 공백을 메움으로써 이상주의자들이 했던 역할을 역사상으로 규정하기로 마음먹었다. 그는 사회적으로 변모해 가는 러시아의 귀족계급과 지식계급을 묘사하는 것, 이른바 러시아의 문화적 심리적 발전인 지식인들의 정신사를 예술적으로 기록하는 것을 그의 문학적 사명으로 여겼다.

이리하여 투르게네프가 쓴 첫 장편소설이 1840년대의 이상주의자와 러시아 지식인의 전형을 그린 《루딘 *Rúdin*》(1856)이다. 이 소설은 1840년대 초 헤겔철학에 심취한 공론적(空論的) 이상주의자의 비극을 그린 것이다. 주인공 루딘은 뛰어난 능력과 재능을 지니고서도 결국은 시대의 중압과 실천력의 결여로 인해 무력하게 죽어가는 무용자(無用者)이다. 그러나 이 작품은 단순히 루딘으로 대표되는 지식인들에 대한 야유나 희화라기보다는 1840년대 혁명 전야의 러시아 사회에서 지식인 그룹이 지닐 수밖에 없었던 인텔리겐치아(Intelligentzia)의 숙명적 비극을 그린 소설이다. 투르게네프는 《루딘》에서 기성 세대의 무능력을 폭로하는 반면 기성 세대의 이상주의를 찬양했다.

이처럼 투르게네프는 동요하는 러시아의 현실을 갈등하는 세대(世代)의 문제와 연관시켜 파악하려 했는데, 이것은 《루딘》 이후에 발표한 두 장편 《귀족의 둥지 *A Nest of Gentlefolk*》(1859)와 《전날 밤 *On the Eve*》(1860)에서 더욱 구체화된다.

《귀족의 둥지》는 투르게네프가 향수와 서정미를 담아 무너져 가는 귀족의 영지 생활을 읊은 만가(挽歌)이다. 투르게네프는 이 작품에서 안락한 귀족적 토양에서 성장한 한 지식인의 현실적 변화과정을 보여 주고 있다. 루딘이 1840년대의 진보적 이상주의자라면 이 작품의 주인공

라브레츠키는 동시대의 보다 철저한 회의주의자(懷疑主義者)라 할 수 있을 것이다.

《전날 밤》에는 1850년대의 새로운 진보적인 세대가 묘사되어 있으며 러시아 사회에 발효하기 시작한 자유의 기운이 한층 더 명백히 표현되어 있다. 1860년대 무렵에는 누구나 농노 해방이 멀지 않다는 것을 느낄 수 있었으며 사회는 크게 동요했다. 투르게네프는 이 움직임을 지도할 사람은 이미 귀족이 아니라 잡다한 계급 출신의 인텔리겐치아라는 것을 꿰뚫어보고 장편 《전날 밤》을 썼다. 이것은 조국 해방이라는 하나의 목적에 모든 것을 바치는 불가리아 인 유학생과 그의 열렬한 정열에 이끌려 부모의 반대를 무릅쓰고 그와 행동을 같이하려고 하는 러시아 귀족의 딸과의 사랑을 그린 소설이다. 《전날 밤》에는 이제까지의 고뇌하는 지식인상이 조국의 자유를 위한 투쟁에 전생애를 바치려는 강인한 성격의 인물로 대체되어 있다. 주인공이 비록 터키의 압제를 받는 인사로프라는 불가리아 인으로 설정되어 있기는 하지만 그의 형상은 러시아 민주주의적 청년들의 귀감이라 하겠다. 또한 위대한 전인류적 열망에 불타면서 부모와 가정을 버리고 이역 땅을 헤매는 여주인공 엘레나의 형상 속에는 당시 러시아 지식인들의 자유에 대한 희망과 기대가 구현되어 있다. 투르게네프는 이 두 상징적 인물을 통해 새로운 러시아를 짊어질 의지와 실천인의 출현을 예고했다.

애틋한 사랑의 서사시

여러 편의 장편 소설을 통해 사회적인 의미와 사회적인 문제의 해결에 초점을 맞추었던 투르게네프는 중편 소설을 통해 감정적인 사건에 대한 순수하고 아름다운 사랑의 이야기들을 쓰기도 하였다. '사랑의 가

수(歌手)' 혹은 '여성 심리의 명수(名手)'라는 칭호를 받기도 했던 투르게네프의 작품에는 진지한 사랑의 갈등이 많이 등장한다. 그의 작품 내용은 주로 연애를 골자로 한 것인데, 연애의 묘사는 그의 창작의 매우 중요한 특징이라 할 수 있다. 투르게네프는 인간의 심정을 깊이 이해하고 있었다. 특히 젊고 활기차고 영리한 소녀가 고상한 감정과 사상에 눈을 뜨고, 저도 모르게 사랑의 상태로 빠져들어가는 여성의 심리를 잘 알고 있었다. 그의 여성은 이상적인 남자를 만나기만 하면 모든 것을 버리고 사랑에 빠진다. 그리고 일생 동안에 단 한 번 사랑할 뿐이다. 죽음과도 맞바꿀 수 없는 순결하고 애틋한 사랑으로 인해 한 여성이 불행한 일생을 보내게 되는 이야기는 투르게네프가 가장 좋아하는 창작의 동기였다. 따라서 그의 사랑의 이야기는 우울한 색조를 띠고 있다. 이것은 비아르도 부인과의 이루지 못할 사랑에 연연하며 일생을 고독하게 지낸 작자의 깊은 우수 때문인지도 모른다. 그러나 투르게네프의 사랑 이야기에는 진지한 생명력이 넘치며, 신비로운 미(美)로 가득 차 있다. 투르게네프 특유의 시적인 아름다움으로 충만해 있는 사랑의 서사시인 것이다. 대표적인 작품으로는 《아샤》(1858)와 《첫사랑》(1860)을 꼽을 수 있다.

《아샤》는 사랑의 감정을 다룬 투르게네프의 뛰어난 소품이다. 1856년부터 약 2년간 투르게네프는 유럽 각지를 여행하며 런던에서 게르첸을 방문하고 파리에서 톨스토이, 네크라소프, 곤차로프 등을 만나기도 했다. 이 동안에 아름다운 자서전적인 중편 《아샤》를 썼다. 이 작품은 그 예술적 완성도, 미적 감각, 훌륭한 자연 묘사 등으로 해서 발표 당시 대단한 찬사를 받았다. 《아샤》가 나오자 당대의 유명한 시인 네크라소프는 "이 작품에는 청춘의 힘이 넘친다. 《아샤》, 이것은 순금의 서사시

다! 전편에 흐르는 미적 감각은 독자들을 스스로 시의 경지에 빠지게
한다……"고 찬사를 아끼지 않았다. 《아샤》는 투르게네프의 독일 유학
시절의 추억과 사랑을 소설화한 것인데, 실연(失戀)에 상처받은 그의
아픈 영혼의 흐느낌이 촉촉히 배어 있는 작품이다. 투르게네프가 묘사
하는 여주인공은 대개가 독특한 용모와 매력을 가지고 있지만 그 중에
서도 《아샤》의 아샤만큼 이채롭고 독특한 빛을 발하는 여성은 없다. 그
녀는 순진하고 명랑하고 그러면서도 타는 듯한 정열과 적극성을 가지고
있다. 이러한 여성상은 러시아인들 뿐만 아니라 투르게네프를 좋아하던
서구인들에게도 깊은 인상을 주어, 이후로 러시아 여성의 전형으로 알
려지게 되었다.

《아샤》에서 절감(切感)하게 된 사랑의 향수는 투르게네프를 과거의
추억에 더욱 몰입하게 하였으며 이윽고 아름답고 달콤하며 슬픈 사랑의
서사시 《첫사랑》을 쓰게 했다. 자신의 어린 시절과 연애 감정을 바탕으
로 창조해 낸 《첫사랑》은 그 예술적 구성과 진솔한 성격 해부, 그리고
섬세한 여성 심리의 묘사 등으로 해서 투르게네프의 예술 작품 중에서
최고의 완벽성에 도달한 명작이다. 투르게네프는 이 작품에서 섬세한
필치, 탁월한 성격 묘사, 풍부한 기교를 자유자재로 구사하면서 한 사
람의 활동적인 여성을 선명하게 그려냈고, 동시에 그녀를 둘러싼 많은
남성들과의 관계를 정확하게 묘파(猫破)하였다. 이 이야기는 지나이다
라는 매력적인 여성을 연모하는 소년의 관점과 그의 라이벌과 아버지에
대한 젊은이의 질투에 대한 번민이라는 관점에서 서술되고 있다. 투르
게네프는 단순한 사랑이야기 속에서도 신·구세대간의 갈등과 변화를
무리없이 다루어 내고 있다. 여주인공 지나이다는 명석한 두뇌와 풍부
한 재능과 그윽한 여성적인 매력을 지니고 있으면서도 풍자적인 냉소적

경향과 이기적인 교만을 가진 활력이 넘치는 존재이다. 그녀는 야심을 품은 수많은 경쟁자 속에서 결단성 있고 순결한 여제(女帝)로서 군림한다(마치 투르게네프의 어머니처럼). 반면 남자 주인공들은 소극적, 수동적이며 운명의 힘에 굴복당하는 의지가 약한 비극적인 형상들이다. 이러한 독특하고 첨예한 대조 구도를 통해 투르게네프는 당시 러시아 지식 계급의 통폐(通弊)를 예리하게 지적하고 있다.

《첫사랑》은 발표 당시에 비평가들로부터 찬탄을 받은 작품인데, 특히 투르게네프 자신이 이 소설을 자기의 모든 작품 중에서 가장 사랑했다고 한다.

"하나의 작품만을 나는 만족을 느끼고 되읽곤 합니다. 그것은 《첫사랑》입니다. 다른 여러 작품에는 조금이라도 작위적인 데가 있습니다만 《첫사랑》에는 아무런 가식도 없이 오직 사실만이 그려져 있으며, 다시 읽을 때마다 여러 인물이 살아 있는 인간처럼 떠오르기 때문입니다."라고 노년에 이르러 투르게네프가 술회할 정도로 《첫사랑》은 그의 생활이며 과거 그 자체인 것이다.

승리한 인간 사랑의 삶

투르게네프가 러시아를 떠나 파리에 정착한 후 그는 메리메, 플로베르, 졸라, 모파상 등의 자연주의자들과 교제했다. 그의 작품은 불어, 독어로 번역되었고, 곧 투르게네프의 명성은 국제적인 것이 되었다. 그는 유럽에서 명성을 획득한 최초의 러시아인이 되었고, 유럽 문단의 지도적 명사가 되었다.

투르게네프는 자신의 문학에 대한 논쟁이 누그러지자 조국으로 돌아왔다. 그의 초기 작품에 대한 인기는 결코 식지 않았었고, 1870년대

후반에 '미학'의 부활로 그 인기는 회복되었다. 1880년에 이루어진 그의 마지막 러시아 방문은 성공적이었다.

투르게네프는 《처녀지》를 마지막으로 장편 집필을 그만두고 1878년부터 철학과 인간을 테마로 에세이풍의 산문시를 쓰기 시작하여 죽기 전해인 1882년에 83편의 산문시를 완성했다. 투르게네프의 마지막이자 가장 순수한 서정적 작품인 《산문시》 속에는 그의 휴머니즘, 염세주의, 죽음에 대한 공포와 삶에 대한 연민, 젊은 날의 추억, 삶에 대한 명상 등 그의 전 생애가 함축되어 있다. 시로 시작하여 소설로 전향한 후 위대한 소설을 낳고 다시 시로써 마무리되는 그의 문학적 경력은 그의 시적인 삶과 그의 문학의 시적 특징을 말해 주는 것이기도 하다.

투르게네프는 1880년에 문학의 벗 플로베르의 죽음 소식을 듣고 이듬해에 단편 《사랑의 개가(凱歌)》(1881)를 써서 플로베르와의 추억을 기념했다. 《사랑의 개가 *The Song of Triumphant Love*》는 투르게네프의 최후의 단편으로 풍부한 환상적인 매력으로 해서 누구를 막론하고 신비로움에 젖게 하는 아름다운 소설이다. 이 《사랑의 개가》에서는 젊은 시절에 실연을 하고 일생을 고독하게 지낸 작자가 늙은 후의 적막(寂寞)을 승리한 사랑의 노래로 자신을 위로하려고 한 심정을 엿볼 수 있다.

투르게네프는 《사랑의 개가》를 쓴 후 척추암에 걸려 고생을 하다가 1883년 9월 3일, 파리 근교의 부기발에 있는 별장에서 평생을 연모하던 비아르도 부인의 간호 아래 영원히 눈을 감았다. 그의 불멸(不滅)의 유해는 10월 초 러시아로 옮겨져 벨린스키가 잠자는 페테르스부르크 묘지에 안치되었다.

투르게네프는 그의 위대한 작품들 속에 있는 그대로의 삶을 그렸고,

당대의 가장 긴급한 문제를 작품의 주제로 선택했다. 그의 작품은 진실
로 충만되어 있고, 동시에 시적이고 아름다웠으며, 좌파나 우파, 신·
구세대 모두를 만족시켰다. 비록 투르게네프의 세계관이 계몽주의적 한
계를 지녔고, 그로 인해 자유의 옹호라는 측면에서 민중의 요구에는 공
감했으나 혁명적 변혁사상에는 동의하지 않았을지라도, 그의 작품은 러
시아의 전통 속에서 취미의 변화나 시간의 변혁에 관계없이 영원한 자
리를 차지할 것이며, 세계 독자들에게 가장 소중한 기쁨의 원천이 될
것이다. 투르게네프는 그의 감수성이나 묘사법에서는 한 민족에 속해
있었지만, 숭고한 철학에 의해서 바로 인류에 속해 있었다. 그는 인간
생활의 온갖 조건을 똑바로 보고 현실을 알려고 솔직히 노력했다. 이런
철학은 그에게 있어서 상냥함과 삶의 기쁨이 되었고 살아 있는 자에 대
한, 특히 희생되고 억압받는 자에 대한 연민이 되었다. 투르게네프는
아름다움과 진실을 추구하는 인류 스스로의 노력에 갈채를 보냈다. 투
르게네프야말로 영원한 언어를, 평화의 언어를, 그리고 정의와 사랑과
자유의 언어를 용기 있게 실천한 사람이었다.

투르게네프 연보

1818년 11월 9일, 중부 러시아의 오렐 시에서 아버지 세르게이 니콜
라예비치와 어머니 바르바라 페트로브나의 둘째 아들로 출생.
아버지는 가난한 귀족 출신으로 기병대에 근무했으며, 어머니
는 5천 명의 농노가 딸린 큰 소유지를 가진 여지주(女地主)였
음.

1821년(3세) 아버지가 기병대의 대령직에서 퇴역하자, 가족은 어머니
의 영지인 스파스코에 루트뷔노보 마을로 이사함. 이곳에서 투
르게네프는 9살까지 소년 시절을 보내면서 러시아의 아름다운
자연과 친숙해지는 동시에 농노제(農奴制)에 대한 분노를 품게
됨.

1822년(4세) 이듬해인 1823년까지 투르게네프 가족은 마차를 타고 독
일, 스위스, 프랑스, 오스트리아, 헝가리 등지를 여행함.

1827년(9세) 이해 첫 무렵, 투르게네프 집안은 모스크바로 이사했으
며, 소년 투르게네프는 기숙학교에 입학함.

1829년(11세) 8월, 아르메니아 기숙학교로 옮겼으나, 11월에 학교를
그만두고 가정교사 밑에서 공부를 함.

1833년(15세) 10월 2일, 모스크바 대학 문학부에 입학.

1834년(16세) 가을에 가족이 페테르스부르크로 이사를 가게 되자 편입 시험을 치고 페테르스부르크 대학 철학부 언어학과에 편입. 이곳에서 친구 그라노프스키와 문학 교수 플레트뇨프와 사귐. 이 해 9월에서 12월에 걸쳐 서사시 《스테노》를 씀. 11월, 아버지가 세상을 떠남.

1836년(18세) 6월, 페테르스부르크 대학을 졸업. 이해 세익스피어의 《오델로》, 《리어왕》, 바이런의 《만프레도》를 번역.

1837년(19세) 1월 끝무렵, 푸슈킨의 장례 행렬에 참여. 6월, 수사(修士) 시험에 합격. 2년 동안에 걸쳐 약 100여 편의 소품 시를 씀.

1838년(20세) 4월, 플레트뇨프가 편집하는 「현대인」 지(誌) 창간호에 시 《타베》를 발표. 5월, 기선을 타고 외국으로 떠나, 이해 겨울 동안 베를린 대학에서 강의를 청강. 이 무렵 스탄케비치와 사귀게 됨.

1840년(22세) 2월에서 5월까지 로마에 체류함. 스탄케비치와 자주 만나 그 영향을 받음. 5월에서 11월에는 베를린 대학에서 철학, 언어학, 역사 등을 청강함. 바쿠닌과 친교를 맺음.

1841년(23세) 5월, 베를린 대학을 수료하고 러시아로 돌아옴. 봄과 여름을 스파스코에에서 보냄. 10월, 바쿠닌 집을 방문. 「현대인」, 잡지 「조국 잡기」에 여러 편의 시를 발표.

1842년(24세) 4월에서 5월 사이에 철학박사 시험에 합격. 4월 끝무렵, 어머니의 침모(針母) 사이에서 딸을 낳음. 7월과 11월 사이에 독일을 여행. 12월에 페테르스부르크에 정착하여 벨린스키와 사귐.

1843년(25세) 서사시 《파라샤》를 「조국 잡기」에 발표. 그 외에도 몇 편
의 시와 희곡 《경솔(輕率)》을 발표. 이때부터 투르게네프는 작
가로서 왕성한 활동을 하기 시작함. 6월, 내무성에 근무. 11
월, 페테르스부르크에서 공연중인 이탈리아 가극단의 오페라
가수인 폴리나 가르시아 비아르도 부인을 알게 됨.

1844년(26세) 레르몬토프의 산문에서 영향받은 《안드레이 콜모초프》를
발표.

1845년(27세) 1월, 서사시 《이야기》를 간행. 4월, 내무성을 퇴직하고
프랑스를 여행하며 폴리나 비아르도 부인 곁에 머뭄. 11월, 페
테르스부르크에 돌아와 도스토예프스키와 알게 됨.

1846년(28세) 네크라소프가 편집하는 「페테르스부르크 문집」에 단편
《세 폭의 초상화》, 서사시 《지주(地主)》, 그 밖에 바이런과 괴
테의 번역시를 기고함.

1847년(29세) 1월 중순경, 독일로 떠남. 5월에서 9월 사이 벨린스키와
함께 독일, 프랑스에 머뭄. 「현대인」에 《영지 관리인》, 《사무
실》, 《유대인》 등을 발표.

1848년(30세) 파리에 머물며 게르첸, 바쿠닌과 친교. 5월, 벨린스키가
세상을 떠났다는 소식을 듣자 유가족을 돕기 위해 네크라소프
에게 《사냥꾼의 수기(手記)》 간행을 부탁함.

1850년(32세) 어머니의 중병 소식을 듣고 귀국. 11월 29일, 어머니가
세상을 떠남. 대농장의 소유주가 된 투르게네프는 농노를 해방
시킴. 《잉여 인간의 일기》, 《가수들》 발표.

1852년(34세) 3월, 「모스크바 통보」에 고골리 추도문 《페테르스부르크

에서의 편지》를 발표. 4월, 추도문 사건으로 체포, 한 달간 구
류처분 받음. 이어서 영지(領地) 스파스코에로 추방. 그곳에서
1년 반 동안 유폐령(幽閉令)을 받음. 8월, 단편집 《사냥꾼의 수
기》가 간행됨.

1853년(35세) 12월, 유폐에서 풀려나자 페테르스부르크로 감. 「현대
인」 편집부에서 투르게네프의 복귀를 축하하는 파티를 열어
줌.

1854년(36세) 단편 소설 《무무》와 중편 소설 《두 친구》 등을 발표.

1855년(37세) 톨스토이의 방문을 받음. 중편 《야코프 파스인코프》 발
표.

1856년(38세) 1월, 「현대인」에 장편 《루딘》을 연재하기 시작함. 중편
《고요한 장소》, 《교신(交信)》, 《파우스트》 등을 발표. 11월,
《투르게네프 중·단편집(1844~1856)》이 3권으로 간행됨. 외국
으로 떠남.

1857년(39세) 파리에 온 톨스토이와 함께 디종으로 여행함. 5월, 런던
으로 게르첸을 방문. 이해에 칼라일, 곤차로프 등을 만남. 뛰
어난 소품인 《숲 속의 여행》을 발표.

1858년(40세) 7월부터 10월까지 스파스코에서 장편 《귀족의 둥지》에
몰두.

1859년(41세) 1월, 「현대인」에 《귀족의 둥지》를 발표.

1860년(42세) 1월, 「러시아 통보」에 장편 《전날 밤》을 발표. 이 무렵
「현대인」과 불화가 생김. 중편 《첫사랑》과 유명한 에세이 《햄릿
과 돈키호테》를 발표.

1861년(43세) 5월, 톨스토이와 격렬한 논쟁을 벌인 끝에 절교함. 5월

부터 스파스코에에서 거주하며 장편 《아버지와 아들》 완성함.

1862년(44세) 「러시아 통보」에 《아버지와 아들》 발표. 이 무렵부터 몇 년 동안 바덴바덴에 거주함.

1864년(46세) 단편 《유령》을 발표함.

1865년(47세) 11월부터 장편 《연기(煙氣)》를 집필하기 시작.

1867년(49세) 1월에 《연기》를 탈고하여, 11월에 간행함.

1870년(52세) 《초원의 리어왕》, 《트로프만의 처형》 등을 발표.

1872년(54세) 단편 《봄 물》을 발표.

1873년(55세) 장편 《처녀지(處女地)》 집필에 전념.

1876년(58세) 《처녀지》를 완성. 이듬해 「유럽 통보」에 연재함. 플로베르, 도데, 모파상 등과 친교를 맺음.

1878년(60세) 톨스토이와 화해, 이해에 《산문시》 집필함.

1879년(61세) 1월, 모스크바, 페테르스부르크에서 투르게네프 축하회가 열리고, 젊은 세대로부터 열광적인 환영을 받음. 3월, 파리로 돌아감. 6월, 옥스퍼드 대학에서 명예 법학박사 학위를 받음.

1880년(62세) 6월, 모스크바의 푸슈킨 동상 제막식에 참가. 플로베르의 죽음 소식을 듣고 이듬해에 단편 《사랑의 개가(凱歌)》를 씀.

1882년(64세) 3월, 척추암에 걸림. 총 83편의 《산문시》를 완성.

1883년(65세) 9월 3일 오후 2시, 파리 근교의 부기발에 있는 별장에서 비아르도 부인의 간호 아래 영원히 눈을 감음. 10월 9일, 투르게네프의 유해는 페테르스부르크의 묘지에 묻힘.

▲ 투르게네프의 《첫사랑》의 그림   ▲ 장편 《아버지와 아들》의 삽화

◀ 동시대의 작가들과 함께한 투르게네프

▲ 만년의 투르게네프

◀ 페테르스부르크에 있는 투르게네프의 묘

Hye Won World Best
Hye Won World Best